LONGE DE VOCÊ

tess sharpe

LONGE DE VOCÊ

Tradução de Laura Folgueira

Rocco

Título original
FAR FROM YOU

Copyright © 2014 by Tess Sharpe

Todos os direitos reservados, incluindo o de reprodução no todo ou em parte sob qualquer forma.

Direitos para a língua portuguesa reservados com exclusividade para o Brasil à
EDITORA ROCCO LTDA.
Rua Evaristo da Veiga, 65 – 11º andar
Passeio Corporate – Torre 1
20031-040 - Rio de Janeiro - RJ
Tel.: (21) 3525-2000 - Fax: (21) 3525-2001
rocco@rocco.com.br | www.rocco.com.br

Printed in Brazil/Impresso no Brasil

Preparação de originais
CATARINA NOTAROBERTO

CIP-BRASIL. CATALOGAÇÃO NA PUBLICAÇÃO
SINDICATO NACIONAL DOS EDITORES DE LIVROS, RJ

S541L

Sharpe, Tess
   Longe de você / Tess Sharpe ; tradução Laura Folgueira. - 1. ed. - Rio de Janeiro : Rocco, 2023.

   Tradução de: Far from you
   ISBN 978-65-5532-357-3
   ISBN 978-65-5595-203-2 (recurso eletrônico)
   1. Ficção americana. I. Folgueira, Laura. II. Título.

23-83993
                        CDD: 813
                        CDU: 82-3(73)

Meri Gleice Rodrigues de Souza - Bibliotecária - CRB-7/6439

Este livro é uma obra de ficção. Nomes, personagens, lugares e acontecimentos são produtos da imaginação da autora, e foram usados de forma fictícia. Qualquer semelhança com fatos reais, localidades ou pessoas, vivas ou não, é mera coincidência.

O texto deste livro obedece às normas do Acordo Ortográfico da Língua Portuguesa.

*Para minha avó,
que me deu todos os meus grandes amores.*

*E para minha mãe, que acreditou que isto aconteceria,
mesmo quando eu não acreditava.*

Não começa aqui.

Seria de se pensar que começasse: duas garotas apavoradas, no meio do nada, encolhendo-se juntas, os olhos arregalados colados na arma na mão dele.

Mas não começa aqui.

Começa da primeira vez em que quase morri.

Da primeira vez, tenho catorze anos e Trev está nos levando para casa, de carro, depois do treino de natação. Mina está com a janela aberta, as mãos dançando no ritmo da música, anéis reluzindo no sol da tarde enquanto aceleramos em frente a cercas de arame farpado e ranchos esparsos, as montanhas se estendendo no fundo. No banco de trás, cantamos com o rádio, e Trev ri da minha voz desafinada.

É rápido: o guincho de metal contra metal, vidro por todo lado. Não estou de cinto de segurança e sou jogada à frente, com os gritos de Mina abafando a música.

Aí, tudo fica preto.

***

Da segunda vez, tenho dezessete anos e estou irritada com Mina. Já estamos atrasadas e ela está saindo da estrada para a Burnt Oak Road.

— Só um desvio. Vai ser rápido, juro.

— Tá bom — respondo, cedendo fácil, como sempre.

É um erro.

Da primeira vez, acordo num quarto de hospital, presa a uma bolsa de soro e a máquinas que apitam.

Há tubos por todo lado. Tento arrancar o que desce pela minha garganta, entrando em pânico, e alguém ao meu lado segura minha mão e a afasta. Levo um segundo para perceber que é Mina, para olhar nos olhos cinzentos dela e focar o suficiente para absorver suas palavras.

— Você vai ficar bem — promete ela.

Paro de lutar e confio nela.

Só mais tarde descubro que ela está mentindo.

Da segunda vez, me lembro de tudo. Do facho dos faróis do carro. Dos olhos do atirador brilhando para nós através da máscara. De como o dedo dele estava firme no gatilho. Da mão de Mina agarrando a minha, nossas unhas enfiadas na carne uma da outra.

Depois, passo os dedos por aquelas meias-luas sangrentas e percebo que são a única coisa que me sobrou dela.

Da primeira vez, passo semanas no hospital. Os médicos me costuram pedaço a pedaço. Cicatrizes cirúrgicas serpenteiam subindo pela minha perna, contornam o joelho, descem pelo peito.

Mina as chama de cicatrizes de guerra.

— São poderosas.

As mãos dela tremem quando ela me ajuda a abotoar o suéter.

Da segunda vez, não há hospital. Não há cicatrizes. Só sangue.

Está por todo lado. Aperto forte o peito de Mina, mas minha jaqueta já está ensopada.

— Está tudo bem — fico dizendo. Sem parar.

Ela me encara com olhos chocados, cheios de lágrimas, e respira bem fundo com a boca aberta. Seu corpo treme sob minhas mãos.

— Sophie... — Meu nome sai com um chiado. Ela levanta a mão, arrasta na direção da minha. — Soph...

É a última coisa que ela diz na vida.

AGORA (JUNHO)

— Então, hoje é o grande dia — diz Dra. Charles.

Olho para o outro lado da mesa. Dos escarpins reluzentes à maquiagem de bom gosto, "natural", ela não tem um cabelo fora do lugar. Quando conheci a dra. Charles, eu só queria bagunçá-la. Puxar os óculos nariz abaixo, amassar uma das mangas da camisa de punho francês. Rasgar aquela máscara limpinha, ordenada, e chegar ao pó, ao caos.

Na recuperação, não há espaço para o caos, diria a dra. Charles. Mas eu o desejo. Às vezes, mais do que a oxicodona.

É o que acontece quando você fica presa entre paredes brancas limpas, sessões infinitas de terapia e música new age clichê por três meses. A ordem e as regras te atingem, te levam a querer fazer bobagem só pela bagunça.

Mas não posso me dar a esse luxo. Não agora. A liberdade está tão próxima que quase consigo sentir.

— Acho que sim — digo, quando percebo que a dra. Charles está esperando uma resposta. Ela faz questão de receber respostas para suas "não perguntas".

— Está nervosa? — pergunta ela.

— Não.

É verdade. Conto nos dedos da mão quantas vezes fui sincera com ela. Incluindo esta.

Três meses mentindo é exaustivo, mesmo quando é necessário.

— Não é vergonha nenhuma ficar nervosa — diz a dra. Charles. — É um sentimento natural, dadas as circunstâncias.

Claro que, quando eu finalmente conto a verdade, ela não acredita em mim.

É a história da minha vida.

— Dá um pouco de medo... — Faço minha voz ficar relutante, e a máscara neutra de terapeuta da dra. Charles quase cai com a perspectiva de uma confissão.

Fazer com que eu me abra tem sido como arrancar um dente. Percebo que isso a incomoda. Uma vez, ela me pediu para contar como foi a noite do assassinato de Mina e eu virei a mesa de centro, o vidro se estilhaçando para todo lado enquanto eu tentava fugir dela — só mais uma coisa que destruí em nome de Mina.

A dra. Charles fica me olhando como se tentasse enxergar através de mim. Encaro de volta. Ela pode até usar a máscara de terapeuta, mas eu tenho minha expressão de "sou viciada em drogas". Ela não pode ignorar isso, porque, no fundo, embaixo de todas as outras coisas que eu sou (aleijada, acabada, marcada e enlutada), eu *sou* viciada em drogas — e sempre vou ser. A dra. Charles entende que eu sei isso sobre mim mesma. Que aceitei.

Ela acredita que é responsável pela minha mudança de colérica para paciente em recuperação, mas não é. Ela não vai levar crédito por isso.

Então, eu a encaro. E, finalmente, ela quebra a conexão e desvia o olhar para seu fichário de couro, fazendo algumas anotações.

— Você fez um progresso enorme no tempo que passou na Seaside Wellness, Sophie. Vai haver desafios enquanto se ajusta a uma vida sem drogas, mas estou confiante de que, com o terapeuta que seus pais contrataram e seu comprometimento com a recuperação, vai ter sucesso.

— Parece um bom plano.

Ela mexe em alguns papéis e, bem quando acho que estou livre, joga a bomba:

— Antes de você descer, quero conversar um pouco mais. Sobre Mina.

Então, ela levanta os olhos para mim, monitorando atentamente minha reação. Esperando para ver se vou quebrar sua nova mesa de centro. (Desta vez, de madeira — acho que ela percebeu que precisava de um móvel mais robusto.)

Não consigo impedir a forma como meus lábios se apertam e meu coração martela no ouvido. Eu me forço a respirar, inspirando e expirando pelo nariz como na ioga, relaxando a boca.

Não posso dar um passo em falso. Não agora. Não quando estou tão perto de sair.

— O que tem ela?

Minha voz está tão firme que quero me dar um tapinha nas costas de parabéns.

— Não falamos dela há algum tempo. — Ela continua me observando. Me esperando surtar, como fiz todas as vezes em que ela forçou o assunto. — Voltar para casa é um ajuste e tanto. Muitas memórias vão voltar. Preciso garantir que você possui o estado de espírito certo para lidar com elas sem... — Ela puxa o punho esquerdo da camisa.

É outra de suas táticas. A dra. Charles gosta de me obrigar a terminar as frases dela. Confessar meus erros e defeitos.

— Sem encher a cara de oxicodona? — completo.

Ela assente.

— Mina e o assassinato dela são gatilhos. É importante que você saiba disso. Que esteja preparada para os desafios e para a culpa que a memória dela vai trazer.

Preciso segurar minha reação impulsiva. Aquela que grita: *"O assassinato dela não teve nada a ver com as drogas!"*

Não adianta. Ninguém vai acreditar na verdade. Ninguém vai acreditar em *mim*. Não com as evidências na cara deles. Aquele escroto de máscara cobriu seus rastros — ele sabia que eu nunca notaria as drogas que plantou em mim, não depois de atirar em Mina e me apagar. Minha mãe cobrou todos os favores imagináveis para me colocar em Seaside onde poderia lidar com minha suposta recaída em vez de ter a filha fichada por posse de drogas.

A dra. Charles sorri para mim. É um movimento ao mesmo tempo insosso e encorajador, um retorcer beligerante de batom cor-de-rosa.

É meu teste final; preciso tomar cuidado com minhas palavras. Elas são minha chave para sair daqui. Mas é difícil, quase impossível, impedir que minha voz trema, parar as memórias que vêm rastejando. De Mina, rindo comigo naquela manhã, nós duas sem saber que ela acabaria junto com o dia.

— Eu amava Mina — falo. Ensaiei cem vezes, mas não pode parecer ensaiado. — E vou ter que lidar com o assassinato dela pelo resto da vida. Mas Mina ia querer que eu seguisse em frente. Ia querer que eu fosse feliz. Que eu ficasse limpa. Então, é o que vou fazer.

— E o assassino dela? — pergunta a dra. Charles. — Você se sente pronta para falar com a polícia sobre o que você talvez saiba?

— Eu amava Mina — repito, e desta vez minha voz treme, sim. Desta vez, é a verdade e nada mais. — E, se eu soubesse quem a matou, estaria gritando o nome dele a plenos pulmões. Mas ele estava de máscara. Eu não sei quem foi.

A dra. Charles se recosta e me examina como se eu fosse um peixe num aquário. Preciso morder o lábio para impedir que ele trema. Mantenho a respiração estável, como se segurasse uma postura de ioga difícil, e me forço a continuar.

— Ela era a minha melhor amiga — digo. — Você acha que eu não sei o quanto errei? Às vezes, não consigo dormir, pensando no que podia ter feito diferente naquela noite. Como podia ter impedido. Como é culpa minha. Eu sei de tudo. Só preciso aprender a conviver com isso.

É a verdade.

A culpa — ela é real. Só não vem de onde a dra. Charles acha que vem.

É culpa minha. Por não impedir Mina. Por não questionar mais. Por deixar que ela agisse como se uma reportagem de jornal fosse algo ultrassecreto. Por seguir a liderança dela, como sempre fiz. Por não ser mais rápida. Por ser aleijada, incapaz de correr, lutar ou fazer qualquer coisa para protegê-la.

— Eu não me importo de falar de novo com o investigador James — digo. — Mas ele não me acha a testemunha mais confiável.

— Você o culpa por isso? — pergunta a dra. Charles.

— Ele só está fazendo o trabalho dele.

A mentira é como vidro contra minhas gengivas, as palavras raspando a pele. Odiar o investigador James, a este ponto, é um instinto natural. Se ele tivesse me escutado...

Mas não posso pensar nisso agora. Preciso focar. O assassino de Mina está à solta. E o investigador James não vai encontrá-lo.

— Eu sei que vai ser difícil voltar para casa. Mas sinto que você me deu as ferramentas para lidar com tudo isso de forma bem melhor do que antes.

A dra. Charles sorri, e o alívio me atinge como uma pedra. Ela finalmente está acreditando.

— Fico muito feliz de te ouvir dizer isso. Sei que tivemos um início conturbado, Sophie. Mas você se mostrou bem mais positiva nas nossas últimas sessões. E isso é muito importante, com tudo o que te espera. A recuperação não é fácil, e o trabalho nunca para. — Ela olha o relógio. — Seus pais já devem ter chegado. Que tal eu te levar para a área de espera?

— Tudo bem.

Andamos em silêncio pelo corredor, passando pela sessão em grupo na sala de recreação. Aquele círculo de cadeiras foi meu inferno pessoal nos últimos três meses. Ter que me sentar ali e *compartilhar* com pessoas que mal conheço foi um sofrimento. Passei cada minuto mentindo sem parar.

— Eles devem estar atrasados — comenta a dra. Charles quando chegamos à sala de espera vazia.

É. Atrasados.

Ou ela está esquecendo nossa última sessão tensa no dia da família, ou sinceramente acredita no melhor das pessoas.

Eu não.

E é por isso que me pergunto se meus pais estão atrasados. Ou se simplesmente não vão aparecer.

2

TRÊS MESES E MEIO ATRÁS (DEZESSETE ANOS)

— Não me obriga a fazer isso. Por favor, mãe. Não preciso ir para lugar nenhum. Estou limpa. Eu *juro*!

— Não quero nem ouvir, Sophie.

Minha mãe fecha a mala com força e desce com passos pesados. Vou atrás. Preciso lutar contra ela. Fazer com que acredite em mim. Alguém tem que fazer isso.

Meu pai está nos esperando na porta da frente, o casaco pendurado no braço como se estivesse indo trabalhar.

— Prontas? — pergunta ele.

— Sim — confirma minha mãe.

Os saltos dela estalam no piso de azulejos espanhóis enquanto ela assume seu lugar ao lado dele.

— Não. — Fico plantada no pé da escada, endireito os ombros e cruzo os braços. Minha perna ruim treme enquanto a decepção me atinge. — Eu não vou. Vocês não podem me obrigar.

Meu pai suspira e olha para os pés.

— Entre no carro, Sophie Grace — ordena minha mãe.

Falo baixo e devagar:

— Não preciso ir para lugar nenhum. Eu não tive uma recaída. Mina e eu não estávamos comprando drogas. Eu estou limpa.

Já faz mais de seis meses. Faço qualquer exame que vocês mandarem.

— A polícia encontrou os comprimidos na sua jaqueta, Sophie — diz meu pai. Sua voz está rouca, e os olhos, vermelhos. Ele andou chorando. Chorando por minha causa. Pelo que ele acha que eu fiz. — Suas digitais estavam no frasco. Era para você estar na casa de Amber, mas, em vez disso, vocês duas estavam em Booker's Point. Comprando drogas. Mesmo que não tenha tido tempo de tomar os comprimidos, você comprou, eles não apareceram magicamente no seu bolso. Neste momento, Seaside é a melhor escolha para você. Sabe quanto sua mãe teve que brigar só para você não ficar com uma acusação de drogas na sua ficha?

Olho desesperada para os dois. Meu pai nem me olha; o rosto da minha mãe está congelado; ela está no modo coração de pedra. Nada vai fazê-la vacilar. Preciso tentar.

— Eu já disse, as drogas não eram minhas. O investigador James entendeu tudo errado. Não estávamos em Booker's Point atrás de drogas. Mina foi encontrar alguém para uma reportagem do jornal. A polícia está indo atrás das pessoas erradas e não quer acreditar em mim. Eu preciso que vocês acreditem.

Minha mãe me contorna, a mala balançando no pulso.

— Você entende o que eu e seu pai passamos por sua causa? E a sra. Bishop? Você por acaso se importa com o que ela deve estar sentindo? Ela já perdeu o marido e agora teve que perder a filha também! Trev nunca mais vai ver a irmã. E tudo porque *você* queria se drogar. — Ela cospe as palavras, e eu me sinto menos do que nada. Uma sujeirinha no sapato dela. Apertando os olhos para mim, ela continua: — Então, se não entrar naquele carro, se não for para Seaside e aprender a ficar sóbria, juro por Deus, Sophie... — Lágrimas brilham nos seus olhos enquanto a raiva evapora. — Eu vivo a ponto de perder você — sussurra, a voz treme e falha com o peso das palavras. — É o que eu devia ter feito da primeira vez, mas não fiz. Não vou cometer o mesmo erro duas vezes. — A voz dela endurece. — Entra no carro.

Não me mexo. Não consigo. Me mexer seria admitir que ela tem razão.

Seis meses. Cinco dias. Dez horas.

É o tempo que fiquei limpa, e repito sem parar para mim mesma. Desde que eu me concentre nisso, desde que esteja comprometida a fazer esse número aumentar, minuto a minuto, dia a dia, vou ficar bem. Preciso ficar.

— Agora, Sophie!

Balanço a cabeça e agarro o corrimão.

— Não posso deixar vocês fazerem isso.

Só consigo pensar em Mina. Mina está embaixo da terra, e o assassino dela está livre, e os policiais estão procurando em todos os lugares errados.

Meu pai me agarra pela cintura, me obrigando a soltar, e me levanta por cima dos ombros dele como um bombeiro. É gentil; ele sempre é gentil comigo, igual a quando me carregava para o andar de cima após o acidente. Mas estou cheia da gentileza dele. Ela não faz mais com que eu me sinta segura. Bato nas costas dele, o rosto vermelho, berrando, mas isso não o faz parar. Ele abre a porta da frente com força e minha mãe fica parada no alpendre, nos observando, os braços em torno do próprio corpo como se isso fosse protegê-la.

Ele marcha pela entrada de carros e me enfia lá no banco de trás, seu rosto pétreo quando senta atrás do volante.

— Pai. — As lágrimas escorrem pelas minhas bochechas. — Por favor. Preciso que você acredite em mim.

Ele me ignora, liga o motor e dirige.

3

AGORA (JUNHO)

Meus pais ainda não apareceram. A dra. Charles não para de olhar para o relógio e batucar com a caneta no joelho.

— Posso esperar sozinha.

Rugas marcam a testa lisa dela. Não é assim que as coisas são. Meus pais deviam estar chorando e abraçando meu novo eu melhorado, limpíssimo, já faz pelo menos vinte minutos.

— Vou só fazer uma ligação — diz ela.

Apoio a cabeça na parede e fecho os olhos. Sento e espero, me perguntando se ela vai me deixar chamar um táxi se não conseguir entrar em contato com os meus pais.

Cerca de dez minutos se passam antes de alguém dar um tapinha no meu joelho. Abro os olhos, esperando ver a dra. Charles. Mas, em vez disso, pela primeira vez em meses, sinto um sorriso de verdade se abrir no meu rosto.

— Tia Macy!

Eu me jogo em seus braços, quase a derrubando. Meu queixo passa por cima do ombro dela quando a abraço. Macy é alguns centímetros mais baixa do que eu, mas algo na forma como ela se posiciona a faz parecer mais alta. Ela tem cheiro de jasmim e pólvora, e é a melhor coisa que vejo no que parece séculos.

— Ei, menina. — Ela abre um sorriso largo e me abraça de volta, as palmas quentes cheias de calos nos meus ombros. O cabelo, loiro como o meu, cai pelas costas numa trança longa. A pele bronzeada deixa os olhos impressionantemente azuis. — Sua mãe ficou presa em um caso. Ela me mandou no lugar.

Não tive notícias de Macy durante todo o tempo que passei em Seaside, apesar de, depois das primeiras duas semanas, eu ter permissão de receber cartas de outras pessoas que não meus pais. Mas agora ela está aqui, e tenho que morder o lábio para esconder o alívio que me percorre.

Ela veio. Ela ainda se importa. Ela não me odeia. Mesmo que acredite em todos os outros, ela *veio*.

— Podemos ir embora, por favor? — pergunto com a voz baixa, lutando contra as lágrimas.

— Sim. — Ela segura minha nuca, os dedos se emaranhando no cabelo comprido. — Vamos fazer seu check-out.

Depois de cinco minutos assinando uma pilha de papéis, estou livre.

Tenho vontade de correr no minuto em que piso lá fora. Estou quase convencida de que, a qualquer segundo, a dra. Charles vai sair batendo as portas, percebendo todas as minhas mentiras de repente. Quero dar um pinote até o Volvo velho da tia Macy, me trancar lá dentro.

Mas correr não é uma opção. Não é há quase quatro anos, desde que minha perna direita e minhas costas ficaram ferradas no acidente de carro. Em vez disso, caminho o mais rápido que meu coxear me permite.

— Sua mãe queria que eu te dissesse como ela ficou chateada de não poder vir — diz tia Macy ao ligar o carro.

— E a desculpa do meu pai?

— Viajando. Congresso odontológico.

— É a cara dele.

Macy levanta uma sobrancelha, mas não diz nada ao sairmos do estacionamento para a estrada. Abro a janela, erguendo os dedos no ar quente de verão. Fixo o olhar nos prédios que passam como borrões, longe dos olhares questionadores dela.

Tenho medo de falar. Não sei o que disseram para ela. Eu só podia receber visitas dos meus pais, e eles só vinham quando precisavam.

Então, fico quieta.

Nove meses. Duas semanas. Seis dias. Treze horas.

Meu mantra. Sussurro os dias bem baixinho, apertando as palavras contra os lábios, mal as deixando sair para o mundo.

Preciso continuar adicionando. Preciso ficar limpa, focada.

O assassino de Mina está à solta, andando livre por aí, à luz do dia. Toda vez que penso em quem quer que ele seja se livrando do que fez, quero me enterrar com um punhado de comprimidos, mas não posso, não posso, não posso.

Nove meses. Duas semanas. Seis dias. Treze horas.

A tia Macy sintoniza o rádio em uma estação de músicas antigas e muda de faixa na estrada. Deixamos o litoral para trás, a paisagem dando lugar a sequoias, depois a pinheiros, quando entramos nas Trinity. Deixo o ar entrar pelos meus pulmões, desfrutando da sensação como uma criança.

Dirigimos em silêncio por quase uma hora. Fico grata por isso, pela chance de absorver a liberdade que canta em minhas veias. Chega de grupo. Chega de dra. Charles. Chega de paredes brancas e luz fluorescente.

Agora, posso esquecer o que está me esperando cento e trinta quilômetros após subir esses morros. Posso me enganar que é fácil: o vento em meu cabelo e entre meus dedos, o rádio ligado e quilômetros de liberdade à frente.

— Está com fome? — Tia Macy aponta para um outdoor anunciando uma lanchonete na saída 34.

— Eu comeria alguma coisa.

A lanchonete é barulhenta, com clientes conversando e louça tilintando. Traço espirais no glitter desbotado embutido no tampo de fórmica da mesa enquanto a garçonete de cabelo volumoso anota nossos pedidos.

Depois de ela sair apressada, o silêncio nos domina. É como se, após tanto tempo, Macy não soubesse por onde começar, e não suporto ser a primeira a falar. Então, peço licença e vou ao banheiro.

Estou um caco: pálida e magra demais, minha calça jeans pendurada nos ossos do quadril, que antes mal era visível. Jogo água no rosto, deixando pingar pelo queixo. A dra. Charles diria que estou evitando, atrasando o inevitável. É idiota, mas não consigo me impedir.

Passo os dedos por meu cabelo loiro espetado. Não uso maquiagem há meses, e as olheiras escuras embaixo dos meus olhos chamam atenção. Aperto os lábios secos, queria ter um hidratante labial.

Tudo em mim está cansado, rachado e *faminto*. Em mais de um sentido. Em todos os sentidos ruins.

Nove meses. Duas semanas. Seis dias. Catorze horas.

Seco o rosto e me forço a sair do banheiro e voltar à mesa.

— As batatinhas estão gostosas — é só o que Macy diz, mergulhando uma em ketchup.

Engulo metade do meu hambúrguer, amando só porque não é comida da clínica e não vem em uma bandeja.

— Como vai Pete?

— É o Pete — diz ela, e sorrio, porque isso resume tudo. O namorado dela dominou a arte de ficar tranquilo. — Estou com uns fluxos de ioga que ele montou para você. — Ela come mais uma batata. — Você continuou praticando?

Faço que sim com a cabeça.

— A dra. Charles deixou eu ficar com meu tapete e meus blocos. Mas não pude ficar com a faixa. Acho que ela tinha medo de eu me enforcar ou algo do tipo.

É uma tentativa tosca de piada que deixa um espaço enorme de silêncio desconfortável entre nós.

Macy toma um gole do seu chá gelado, me olhando por cima do copo. Quebro uma batata no meio e amasso entre os dedos só para ter o que fazer.

— Querem mais alguma coisa, garotas? — pergunta a garçonete ao encher meu copo de água.

— Só a conta — diz Macy. Ela nem olha a garçonete, mantendo os olhos em mim. — Tá bom, Sophie. Chega de piadas ruins. Chega de conversinha. Hora de me falar a verdade.

Fico enjoada e, por um segundo, tão ansiosa que tenho medo de vomitar.

Ela é a única pessoa que sobrou que não ouviu a minha versão da verdade. Tenho muito medo de ela fazer o mesmo que todos: me culpar. Recusar-se a acreditar em mim. Preciso usar todos os fiapos de força que me restam para responder:

— O que você quer saber?

— Vamos começar com por que você supostamente teve uma recaída duas semanas depois de voltar do Oregon. — Quando não respondo, ela bate o garfo na beirada do prato. — Quando sua mãe ligou e disse que tinham achado drogas na sua jaqueta, fiquei surpresa. Achei que tivéssemos lidado com tudo isso. Eu entenderia uma recaída *depois* do assassinato de Mina. Mas assim... não muito.

— Os comprimidos estavam na minha jaqueta na cena do crime, então, só podiam ser meus, né? Mina não usava drogas. Eu que tenho esse histórico. Era eu que estava limpa fazia pouco mais de seis meses quando aconteceu. Sou o motivo para estarmos lá, para começo de conversa. É o que todo mundo diz. — Não consigo esconder a amargura em minha voz.

Macy recosta no sofá, levanta o queixo e me olha, com uma compreensão triste no rosto.

— Estou mais interessada no que *você* tem a dizer.

— Eu… Você… — As palavras ficam presas em minha garganta e aí é como se ela tivesse puxado uma tomada dentro de mim. Um som truncado sai da minha boca, apertado e incoerente de alívio. — Você vai me ouvir?

— Você merece isso de mim — respondeu Macy.

— Mas você não me visitou. Nunca escreveu. Achei que você…

— Sua mãe. — A boca de Macy se achata. Ela está com aquele olhar com que sempre fica antes de sair para um trabalho, como uma mola de tensão louca para sair pulando. — Foi difícil para ela. Ela confiou que eu fosse te manter sóbria e acha que fracassei. Além do mais, quando descobri que tinha te mandado para Seaside, talvez eu tenha dito algumas coisas.

— Que coisas?

— Falei umas merdas dela — explica Macy. — E não devia, mas estava com raiva e preocupada. Perguntei se eu podia ir te ver ou pelo menos escrever, mas ela não queria que eu me envolvesse. Eu te amo, gatinha, mas você é filha dela, não minha. Eu tive que respeitar os desejos dela. Ela é minha irmã.

— Então, você se afastou.

— Me afastei de você — diz Macy. — Mas não do caso.

Eu me endireito.

— Como assim?

Macy abre a boca, mas logo fecha quando a garçonete para em nossa mesa, entregando a conta.

— Não tem pressa, meninas — diz ela. — Me avisem se quiserem colocar alguma coisa para viagem.

Macy assente com um agradecimento e espera a garçonete sair para anotar um pedido de outra mesa, antes de se voltar para mim.

— Sua mãe tinha se decidido sobre o que havia acontecido com você. Mas fui eu quem te tirei das drogas. No ano passado, fiquei mais tempo com você do que ela. E não podia fazer nada enquanto você estava em Seaside, mas sabia como Mina era importante para você. E sabia que, se você tivesse qualquer informação sobre o assassino dela, teria falado, mesmo que fosse se encrencar. Eu não conseguia parar de sentir isso, então, fiz umas ligações para uns velhos amigos da força, perguntei por aí, pus as mãos nos relatórios, e a visão do investigador principal não se encaixava. Mesmo que você e Mina estivessem lá para comprar, por que um traficante deixaria as drogas com vocês? Isso é evidência. O assassino atirou em Mina. Podia facilmente ter atirado em você também, se livrando das duas testemunhas, mas decidiu te deixar desmaiada. Isso me diz que não foi aleatório. Você foi um alvo pensado. E, se ele plantou os comprimidos em você, quer dizer que foi planejado.

Algo próximo do alívio começa a se desenrolar dentro de mim. Tudo o que ela está dizendo é tudo o que eu pensei, sem parar, enquanto estava trancafiada. Por que ele me deixou viver? Por que plantou os comprimidos? Como ele sabia tanto sobre mim para plantar os comprimidos *certos*?

— Eu não sabia que os comprimidos estavam no meu bolso — digo. — Juro. Ele deve ter plantado enquanto eu estava inconsciente... Ele já tinha desaparecido quando acordei. E Mina estava... — Preciso piscar forte e engolir antes de conseguir continuar. — Precisei estancar o sangramento. Usei minha jaqueta, mas não foi... Eu a deixei lá depois de ela... Depois. A primeira vez em que alguém mencionou drogas foi quando o investigador James foi lá em casa. Aí, não importou para meu pai e minha mãe os meus testes do pronto-socorro terem voltado limpos. Eles não queriam me ouvir. Ninguém queria.

— Eu estou te ouvindo — respondeu Macy. — Me conta o que aconteceu. Por que vocês estavam em Booker's Point para começo de conversa?

— Estávamos indo à festa da nossa amiga Amber — conto. — Mas, no meio do caminho, Mina falou que tínhamos que fazer um desvio até o Point. Que ela precisava encontrar alguém para uma reportagem que estava escrevendo. Ela estava estagiando no *Harper Beacon*. Quando não quis me dar detalhes, eu só imaginei que fosse uma tarefa para o supervisor dela ou talvez uma entrevista que alguém teve que remarcar. Eu não queria ir, era no cu do mundo, e Amber mora do outro lado da cidade. Mas Mina estava...

— Não consigo verbalizar que eu era incapaz de negar qualquer coisa a ela.

Minhas mãos tremem, chacoalhando os cubos de gelo no copo. Eu o apoio com cuidado, entrelaçando os dedos e estudando a mesa como se a resposta de tudo estivesse escondida entre o glitter na fórmica.

Não falo tão sinceramente desde a primeira vez que a polícia me interrogou. A dra. Charles fez tudo que pôde, em meio a móveis quebrados e semanas de silêncio, mas eu tinha distorcido a verdade para se adequar à pessoa que ela achava que eu era.

Com Macy, finalmente estou segura. Ela me tirou do fundo do poço uma vez, e sei que faria de novo. Mas não estou mais no fundo. Firmei o pé naquele lugar intermediário precário, a zona cinzenta em que se troca o vício por algo quase igualmente perigoso: obsessão.

— Eu o vi antes de Mina — digo. — Vi a arma na mão dele. Vi que ele estava de máscara. Eu sabia... sabia o que ele ia fazer. Que eu não tinha como correr mais do que ele. Mas Mina talvez conseguisse. Eu devia ter gritado para ela correr. Pelo menos ela teria tido uma chance.

— Não tem como correr mais do que uma bala — responde Macy. — Ele queria matar Mina. Era por isso que estava lá. Você não podia ter impedido. Nada poderia.

— Ele disse algo para ela. Depois que ele me atingiu, eu caí e, enquanto estava apagando, escutei. Ele falou: "Eu te avisei." E, aí, ouvi tiros e... não consegui mais aguentar. Quando acordei, estávamos só nós duas. Ele tinha desaparecido.

Minhas mãos estão tremendo de novo. Enfio embaixo das coxas, pressionando forte contra o sofá de vinil vermelho.

— Contei tudo isso para o investigador James. Falei para ele conversar com a equipe do *Beacon*. Perguntar ao supervisor dela no que ela estava trabalhando. Ele checou o computador dela? A mesa? Ela fazia anotações em tudo; elas têm que estar em algum lugar.

Macy sacode a cabeça.

— Ele conversou com todo mundo, Sophie. O supervisor de Mina, os outros estagiários, até a faxineira que fazia o turno da noite. Ele trouxe todos os traficantes de três condados para interrogação, junto com a maior parte dos jovens do seu ano, mas não encontrou nada que merecesse mais investigação. Junto com um depoimento de testemunha que era... Bom, frágil. — Ela mexe com o garfo e levanta os olhos para mim. — Sem mais provas ou uma confissão milagrosa, o caso vai ser arquivado como assassinato não resolvido ligado a drogas, e é isso.

Fico enjoada e ranjo os dentes.

— Não posso deixar isso acontecer.

Os olhos de Macy se suavizam.

— Você talvez precise, gatinha.

Não respondo nada. Fico quieta.

Nos levantamos, ela paga a conta e deixa uma gorjeta para a garçonete antes de sairmos da lanchonete. Ainda estou em silêncio, a ideia de nunca saber quem tirou Mina de mim queimando no peito. Mas, por algum motivo, como sempre, tia Macy escuta as palavras que não consigo dizer.

Quando estamos no carro, Macy estende o braço e segura minha mão.

Ela a mantém na dela durante todo o caminho até em casa.

É como uma rede de segurança.

Macy sempre está pronta para minha inevitável queda.

4

NOVE MESES E MEIO ATRÁS (DEZESSEIS ANOS)

— Você é uma sádica do caralho — rosno para Macy.

Faz três dias que meus pais me mandaram ao Oregon para Macy "me colocar em ordem", como diz meu pai. Três dias que não tomo nenhum comprimido. A abstinência já é bem ruim — como se meu corpo fosse um hematoma gigante, latejando, e aranhas rastejassem embaixo da minha pele suada —, mas a dor, latente e contínua, é insuportável. Com os comprimidos, consigo me mover sem doer demais. Sem eles, minhas costas estão me matando e minha perna vive cedendo. Cada movimento, até me virar na cama, faz explodir pela minha coluna uma dor aguda que me deixa sem ar, com lágrimas de dor caindo pelo rosto. A dor, que vem com força total pela primeira vez desde o acidente, combinada com a abstinência, é excruciante. Paro de sair da cama. Dói demais.

É tudo culpa de Macy. Se ela simplesmente me desse as porcarias dos comprimidos, eu ficaria ótima. Conseguiria me mexer. Não sentiria dor. Ficaria bem de novo.

Eu só quero ficar bem de novo. E Macy não deixa.

Passo muito tempo olhando as paredes amarelas alegres do quarto de hóspedes dela, com as cortinas de renda e os pôsteres vintage de viagens. Me dão vontade de vomitar. Odeio tudo na casa de Macy. Quero voltar para minha casa.

Quero meus comprimidos. Pensar neles me consome, esvazia minha cabeça de todo o resto, do jeito como apenas uma única outra coisa fez antes. Mina me odiaria por compará-la a isso, mas não estou nem aí, porque, no momento, eu meio que odeio ela também.

— Eu estou te ajudando.

Macy mal levanta os olhos da revista. Está sentada numa poltrona turquesa do outro lado do quarto, as pernas apoiadas na banqueta da mesma cor.

— Eu... estou... com... dor!

— Eu sei que está. — Ela vira uma página. — E é por isso que tem uma consulta amanhã. Com o melhor médico de manejo da dor de Portland. Vamos achar opções não narcóticas para você. E Pete tem um amigo acupunturista que vai tratar você em casa.

A ideia faz meu estômago revirar.

— Você quer enfiar agulhas em mim? Ficou doida?

— Acupuntura pode ser terapêutico.

— Não vou fazer isso de jeito nenhum — respondo, com firmeza. — Não posso ir para casa, por favor? Isto tudo é uma idiotice. Foram os médicos que me deram os comprimidos. Eu tenho *receitas*. Você acha mesmo que sabe mais do que eles?

— Provavelmente não — admite Macy. — Eu nem me formei na faculdade. Mas agora sou responsável por você, ou seja, posso fazer o que achar melhor. Você é viciada em drogas. Você fez merda. Agora vai ficar sóbria.

— Eu já te disse que não tenho problema com drogas. Eu estou com *dor*. É o que acontece quando você é esmagada por um SUV e seus ossos são emendados por metais e parafusos.

— Blá-blá-blá. — Macy faz um gesto de mão desdenhando e solta a revista. — Já ouvi tudo isso antes. Algumas pessoas conseguem lidar com remédios para dor, outras, não. Considerando a farmácia que seu pai achou no seu quarto, vou dizer que você está a poucos dias ruins de uma overdose. Acha que eu te deixaria fazer isso? Fazer sua mãe e eu passarmos por isso? De jeito nenhum. De novo não. Quando acabarem suas desculpinhas e você admitir que tem um problema, podemos conversar. Quanto antes você admitir, gatinha, mais cedo vamos chegar à raiz disso. É melhor você começar a falar, porque não vai a lugar nenhum até eu ter certeza de que você não é um perigo para si mesma.

— Eu estou *bem*.

Limpo o suor da testa, engolindo em seco contra a náusea constante que me dominou desde ontem. Meu Deus, abstinência é uma *merda*.

Macy se levanta e enfia uma lata de lixo na minha mão.

— Se for vomitar, usa isto.

O rosto dela se suaviza, uma ondulação naquela fachada de policial durona que ela veste tão bem. Ela estende o braço, segurando minha mão livre na dela, e aperta o bastante para eu não conseguir puxar.

— Eu não vou desistir de você, Sophie. Não importa o que você faça, não importa o que diga, estou aqui. Não vou te perder. Não para isso. Vou te tirar das drogas. Mesmo que você acabe me odiando por isso.

— Que ótimo — digo, com amargura. — Que sorte a minha.

5

AGORA (JUNHO)

Harper's Bluff fica aninhada no lado da cordilheira de Siskiyou no norte da Califórnia, uma cidade minúscula cavada em meio à natureza selvagem, protegida por montanhas cheias de pinheiros, cercada por bosques de carvalho por quilômetros, com um lago que se estende até o que a gente se engana pensando que é o infinito. Temos uma população com um pouco mais de vinte mil habitantes, mais igrejas do que mercados, bandeiras americanas tremulando na maioria das casas e adesivos de para-choque que dizem HOMENS DE VERDADE AMAM JESUS em metade dos caminhões na estrada. Não é idílico, mas é confortável.

Achei que estivesse pronta para voltar, mas, no segundo em que passamos pela placa BEM-VINDOS A HARPER'S BLUFF, quero mandar Macy pisar no freio. Implorar que ela me leve de volta ao Oregon junto com ela.

Como posso estar aqui sem Mina?

Mordo a língua. Preciso fazer isso *por* ela. É a única coisa que posso fazer. Observo pela janela enquanto passamos por minha escola do ensino médio. Fico me perguntando se decoraram o armário de Mina, se foi enfeitado com flores e velas, bilhetes enfiados nos cantos para jamais serem lidos. Me pergunto se o túmulo dela está igual, cheio de ursos de pelúcia e fotos dela, sorrindo para um céu que nunca mais vai ver. Eu nem fui ao enterro — não conseguia suportar vê-la sendo colocada embaixo da terra.

Quando viramos em minha rua, Macy recebe uma ligação. Manobrando o carro na entrada, ela prende o celular embaixo do queixo.

— Onde? — Ela escuta por um segundo. — Há quanto tempo? — Ela desliga o carro, me olhando. — Certo, consigo chegar em meia hora.

— Alguém pagou a fiança e não apareceu para o julgamento? — pergunto quando ela desliga.

Macy é uma caçadora de recompensas, embora prefira ser chamada de agente de recuperação de fiança.

— Um criminoso sexual em Corning. — Ela franze a testa para a entrada vazia da garagem, sem carros estacionados. — Imaginei que sua mãe já fosse ter voltado.

— Não tem problema. Eu consigo ficar sozinha em casa.

— Não, você não devia ficar sem ninguém agora.

— Vai lá pegar o bandido. — Eu me inclino e dou um beijo na bochecha dela. — Prometo que vou ficar bem. Posso até te ligar assim que minha mãe chegar, se você for ficar mais tranquila.

Macy batuca os dedos no volante. Ela está se coçando para ir, para perseguir aquele cara e colocá-lo na cadeia, onde é o lugar dele.

Conheço essa sensação, esse ímpeto por justiça. Todas as mulheres da minha família têm. O de Macy é na forma da perseguição, no julgamento duro, rápido e brutal, e o da minha mãe aparece na forma de regras, leis e júris: o tribunal é seu campo de batalha.

O meu está na forma de Mina, amplificado por ela, definido por ela, existindo por causa dela.

— Sério, tia Macy. Eu tenho dezessete anos, estou sóbria e posso passar um tempo sozinha.

Ela me lança um olhar calculista. Aí, estende o braço e abre o porta-luvas.

— Pegue isso — diz, apertando um recipiente do tamanho de uma garrafa d'água na minha mão. No topo, tem uma alavanca branca e um rótulo com grandes letras vermelhas que dizem REPELENTE DE URSO.

— Você está me dando spray contra ursos? Sério?

— Tem um alcance bem melhor e é mais forte do que aquelas paradas de chaveiro de spray de pimenta que vendem na farmácia com a embalagem cor-de-rosa fofa, sem falar que é muito melhor do que uma arma de choque — diz Macy. — Coisas demais podem dar errado com um taser: roupas podem atrapalhar, os pinos não ejetam por completo, alguns caras grandes não caem com a corrente elétrica. Se jogar este spray na cara dele? Ele vai cair. — Ela tira a lata das minhas mãos e aponta a alavanca. — Aperte o botão no topo e gire para a direita para destravar o mecanismo. Mire e puxe o gatilho. Nunca largue a lata; você talvez precise usar de novo. Jogue o spray e *corra*. Mesmo que seu agressor esteja incapacitado, se ele tiver uma pistola, uma faca ou qualquer arma, pode causar danos, mesmo cego. Jogue o spray, corra e não solte sua única arma. Entendeu?

— Você está mesmo me encorajando a usar isto?

— Se tiver alguém atrás de você? Com certeza — fala Macy, e a voz dela está tão séria que arrepia minhas costas. — Quem matou Mina ainda está solto. Você é a única testemunha viva. E tenho bastante certeza de que você está prestes a começar alguma merda séria, então, *tome cuidado*.

— Você não vai me impedir de procurar respostas?

Até falar em voz alta, percebo que estava esperando que ela fizesse isso.

Macy fica em silêncio por um momento. Ela me olha de cima a baixo, os olhos azuis me analisando como faria com um meliante.

— Eu conseguiria? — pergunta ela, direta.

Minha mão se aperta em torno da lata. Faço que não com a cabeça.

— Imaginei. — Macy tenta não sorrir, mas vejo o sorriso antes de ela voltar à seriedade. — Você lembra o que te contei na noite em que decidimos que você estava pronta para voltar para casa?

— Você disse que eu era capaz de tomar minhas próprias decisões.

— Você não é mais criança, Sophie. Já passou por muita coisa. E, embora tenha feito algumas escolhas péssimas, também fez umas decentes. Você ficou limpa e continuou assim. Eu acredito nisso. Acredito em você. E provavelmente seria inteligente dizer para você esquecer, que superar a perda de Mina é a coisa certa a se fazer. Mas vejo em você, gatinha, como vai te consumir não fazer nada. Não tentar. Só... — O celular dela toca de novo. — Merda — murmura.

Aproveito a distração.

— Vou tomar cuidado, prometo. Vai para Corning. — Solto meu cinto de segurança e pego minha bolsa. — Chuta o saco do pervertido por mim.

Macy sorri.

— Essa é minha garota.

Nossa casa não mudou. Não sei por que pensei que estaria diferente. Talvez porque todo o resto está. Mas os sofás de couro elegantes e a mesa de cerejeira entre eles continuam na sala, a máquina de café na cozinha está cheia até a metade, a caneca vazia do meu pai ao lado da pia. Como um dia qualquer.

Subo para o meu quarto. Minha cama está recém-feita e passo os dedos pelos lençóis vermelhos. Estão amarrotados na ponta, o que quer dizer que foi minha mãe que os colocou, em vez de pedir para a faxineira que vem uma vez por semana.

Pensar nela fazendo isso com dificuldade, de salto alto e saia lápis, ainda tentando tornar o espaço confortável para mim, faz meus olhos arderem. Pigarreio, piscando rápido, e jogo o conteúdo de minha bolsa na cama antes de ir tomar banho.

Deixo a água cair por minha cabeça por muito tempo. Preciso me lavar para tirar o cheiro da clínica — purificador de ar de limão e poliéster barato.

Por três meses, fiquei presa, estagnada e esperando, atrás de paredes brancas e sessões de terapia, enquanto o assassino de Mina estava solto. Percebo que estou finalmente livre e fecho com força as torneiras. Não suporto mais passar um minuto dentro de lugar nenhum. Eu me visto, deixo um bilhete na mesa da cozinha e tranco a porta atrás de mim. A lata de spray contra ursos está segura em minha bolsa.

Macy tinha razão — estou prestes a começar uma merda séria. Não tenho ideia de por que alguém mataria Mina. O que significa que preciso estar preparada para qualquer coisa. Qualquer pessoa.

Está ficando tarde. Mas ele ainda vai estar no parque.

O bom de crescer numa cidade pequena é que todo mundo conhece todo mundo. E, se você tem uma rotina, é fácil de ser encontrado.

Caminho até o parque e chego assim que os caras que jogam futebol estão terminando a partida casual, os de camisa contra os sem camisa. O sol está caindo, aquele momento de crepúsculo em que luz e escuridão estão quase artificialmente equilibradas, como um filme antigo, saturado de cor difusa. Observo do outro lado da rua e espero até um cara loiro enorme, de cabelo desgrenhado, usando uma camisa de futebol suja e shorts bem largos, se afastar do grupo, indo em direção ao banheiro, a porta se fechando com um balanço atrás dele.

É perfeito: isolado, ele não tem para onde correr. Então, aproveito o momento.

Quero entrar com tudo no banheiro, dar um puta susto nele, prender a cara dele contra o azulejo sujo com o pé até ele admitir a verdade.

Em vez disso, entro discretamente e tranco a porta atrás de mim quando tenho certeza de que só está ele ali.

A descarga soa, e minha barriga dá um pulo, em parte com raiva, em parte com medo.

De início, ele não me vê, mas, na metade do caminho para a pia, vê meu reflexo no espelho.

— Caralho.

Ele se vira.

— Oi, Kyle.

— Achei que você estivesse na clínica de reabilitação.

— Eles me liberaram.

Dou um passo à frente e, quando ele se afasta, uma sensação gostosa passa por mim. Kyle é enorme, tem um pescoço grosso e é sólido — mais apropriado para jogar futebol americano do que futebol —, e gosto de ver que ele tem um pouco de medo de mim, mesmo que seja só porque acha que a drogada vai fazer alguma coisa doida.

Dou mais um passo. Desta vez, ele segura o ímpeto de dar um passo para trás. Mas ele quer. Vejo o medo naquela cara de quem já, já vai ser um playboy universitário.

Medo significa culpa.

Puxo o spray contra ursos de minha bolsa, destravando e levantando à altura dos olhos dele enquanto dou um passo à frente.

— Lembra aquela vez em que o irmão do Adam jogou spray para ursos na cara dele sem querer? Estávamos o quê, no primeiro ano do ensino médio? Talvez tenha sido até no nono ano... Enfim, é uma das histórias que ele mais gosta de contar quando está bêbado. Citando Adam: "Aquela merda arde pra caralho."

Bato o dedo no gatilho. Kyle fica tenso.

— Quando eu estava na clínica, tive muito tempo para pensar — digo. — É basicamente a única coisa que tem para se fazer: pensar nos seus erros, nos seus problemas e em como resolver. Mas, em todo esse tempo, nunca achei as respostas certas às minhas perguntas. Quem sabe você consegue me ajudar, Kyle. Que tal começar me falando por que mentiu para a polícia na noite da morte de Mina?

6

QUATRO MESES ATRÁS (DEZESSETE ANOS)

No dia seguinte ao assassinato de Mina, meu pai me leva do hospital para casa. Ficamos o caminho todo em silêncio. Quero descansar a testa na janela para permitir que a sensação do vidro sólido me estabilize. Mas, quando apoio a têmpora no vidro, ele pressiona o arco de pontos. Faço uma careta de dor e olho para a direita.

Está sol. Um dia bonito e frio de fevereiro, com a neve ainda cobrindo o topo das montanhas. Crianças estão brincando no parque quando passamos. Parece estranho a vida continuar, depois de tudo.

Meu pai abre a porta do carro para mim quando paramos na entrada da garagem, mas, ao entrarmos na casa, hesito no pé da escada. Ele me olha com preocupação.

— Precisa de ajuda, meu bem?

Faço que não.

— Vou tomar um banho.

— Não esqueça que o investigador vai chegar em mais ou menos uma hora. Você acha que vai estar pronta para falar com ele até lá?

Eles tinham me sedado no hospital. Eu estava aérea demais para responder perguntas quando a polícia foi lá.

A ideia de falar do assunto me dá vontade de gritar, mas, antes de subir com dificuldade as escadas, respondo:

— Vou estar pronta.

Quase desejo não ter jogado minha bengala fora quando tinha quinze anos, porque, agora, seria útil.

Ligo a água e me dispo devagar no banheiro, tirando o suéter e a camisa polo de manga longa.

É aí que vejo: uma mancha vermelha, já amarronzada, no meu joelho. O sangue de Mina.

Pressiono os dedos no local, as unhas se enfiando na pele até aparecerem gotas novas de vermelho vivo. Meus dedos ficam manchados e meu peito fica apertado, apertado, apertado.

Cinco meses. Três semanas. Um dia. Dez horas.

Respiro fundo. O ar está cheio de vapor do chuveiro, quente, quase pegajoso na minha garganta.

Uso a ponta dos pés para tirar os tênis que meu pai levou para eu usar na volta para casa. Meus pés continuam sujos. Ontem à noite, eu estava usando sandálias. Provavelmente estão em um saco em algum lugar, junto com todo o resto que eu estava vestindo, para serem testadas em busca de evidências.

A única coisa que vão encontrar é o sangue dela. Meu sangue. Nosso sangue.

Afundo mais as unhas no joelho. Respiro fundo uma vez, depois outra.

Na terceira, entro no banho.

Deixo a água lavar o que sobrou dela.

Quando saio do banho, encontro minha mãe saqueando meu quarto.

— Tem mais? — exige ela.

Rímel escorre pelo rosto dela, seus olhos com manchas vermelhas enquanto ela arranca os lençóis da minha cama e vira o colchão.

Fico lá, parada, enrolada numa toalha, meu cabelo pingando pelos ombros, chocada.

— O que você está fazendo?

— Drogas, Sophie. Tem mais? — Ela arranca as fronhas dos travesseiros, abre os zíperes e enfia a mão lá dentro, arranhando a espuma.

— Não tem droga nenhuma aqui.

A energia que pulsa dela como calor está me fazendo cambalear.

Minha mãe agarra o porta-joias da minha mesa de cabeceira, virando de ponta-cabeça. Caem pulseiras e colares numa pilha no chão. Ela arranca as gavetas da cômoda com força suficiente para saírem de uma vez e joga o conteúdo em cima da cama.

Enquanto ela vasculha em meio a camisetas e roupas de baixo, lágrimas caem dos cantos de seus olhos, manchando mais o rosto dela de preto.

Minha mãe não é uma pessoa emotiva. É uma advogada até o fundo. Gosta de controle. Regras. O caos que fez cair sobre meu quarto é tão incomum para ela que fico só lá, parada, boquiaberta.

— Mãe, eu não estou usando droga nenhuma.

É minha única defesa: a verdade. Não tenho mais nada.

— Você está mentindo. Por que continua mentindo para mim? — Mais lágrimas escorrem pelo seu rosto enquanto ela abre com tudo as portas do armário. — O investigador James estava lá embaixo. Ele me disse que acharam oxicodona no bolso da sua jaqueta.

— Quê? Não. *Não!*

O choque penetra o torpor que me dominava. Meus olhos se arregalam quando percebo que ela acredita nele... quando entendo o que isso significa.

— A polícia falou com Kyle Miller de manhã. Kyle diz que Mina contou para ele que vocês duas iam para Booker's Point comprar drogas.

— *Não!* — Estou presa em um looping, é a única palavra que consigo pronunciar. — Kyle está mentindo! Mina mal estava falando com ele. Ela se recusava até a atender quando ele ligava.

Do armário, minha mãe levanta os olhos para mim, e há vergonha mesclada com o rímel manchado e as lágrimas em seus olhos.

— Eles encontraram os comprimidos, Sophie. Você deixou na sua jaqueta na cena do crime. E todos sabemos que não eram da Mina. Não acredito nisso. Você está em casa há menos de um mês e já teve uma recaída. O que quer dizer que todo o trabalho de Macy... — Ela faz um gesto sem sentido com um dos meus sapatos na mão e balança a cabeça. — Eu devia ter mandado você para a reabilitação. Nunca devia ter te deixado ir para a Macy. Você precisa de ajuda profissional. A culpa é minha, e vou ter que viver com isso.

— Não, mãe. Não estávamos lá para comprar drogas, eu *juro*. Mina ia encontrar alguém para uma reportagem que estava fazendo para o jornal. Não estou usando drogas! Não tomei nem comprei nada. Estou limpa! Meus testes no hospital vieram todos limpos! Estou sóbria há cinco meses e meio!

— Pare com os seus joguinhos, Sophie. Sua melhor amiga morreu! Ela morreu! E podia ter sido você!

Ela joga o sapato do outro lado do quarto. Ele bate na parede oposta e me assusta tanto que meus joelhos cedem. Caio no chão, com as mãos na cabeça, a garganta apertada de medo.

— Ah, meu Deus, meu amor. Não, não, me desculpa. — O rosto da minha mãe é um estudo sobre o remorso, e ela está no chão comigo, com meu queixo nas mãos. — Me desculpa — repete. Ela não está se desculpando só por jogar o sapato.

Tenho dificuldade de respirar com ela tão perto. Não suporto o contato. Eu a afasto, me arrastando até ficar de costas na parede. Ela não se move, agachada ao lado da cômoda, me olhando, horrorizada.

— Sophie, por favor — fala ela. — Me diga a verdade. Vai ficar tudo bem. Desde que você me conte. Preciso saber para descobrir como te manter longe de problemas. Você vai se sentir melhor, meu bem.

— Eu não estou mentindo.

— Está, sim — diz ela, o gelo voltando à voz. Ela se levanta e fica parada acima de mim. — Eu não vou deixar você se matar. Você vai ficar sóbria mesmo que eu precise te trancafiar.

Ela despedaça o último fiapo de ingenuidade que tenho. Está em frangalhos no chão, com o resto da minha vida. Minha mãe acaba com o que sobrou, determinada a encontrar as mentiras, os comprimidos — qualquer coisa para provar que Kyle e o investigador estão certos.

Não encontra nada. Não há nada a se encontrar.

Mas não tem importância. As palavras de Kyle e aqueles comprimidos enfiados na minha jaqueta são o suficiente para convencer qualquer um. Até ela. Especialmente ela. Duas semanas depois, ela me manda a Seaside.

7

AGORA (JUNHO)

— Sério, Sophie? — Kyle cruza os braços em frente ao peito enorme, olhando do spray contra ursos para a porta e de volta para o spray. — Você surtou. Larga isso; vai se machucar. A ventilação aqui é uma porcaria.

Ele provavelmente tem razão. Mas mantenho a lata voltada para ele.

— Você mentiu para os policiais sobre o motivo de Mina e eu estarmos no Point. Pessoas inocentes que querem que o assassino da namorada seja preso não fazem isso.

Ele me olha boquiaberto.

— Você acha que eu tive alguma coisa a ver com isso? Tá de sacanagem? Eu amava ela. — A voz dele treme. — Mina morreu e é culpa *sua*. Se você não fosse tão drogada, ela ainda estaria viva.

Meus dedos se apertam ao redor da lata.

— Se você gostava tanto assim dela, me diga por que mentiu.

Alguém bate na porta do banheiro. Eu me encolho e derrubo a lata. Ela rola pelo chão de azulejos e Kyle aproveita a distração, pulando para a saída.

— Eu não vou parar — aviso enquanto ele se atrapalha com a fechadura.

— Vai se ferrar, Soph. Eu não tenho nada a esconder.

Ele bate a porta atrás de si. Ouço vozes abafadas do lado de fora, trechos de uma conversa que começa com "Não entra lá, cara" antes de a voz de Kyle desaparecer.

Pressiono a mão perto do coração, como se isso fosse ajudá-lo a se acalmar. Sinto as bordas salientes da cicatriz ali, onde os cirurgiões abriram meu peito depois da batida.

Pego o spray do chão, coloco na bolsa e vou para a porta. Agora, Kyle já deve ter ido embora há muito tempo. Provavelmente foi espalhar a notícia de que Sophie Winters voltou para casa e está mais louca do que nunca.

Tem alguém parado na porta quando abro. Quase bato no peito dele, minha perna ruim torce quando dou um passo para trás e hesito. Quando a mão se estende para me estabilizar, eu sei quem é sem precisar levantar os olhos.

O temor me cobre como um corpo, quente, pesado e se encaixando em todos os lugares errados. Não estou preparada para isto. Evitei pensar neste momento por meses.

Não consigo enfrentá-lo.

Mas não posso ir embora.

Não de novo.

— Trev — digo, em vez disso.

O irmão de Mina me olha, alto, largo e muito familiar. Eu me forço a olhá-lo nos olhos.

É como olhar nos olhos dela.

8

QUATRO MESES ATRÁS (DEZESSETE ANOS)

Faz quatro dias. Parece mais. Talvez menos.

Meus pais ficam me cercando durante o dia, silenciosos, reservados. Estão planejando. Se preparando para guerrear por mim. Quando minha mãe percebe que não vou admitir o que a polícia quer, ela entra no modo advogada. Passa o tempo todo fazendo ligações e meu pai anda de lá para cá, subindo a escada, descendo o corredor, até eu ter certeza de que ele cavou uma vala ali.

Minha mãe está tentando me manter fora do reformatório. O frasco de oxicodona que acharam na minha jaqueta não era muita coisa, mas o suficiente para me causar bastante problema — se minha mãe não tivesse tantos amigos nos lugares certos.

Ela vai me salvar, como sempre.

Não acredita que me salvou da primeira vez, mas fez isso, sim. Ela me mandou para a Macy.

Os dias não são tão ruins, com os cliques dos saltos da minha mãe e o baque dos passos do meu pai. A forma como ele abre minha porta toda vez que a vê fechada, só para garantir.

As noites são a pior parte.

Toda vez que fecho os olhos, estou de volta a Booker's Point.

Então, não fecho. Fico olhando para o nada. Bebo café. Fico acordada.

Não vou conseguir continuar com isso por muito mais tempo.

Quero usar. A coceira constante dentro de mim, a voz na minha cabeça que sussurra "eu vou fazer tudo melhorar" flerta nas fronteiras da minha consciência. Há partes começando a aparecer, como sangue indo para um pé que adormeceu.

Ignoro.

Respiro.

Cinco meses. Três semanas. Cinco dias.

Duas da manhã, e sou a única acordada. Eu me encolho toda no banco embutido na janela da sala de jantar, enrolada num cobertor.

Observo o quintal como se esperasse que o homem de máscara entrasse pelo portão, pronto para terminar o que começou.

Vacilo entre esperança e terror de que ele faça isso. Uma corda bamba em que nunca tenho muita certeza de se quero ser salva ou cair.

Preciso fazer isso parar.

Uma luz no quintal me distrai, vinda da casa na árvore instável aninhada no antigo carvalho aos pés do meu jardim. Vou até lá fora, atravessando o quintal de pés descalços. A escada de corda está puída e é difícil me puxar para cima com a perna ruim, mas consigo.

Trev está sentado ali, de costas apoiadas na parede, joelhos puxados perto do corpo. Seu cabelo curto e encaracolado está uma bagunça. Ele está com olheiras. Também não anda dormindo.

Claro que não.

Seus dedos traçam um ponto no chão sem parar. Enquanto subo na casa da árvore, vejo que é a tábua em que Mina entalhou seu nome entrelaçado ao meu.

— O velório é na sexta — diz ele.

— Eu sei.

— Minha mãe... — Ele para, engolindo em seco.

Seus olhos cinza — tão parecidos com os dela que dói olhá-los, como se ela estivesse aqui, mas não — brilham com lágrimas não vertidas.

— Precisei ir sozinho à funerária. Minha mãe simplesmente não conseguia lidar com isso tudo. Então, fiquei lá, sentado, ouvindo o cara falar de música, flores e se o caixão devia ser forrado de veludo ou cetim. Só conseguia pensar em como Mina tem medo do escuro e em como é estranho eu estar deixando que eles coloquem ela embaixo da terra. — Ele solta uma risada constrita que é dolorosa em meus ouvidos. — Não é a coisa mais idiota que você já ouviu?

— Não. — Seguro a mão dele, apertando forte quando ele tenta se afastar. — *Não*, não é idiota. Lembra aquela luzinha do Snoopy que ela tinha?

— Você quebrou com uma bola de futebol.

Ele quase sorri com a memória.

— E você fingiu que tinha sido você. Ela ficou de mal por uma semana, mas você nunca contou.

— É, bom, alguém tinha que cuidar de você. — Ele olha pela janela de moldura rudimentar, para qualquer lugar que não eu. — Fico tentando visualizar. Como aconteceu. Como foi. Se foi rápido. Se ela sentiu dor. — Ele agora se vira para mim, um livro aberto de emoção crua, querendo que eu sangre com ele pelas páginas todas. — Sentiu?

— Trev, não faz isso. Por favor. — Minha voz falha. Quero sair. Não posso pensar nisso. Tento me afastar, mas agora é ele quem está me segurando.

— Eu te odeio. — É quase casual a forma como ele diz. Mas a expressão em seus olhos... Ela transforma suas palavras num emaranhado de mentiras e verdades, caindo em meus ombros, tão familiar. — Odeio que tenha sido você que sobreviveu. Odeio que eu tenha ficado aliviado quando soube que você estava bem. Eu só... te odeio.

Os ossos dos meus dedos roçam sob a pressão da mão dele.

— Eu odeio isso tudo — é só o que consigo responder.

Ele me beija. Me puxa para a frente com um solavanco repentino para o qual não estou preparada. É estarrecedor; nossos dentes se chocam, os narizes batem, o ângulo está todo errado. Não é para ser assim. Só podia ser assim.

Tiro a blusa dele com pouca dificuldade, mas a minha dá mais trabalho, se enganchando no meu pescoço quando ele fica distraído pela minha pele nua. As mãos dele são delicadas, tão suaves quanto uma reverência, se movendo por pele, osso e cicatrizes, traçando cada curva minha.

Eu me permito ser tocada. Beijada. Despida e deitada com gentileza no chão de madeira marcado com os restos da nossa infância.

Eu me permito sentir. Permito que a pele dele afunde na minha.

Eu me permito porque é exatamente do que preciso: esta ideia terrível, esta distração linda e bagunçada.

E se, em algum momento, o nosso rosto fica molhado de lágrimas, não tem tanta importância. De qualquer modo, estamos fazendo isto por todos os motivos errados.

Depois, fico olhando o rosto dele à luz do luar e me pergunto se Trev consegue saber que eu o beijei como se já conhecesse o formato de seus lábios. Como se os tivesse mapeado em minha mente, em outra vida. Como se os tivesse aprendido com outra pessoa que compartilhava seus olhos, nariz e boca, mas que nunca mais voltará.

9

AGORA (JUNHO)

Por um longo momento de paralisia, Trev e eu ficamos nos olhando. Fico presa no olhar dele, faminta pelo mais leve relance de Mina, mesmo que sejam só traços similares em um rosto conhecido.

Eles sempre se pareceram tanto. Não eram só as maçãs do rosto altas e o nariz reto, ou como os olhos acinzentados se levantavam nos cantos. Era a forma como sorriam quando estavam tentando evitar, meio torto. A forma como mexiam com os cachos castanhos quando estavam ansiosos, como não conseguiam parar de roer as unhas por nada.

Trev é a única coisa que me sobrou dela, um punhado de características ecoantes enterradas embaixo do que o faz Trev: a honestidade, a bondade e sua maneira de não esconder nada (diferente dela, diferente de mim).

Mina o amava tanto. Eles ficaram inseparáveis desde a morte do pai, e, quando eu cheguei, Trev havia se afastado para abrir espaço, embora meu eu de sete anos, filha única, não entendesse isso. Assim como eu não entendia coisas como papais morrendo e as lágrimas que Mina às vezes derramava do nada.

Quando éramos pequenas, sempre que ela chorava, eu dava o giz de cera roxo da minha caixa para ela ter dois, e isso a fazia sorrir em meio às lágrimas, então, continuei. Roubei giz de cera roxo das caixas de todo mundo até ela ter uma coleção.

E agora Trev me olha com os olhos dela como se quisesse me devorar. O cabelo dele é longo, próximo de algo como um esfregão, e seu maxilar está espetado com barba por fazer, em vez de liso. Nunca o vi tão desgrenhado. Sinto as bordas duras dos calos na palma dele no ponto onde ele segura meu braço. Calos de corda, de lidar com as velas. Fico me perguntando se é lá que ele está passando todo o tempo — em seu barco, tentando velejar para longe de tudo.

Ele me solta, e os sentimentos batalham em mim: alívio e decepção embrulhados com um laço bonito, manchado de sangue. Saio da soleira para a luz do sol, e ele recua como se eu fosse venenosa.

Trev coloca as mãos nos bolsos dos shorts e balança sobre os calcanhares. Ele é forte e alto de uma forma que não se nota direito a não ser que ele precise usar isso. Faz a pessoa se sentir segura, embalada nessa sensação de que nada vai acontecer com ele por perto.

— Eu não sabia que você estava em casa — diz Trev.

— Acabei de voltar.

— Você não foi ao enterro. — Ele tenta fazer soar gentil, não como uma acusação, mas ainda paira entre nós como uma.

— Desculpa.

— Não é para mim que você precisa se desculpar — fala Trev e espera um segundo. — Você... você foi ver ela?

Faço que não.

Não posso ir ao túmulo de Mina. A ideia de ela na terra, selada para sempre no escuro, quando foi só luz, som e faíscas, me horroriza. Quando me forço a pensar nisso, acho que ela teria gostado de desaparecer em chamas, o brilho e o calor ao redor de todo o seu corpo.

Mas ela está na terra. É muito errado, mas não posso mudar.

— Você devia ir — continua Trev. — Ficar em paz. Ela merece isso de você.

Ele acha que falar com uma laje de pedra vai fazer diferença. Que vai mudar tudo. Trev acredita em coisas assim, como Mina acreditava.

Eu não acredito.

A crença em seu rosto me faz desejar que eu pudesse dizer que sim, claro que vou. Quero ser capaz disso. Antigamente, eu o amava quase tanto quanto a amava.

Mas Trev nunca veio em primeiro lugar. Sempre foi o segundo e não posso mudar isso nem agora, nem antes, nem nunca.

— Você também acha que é culpa minha.

Sem conseguir me olhar nos olhos, Trev se concentra nas crianças brincando no trepa-trepa a alguns metros.

— Acho que você cometeu alguns erros sérios — diz ele, andando na ponta dos pés como se as palavras fossem minas terrestres. — E Mina pagou por eles.

Ouvi-lo confirmar dói mais do que eu esperava. Não é como os cortes superficiais que meus pais deixaram em mim. Isso é uma facada num coração que nunca foi completamente dele, e quase desmorono sob sua decepção.

— Espero que você esteja sóbria. — Ele se afasta de mim como se não quisesse nem compartilhar o mesmo ar que eu. — Espero que continue sóbria. É o que ela ia querer para você.

Ele está quase no fim do caminho quando pergunto; não consigo me segurar.

— Você ainda me odeia?

Ele se vira e, mesmo tão longe, consigo ver a tristeza claramente em seu rosto.

— Esse é o problema, Soph. Eu nunca consegui te odiar.

10

TRÊS ANOS E MEIO ATRÁS (CATORZE ANOS)

A morfina passou. A dor é onipresente, uma lâmina afiada que me entalha implacavelmente.

— Aperta — falo entre lábios rachados. Movo a mão que não está quebrada, tentando encontrar o botão do soro de morfina.

— Aqui. — Dedos quentes se fecham em cima dos meus, colocando a bomba em minha palma. Aperto o botão e espero.

Devagar, a dor cede. Por enquanto.

— Seu pai foi buscar café — diz Trev. Ele está em uma poltrona ao lado da minha cama, a mão ainda cobrindo a minha. — Quer que eu chame ele?

Faço que não com a cabeça.

— Você está aqui.

A morfina deixa meu cérebro enevoado. Às vezes, falo coisas idiotas, esqueço as coisas, mas tenho quase certeza de que Trev ainda não tinha me visitado.

— Estou aqui — diz ele.

— Mina? — sussurro.

— Está na escola. Eu saí mais cedo. Queria te ver.

— Você está bem? — pergunto.

Tem um hematoma desbotando na têmpora dele. Ele está sentado numa posição estranha, com a perna esticada como se estivesse engessada. Mas não consigo me apoiar o suficiente para ver o quanto ele está machucado. Mina está com o braço engessado, lembro de repente. As enfermeiras e minha mãe tiveram que forçá-la a ir embora ontem; ela não queria ir.

— Estou bem. — Ele acaricia meus dedos. São basicamente a única parte de mim que não está roxa, quebrada ou costurada.

— Desculpa. Sophie, me desculpa.

Ele enterra o rosto nos lençóis ao meu lado, e não tenho forças para levantar a mão para tocá-lo.

— Tudo bem — sussurro. Meus olhos caem quando a morfina bate mais forte. — Não foi culpa sua.

Depois, vão me dizer que *foi* culpa dele. Que Trev atravessou uma placa de PARE e fomos atingidos na lateral por um SUV que ia trinta quilômetros por hora acima do limite. Os médicos vão me explicar que tive parada cardíaca na mesa de cirurgia por quase dois minutos antes de conseguirem me reanimar. Que minha perna direita foi esmagada e agora tenho hastes de titânio parafusadas no pouco osso que sobrou. Que vou ter que passar quase um ano andando de muleta. Que vou ter meses de fisioterapia, inúmeros comprimidos que preciso tomar. Que vou mancar permanentemente e minha coluna vai me causar problemas pelo resto da vida.

Depois, vou finalmente me encher e cruzar aquele limiar. Vou triturar quatro comprimidos e cheirar com um canudo, flutuando no torpor temporário.

Mas, agora, não sei o que espera por todos nós, ele, eu e Mina. Então, tento consolá-lo. Luto contra o torpor em vez de mergulhar nele. E Trev repete meu nome sem parar, implorando pelo perdão que já dei.

11

AGORA (JUNHO)

O carro da minha mãe está na entrada quando chego. Assim que abro a porta, escuto saltos altos, rápidos e afiados contra o piso.

Ela está perfeita, o cabelo loiro e liso em um coque elegante. Ela deve ter vindo direto do tribunal; ainda nem desabotoou o blazer.

— Você está bem? Onde estava? — pergunta ela, mas não faz uma pausa para me deixar responder. — Fiquei preocupada. Macy disse que deixou você aqui há duas horas.

Coloco a bolsa na mesa no hall de entrada.

— Deixei um bilhete na cozinha.

Minha mãe olha por cima do ombro, murchando um pouco ao ver o papel de caderno que eu tinha arrancado.

— Eu não vi — diz ela. — Você podia ter ligado. Eu não sabia onde você estava.

— Desculpa.

Vou na direção das escadas.

— Espera um pouco, Sophie Grace.

Paraliso, porque, quando minha mãe fica formal, é porque tem algum problema vindo. Eu me viro, treinando o rosto em uma máscara de desinteresse.

— Sim?
— Onde você estava?
— Só fui dar uma caminhada.
— Você não pode sair quando quer.
— Está me colocando em prisão domiciliar? — pergunto.

Minha mãe levanta o queixo; está pronta para a guerra.

— É meu trabalho garantir que você não volte aos maus hábitos de antes. Se eu precisar te restringir a ficar em casa para isso, é o que vou fazer. Eu me recuso a deixar você recair outra vez.

Fecho os olhos, respirando fundo. É difícil controlar a raiva que me sobe. Quero quebrar as partes de rainha de gelo dela, estilhaçá-la como ela fez comigo.

— Eu não sou criança. E, a não ser que esteja planejando ficar em casa e não ir trabalhar, não pode me impedir. Se for fazer você se sentir melhor, posso te ligar a cada poucas horas.

Minha mãe aperta a boca, que vira uma fina risca de batom rosa perolado.

— Você não dita as regras, Sophie. Seu comportamento anterior não vai ser tolerado. Se colocar um dedinho para fora da linha, vou te mandar de volta a Seaside. Juro que vou.

Eu me preparei para essas ameaças. Tentei examinar cada ângulo pelo qual minha mãe poderia me atacar, porque é a única forma que conheço de estar um passo à frente dela.

— Em alguns meses, você não vai mais poder fazer isso — falo. — Assim que eu fizer dezoito anos, não poderá tomar nenhuma decisão médica por mim. Não importa o que você acha que eu fiz.

— Enquanto estiver embaixo do meu teto, vai seguir minhas regras, com dezoito anos ou não — diz minha mãe.

— Se você tentar me mandar de volta para Seaside, eu vou embora — respondo. — Vou sair por aquela porta e não vou voltar nunca mais.

— Não me ameace.

— Não é uma ameaça. É a verdade. — Desvio os olhos dela, da forma como suas mãos estão tremendo, de como ela está dividida entre me abraçar e me machucar. — Estou cansada. Vou subir para o meu quarto.

Desta vez, ela não tenta me impedir.

Faz séculos que não me deixam ter tranca na porta, então, apoio a cadeira da escrivaninha contra ela. Consigo escutar minha mãe subindo as escadas e começando a preparar um banho de banheira.

Empurro todas as roupas para fora da cama, tirando os lençóis, cobertores e travesseiros também. Preciso de três tentativas para conseguir virar o colchão, com as duas pernas tremendo pelo esforço. Ofegante, finalmente consigo, as costas gritando o tempo todo. Pulo a pilha de lençóis e cobertores e puxo um caderno da bolsa. Há páginas soltas enfiadas entre as encadernadas, e as sacudo em cima do colchão antes de buscar fita adesiva e marcadores na escrivaninha.

Só leva alguns minutos. Não tenho muita informação — por enquanto. Mas, quando termino, a parte de baixo de meu colchão foi transformada em um quadro de evidências improvisado. A foto do segundo ano do ensino médio de Mina está grudada embaixo de um pedaço de papel onde está escrito VÍTIMA, e a única foto que tenho de Kyle está grudada embaixo de SUSPEITO. A foto é velha, do baile de calouros, quando todos os nossos amigos foram juntos. Mina, Amber e eu estamos em um lado, rindo, enquanto Kyle e Adam são registrados empurrando um ao outro de brincadeira e Cody os olha, desaprovando. Parecemos jovens, felizes. *Eu* pareço feliz. Aquela garota da foto não faz ideia de que toda a sua vida vai ser jogada no lixo em alguns meses. Circulo Kyle com meu marcador de texto antes de continuar. Ao lado da foto, grudo minha lista, a pergunta número um: QUAL ERA A REPORTAGEM EM QUE MINA ESTAVA TRABALHANDO?

Em letras menores, adiciono: *Assassino disse "eu te avisei". Houve ameaças antes disso? Ela contou a alguém?*

Analiso por um momento, imprimindo aquilo na minha cabeça antes de virar o colchão do lado certo e refazer a cama.

Olho para o corredor para garantir que minha mãe ainda está no banheiro. Então, pego o telefone sem fio fixo — amanhã, vou perguntar para ela se posso ter um celular — e levo para meu quarto.

Digito um número; três toques antes de alguém atender.

— Alô? — diz uma voz alegre.

— Sou eu — falo. — Acabei de sair. A gente devia se encontrar.

12

TRÊS MESES ATRÁS (DEZESSETE ANOS)

Leva só alguns dias em Seaside para realmente cair minha ficha: Mina está morta. O assassino dela está solto. E ninguém quer me escutar.

Nada nunca fez menos sentido.

Então, fico sentada no quarto, na minha caminha apertada com os lençóis de poliéster. Vou ao Grupo e fico em silêncio. Sento-me no sofá na sala da dra. Charles, com os braços cruzados, olhando direto à frente enquanto ela espera.

Não falo.

Mal consigo pensar.

Ao fim da minha primeira semana, escrevo uma carta a Trev. Um solilóquio da verdade, suplicante e verborrágico. Tudo o que eu queria dizer havia muito tempo.

É devolvida sem ser aberta. É quando percebo que estou sozinha nisto.

Não tem ninguém que vá acreditar em mim.

Então, me forço a pensar naquilo, rastrear cada segundo daquela noite. Pondero possíveis suspeitos e motivos, tanto lógicos quanto insanos.

Minha cabeça está cheia de uma frase, um looping infinito das poucas palavras que ele disse logo antes de atirar nela: *Eu te avisei. Eu te avisei. Eu te avisei.*

Deixo que isso me empurre à frente, hora a hora.

Continuo não falando com a dra. Charles.

Estou ocupada demais planejando.

No meu quinto dia em Seaside, meus pais são chamados para o primeiro dia de terapia familiar.

Meu pai me abraça, me envolvendo em seus braços robustos. Ele tem cheiro de desodorante e pasta de dente, e, por um segundo, deixo que a familiaridade daquilo me conforte.

Então, me lembro de ele me jogando no carro. Da expressão no rosto dele quando implorei para que por favor, por favor acreditasse em mim.

Endureço e me afasto.

Depois disso, minha mãe nem tenta me abraçar.

Meus pais se sentam no sofá, me relegando à poltrona de couro escorregadio no canto. Fico grata pela dra. Charles não me fazer sentar entre eles.

— Trouxe vocês dois cedo — diz a dra. Charles. — Porque acho que Sophie está tendo alguma dificuldade de se expressar para mim.

Minha mãe me segura na poltrona só com o olhar.

— Você está sendo difícil? — ela me pergunta.

Faço que não com a cabeça.

— Responda direito, Sophie Grace.

As sobrancelhas da dra. Charles tremulam de surpresa quando digo, devagar e claramente:

— Não estou a fim de conversar.

Meus pais vão embora, frustrados, tão poucas palavras ditas entre nós.

***

Depois de dezenove dias internada, recebo um cartão. Uma coisinha inócua com uma margarida azul e a palavra MELHORAS em grandes letras de forma.

Abro.

Eu acredito em você. Me liga quando sair. — Rachel

Fico olhando por muito, muito tempo.

É estranho o que quatro palavras podem acender dentro de alguém.

Eu acredito em você.

Agora, estou pronta para falar. Preciso estar. É o único jeito de sair.

13

AGORA (JUNHO)

Minha mãe já saiu quando acordo na manhã seguinte. Na mesa da cozinha, deixou um bilhete e um celular novo.
Me ligue se for sair de casa.
Depois de fazer uma torrada e pegar uma maçã, ligo para ela no escritório.

— Vou à livraria, depois talvez tomar um café, se não tiver problema — digo, depois de a assistente dela me transferir. Escuto uma impressora e um falatório no fundo.

— Tudo bem — responde ela. — Vai com o carro?

— Se você deixar.

É uma dancinha fatal que estamos fazendo, circulando uma à outra com sorrisos fechados, com cuidado para não mostrar os dentes.

— Deixo, sim. A chave está no porta-chaves. Esteja em casa às quatro. O jantar será às sete.

— Pode deixar.

Ela desliga com um tchau meramente formal. Escuto o esforço na voz dela.

Tiro isso da cabeça e pego as chaves.

Passando na livraria, compro um livrinho qualquer, principalmente para eu não estar mentindo abertamente à minha mãe. Dez minutos depois, estou entrando na antiga rodovia, indo para o norte, saindo da cidade para a área rural.

Não tem trânsito neste lugar tão afastado. Só um caminhão aqui e ali na via estreita de duas mãos, que corta os campos descoloridos pelo verão e os sopés de morro cor de argila pontilhados de carvalhos. Abro as janelas e aumento o volume da música, como se isso fosse suficiente para me proteger das memórias.

A casa fica no fim de uma longa rua de terra toda esburacada. Manobro para evitar os buracos, progredindo lentamente enquanto dois grandes labradores cor de chocolate saltam do campo traseiro, balançando o rabo.

Estaciono na frente da casa. Quando saio, a porta de tela se abre com um baque.

Uma garota da minha idade usando galochas de bolinhas e minishorts desce correndo as escadas, com as marias-chiquinhas balançando.

— Você está aqui!

Ela salta e joga os braços magrelos ao meu redor. Devolvo o abraço, sorrindo enquanto os cachorros nos circulam, latindo para chamar atenção. Pela primeira vez desde que Macy me deixou em casa, sinto que consigo respirar.

— Estou muito feliz de te ver — diz Rachel. — Não, Bart, para. — Ela empurra as patas enlameadas do cachorro de seus shorts. — Você está ótima.

— Você também.

— Entra. Minha mãe está no trabalho, e eu fiz biscoitos.

A casa de Rachel é aconchegante, com tapetes de retalhos multicoloridos espalhados pelo piso de madeira de cerejeira. Ela serve café e nos sentamos uma na frente da outra à mesa da cozinha, com canecas do tamanho de tigelas esquentando as mãos.

O silêncio cresce entre nós, pontuado por goles de café e o tilintar das colheres contra a cerâmica.

— Então... — diz Rachel.

— Então.

Ela sorri, uma abertura larga que mostra todos os seus dentes, tão genuinamente, que quase dói. Acho que não consigo nem me lembrar de como sorrir assim.

— Não tem problema estar meio esquisita agora. Você foi embora por muito tempo.

— Suas cartas — falo. — Elas foram... Você não tem ideia do que significaram para mim. Estar lá dentro...

As cartas de Rachel me salvaram. Cheias de fatos aleatórios e seguindo três direções ao mesmo tempo, são muito parecidas com ela: desmioladas e inteligentes. A mãe dela a educa em casa desde que ela era criança, e provavelmente é por isso que só nos conhecemos naquela noite. Rachel é o tipo de pessoa que não passa despercebida.

Eu confiei nela. Foi instantâneo, instintivo. Talvez por ela ter me achado naquela noite. Porque ela estava lá quando ninguém mais estava, e eu precisava disso quando tudo tinha sido levado de mim. Mas isso é só uma parte.

Rachel tem uma determinação que nunca vi antes. Ela tem convicção. Em si, no que ela quer, naquilo em que acredita. Eu quero ser assim. Ter segurança em mim mesma, confiar em mim, me amar.

Rachel ficou por perto quando não precisava. Quando todo mundo me virou as costas, todos que me conheciam desde sempre. Isso é mais importante para mim do que qualquer outra coisa.

— Seaside foi ruim? — pergunta ela.

— Não, na verdade não. Só muita terapia e conversa. Foi difícil. Estar lá e ter que colocar tudo em pausa. — Paro e mexo meu café, sem necessidade. — Como está indo o telescópio? — pergunto, me lembrando de uma carta que mencionava alguns experimentos.

— O refrator? Devagar e sempre. Está na casa do meu pai, então, só trabalho nele quando estou por lá. Mas tenho mais uns projetos para consertar outras coisas. No quintal, tem um trator de 1920 que peguei numa troca com meu vizinho. Tentar fazer funcionar está sendo um inferno, mas daquele jeito bom. — Com uma chuva de canela, ela dá uma mordida em um biscoitinho açucarado do tamanho da palma de sua mão. — Acho que a gente devia falar do que você decidiu fazer.

— Eu vi Kyle ontem.

— Encontrou por acaso, é? — pergunta Rachel, ironicamente. Olho para meu café em vez de para ela.

— Talvez eu tenha trancado ele no banheiro masculino e o ameaçado com repelente contra ursos — murmuro.

— Sophie! — diz Rachel, a palavra se dissolvendo num ataque de riso. — Não acredito. Você não pode sair ameaçando seus suspeitos. Precisa ser mais sutil com esse negócio.

— Eu sei. Mas ele mentiu sobre mim. Tem que ter um motivo.

— Você acha mesmo que ele pode ter tido algo a ver com o assassinato de Mina?

Dou de ombros. Conheço Kyle por tanto tempo quanto conheço a maioria dos meus amigos. Ele foi meu colega de viagens de turma no primeiro ano do fundamental. É difícil pensar que o garoto que segurou minha mão durante aquela parte nojenta de limpar as entranhas dos peixes no passeio ao viveiro poderia ser um assassino.

— Tudo é possível. O cara que matou Mina planejou tudo. O assassino tinha um motivo para querer que ela desaparecesse. Só não sei qual.

— E Kyle mentiu.

— E Kyle mentiu — repito. — Tem que ter um motivo para isso. Ou ele está se protegendo ou está protegendo outra pessoa.

— Ele e Mina brigavam muito? — pergunta Rachel.

— Não. É por isso que não entendo. Eles se davam bem. Kyle é meio um homem das cavernas, mas é fofo. Ele tratava Mina como se fosse uma deusa. Mas, mesmo que ele não tenha tido nada a ver com o assassinato, está prejudicando uma investigação policial. Ninguém mente para a polícia do nada. Especialmente Kyle. O pai dele é todo cheio de regras. E se o sr. Miller descobrir que ele estava mentindo para um bando de policiais? Vai ser um problemão. O restaurante dele faz sempre a fritada anual de peixe para a delegacia. Ele é amigo de vários desses caras.

Rachel suspira.

— Não acho que dê para convencer alguém que não se importa de mentir para a polícia a simplesmente te dizer a verdade. Então, qual é o plano?

Baixo os olhos para minha caneca de café.

— Pode parecer meio estranho, mas tive uma ideia.

— Qual?

— Quero voltar — digo. — Para onde você me encontrou naquela noite.

Rachel arregala os olhos.

— Tem certeza de que é uma boa ideia?

— Provavelmente é uma péssima ideia — admito. — Mas preciso que alguém me mostre. Talvez me estimule a lembrar de alguma coisa. E você é meio que a única pessoa que pode fazer isso.

Rachel aperta forte os lábios, o que faz suas sardas se destacarem mais ainda.

— Sophie...

— Por favor.

Olho bem nos olhos dela, tentando parecer confiante. Mas tenho medo de ir. Só a ideia de estar lá de novo faz meus joelhos tremerem.

Ela suspira.

— Tá bom. — Rachel se levanta e pega as chaves do carro no gancho da parede. — Vamos.

Rachel está em silêncio ao entrar com o Chevy antigo na estrada, a relutância praticamente vibrando dela.

— Eu não vou surtar — digo.

— Não estou preocupada com isso — responde ela, e dirigimos em silêncio por um tempo.

Mas, depois de vinte minutos, Rachel está virando da estrada para a Burnt Oak Road e me sinto surtando um pouco, apesar de ter acabado de prometer a ela que não ia fazer isso.

Não estamos nem perto ainda, pelo menos uns dois quilômetros e meio do Point, mas, de repente, tudo fora da caminhonete — as árvores, os morros, até as vacas nos campos — parece aterrorizante. Potencialmente fatal. Meu coração palpita no peito e aperto os dedos na minha cicatriz, traçando as bordas por cima da camiseta, tentando me acalmar.

Nove meses. Três semanas. Oito horas.

Só percebo que fechei os olhos quando sinto a caminhonete parar. Abro os olhos lentamente.

Chegamos. Evito olhar para a rua. Não quero ir até lá. Preciso ir até lá.

— Vou te perguntar mais uma vez — diz Rachel. — Tem certeza de que quer fazer isso?

Tenho certeza absoluta de que é a última coisa que quero fazer. Mesmo assim, assinto.

O olhar de lado que Rachel me lança é cheio de ceticismo, mas ela desliga o motor.

Saio devagar da caminhonete e ela me segue, protegendo os olhos contra o sol, com as mãos. Nesta hora do dia, tão longe da cidade, as ruas estão vazias, sem um carro à vista por quilômetros. Só longos trechos de mato seco, cercas de arame farpado e grupos de arbustos de folhas espinhosas e pinheiros.

— Está pronta?

Faço que sim de novo.

Rachel tranca o carro e sai para a rua vazia, olhando para os dois lados. Suas marias-chiquinhas se sacodem toda vez que ela se balança nos calcanhares, e me concentro nelas em vez de em onde ela está parada — onde me encontrou naquela noite.

— Foi um pouco depois das nove — conta ela. — Eu tinha acabado de ligar para minha mãe para avisar que estava quase chegando à casa do meu pai. Desviei os olhos para jogar o celular na bolsa e, quando voltei a olhar a rua, você estava bem na minha frente, parada no meio, bem... ali.

Ela dá alguns passos e raspa as botas no asfalto rachado, perto da linha amarela. Foi ali? Eu me lembro da sensação de estar paralisada. Lembro-me de querer que a caminhonete me atropelasse.

— Achei que eu ia te atropelar. Nunca pisei tão forte nos freios na vida. E você só ficou ali, parada. Não se mexeu; não se encolheu. Era quase como se você... — Ela hesita. — Você estava em choque — termina.

Começo a andar, cheia de uma energia nervosa. Preciso me mexer, fugir.

Meu corpo sabe para onde estou indo. Ele vive tentando encontrar rastros dela.

Rachel me segue conforme a rua fica mais íngreme. Chicória e cauda-de-raposa, na altura dos joelhos, raspam contra minha calça jeans. A argila vermelha gruda nas solas dos sapatos. Eu tinha lavado os pés no dia seguinte, visto a argila rodopiando ralo abaixo junto com o sangue e as lágrimas.

— Quando saí do carro, vi que você estava coberta de sangue. Então, liguei para a emergência. Sua testa estava sangrando bastante. Tentei fazer pressão, mas você ficava afastando minhas mãos. Eu queria te colocar no carro ou fazer você falar alguma coisa, mesmo que fosse só o seu nome, mas... — Ela hesita de novo. — Você se lembra de alguma dessas coisas?

— Eu me lembro da ambulância. Lembro-me de segurar sua mão.

Continuo andando. Agora sei aonde estou indo — cérebro, corpo e coração finalmente em harmonia. É só um quilômetro e meio. Os arbustos estão mais esparsos enquanto os pinheiros passam a dominar. Em poucos minutos, vamos fazer a curva e chegar lá.

— Quando os paramédicos vieram, você não queria me soltar. Então, me deixaram ir com você na ambulância.

— Eu me lembro do hospital — falo. E deixo por isso.

Concentro-me nos meus pés.

Estamos do lado errado da rua e, quando chegamos ao local em que se desvia para Booker's Point, paro e olho.

O outro lado tem um bosque denso, grupos de pinheiros bem próximos. O assassino escolheu este ponto deliberadamente? Quanto tempo ficou escondido nos pinheiros, nos esperando?

— Tem certeza de que isso é uma boa ideia? — pergunta Rachel.

Respiro fundo. Aqui em cima é mais fresco, protegido do ardor do sol. Estava frio naquela noite. Eu quase conseguia ver minha respiração no ar.

— Às vezes, ideias ruins são necessárias.

Parece tanto uma desculpa, é uma coisa tão de viciado dizer isso, que minha pele se arrepia.

Tentando deixar essa sensação para trás, atravesso a rua até a calçada se transformar em terra aplainada por anos de pneus de caminhonetes. Sigo a rua rudimentar, desaparecendo no bosque de pinheiros altos, ignorando a forma como meu passo vacila quando o terreno se inclina e vira um morro.

Está silencioso, como naquela noite. Há um frescor agradável sob as árvores. Ele cai sobre mim, e tremo.

Só consigo pensar em como a pele dela estava gelada.

A cicatriz em meu joelho dói quando a trilha fica mais íngreme.

Aí, viro na última curva da rua e aqui estou, no topo do Point.

Só alguns metros de distância.

Booker's Point não é grande, só um trecho limpo de terreno em que cabem alguns carros. Quando eu era mais nova, ouvia histórias de garotas perdendo a virgindade aqui, de festas, festas insanas e tráfico de drogas que rolavam depois que escurecia na zona rural. Mas, até aquela noite, eu nunca tinha me aventurado a visitar.

Rachel fica para trás, mas eu continuo andando, atravessando o trecho plano, passando pelas papoulas-da-califórnia descuidadas que crescem em grupos na terra, até estar parada bem onde aconteceu.

Achei que fosse ficar sem fôlego. Que, de algum jeito, estar de volta ao lugar em que ela terminou, ao lugar em que jurei que ela ficaria bem, mudaria algo em mim.

Mas acho que eu já mudei o bastante.

Passo pelo ponto até estar bem na beirada do Point, onde o chão despenca, uma queda infinita. Meus dedos dos pés contornam a borda, uma pequena cascata de terra e pedras rolando sob a pressão dos meus pés.

— Sophie — adverte Rachel.

Eu mal a escuto.

Estou hipnotizada pelo ar entre mim e o chão tão distante, pelos pequenos pontos verdes que são arbustos e árvores, as minúsculas pedrinhas que são pedregulhos cinzentos e lisos, maiores do que eu, espalhados lá embaixo.

— Sophie! — Alguém agarra as costas da minha camiseta, me puxando até eu me desequilibrar, para longe da beirada. Caio para trás, batendo em Rachel. — Ei. — Ela franze a testa para mim, qualquer sinal de alegria apagado de seu rosto. — Isso não foi legal.

Pisco forte. De repente, só quero chorar.

— Isso foi uma péssima ideia.

— É, eu sei. Vem.

Por todo o caminho de volta ao carro, ficamos em silêncio, e é só quando entramos na cabine que Rachel fala.

— Não acho que você devia voltar. Não sozinha.

Não consigo olhar para ela. Fico olhando pela janela.

— O que você precisa é de um plano — continua Rachel. — Ter um plano torna tudo melhor. Se você pensar no que precisa para resolver o assassinato de Mina, o próximo passo vai se tornar claro. Obviamente, conversar com Kyle não vai funcionar. Então, qual o próximo passo?

Forçar meus pensamentos a se afastarem do passado e virem para o presente é exatamente do que eu preciso. Nunca vou achar o assassino de Mina se continuar desmoronando. Rachel tem razão. Preciso de um plano que envolva mais do que jogar spray contra ursos em Kyle.

— Preciso começar do zero — digo, grata pela infusão de energia de Rachel. — Da fonte. Mina estava trabalhando em uma reportagem. Preciso ir à redação do *Harper Beacon* e conversar com o supervisor dela. Se alguém sabe o que ela estava procurando, esse alguém é ele.

— Tá bom, ótimo. E o que mais?

— Preciso achar as anotações dela sobre a reportagem. A polícia vasculhou o computador e não achou nada, então, isso quer dizer que tem que estar em outro lugar. Talvez num caderno. A mãe vivia fuçando no quarto dela e lendo o diário, então, Mina escondia todas as suas coisas. Aposto que a polícia não encontrou alguns dos esconderijos.

— Como você vai entrar no quarto dela para procurar?

Suspiro. Essa é a parte que eu estava evitando.

— Vou ter que falar com Trev.

Rachel solta um silvo de empatia.

— Ai.

— Não tem outro jeito de entrar na casa. Se eu perguntasse a ele se posso procurar no quarto dela, ele ia bater a porta na minha cara. Ele não quer me ver. Mas tenho algumas coisas dela. Posso colocar em uma caixa, usar como uma desculpa para entrar.

— Ele falou com você desde que você voltou? — pergunta Rachel. — Quando você estava em Seaside, disse nas cartas que ele não estava te escrevendo de volta.

Dou de ombros.

— Ele não acredita em mim.

— Bom, ele deveria — diz Rachel, irritada.

— Rachel, por que *você* acredita em mim? — solto.

Ela se recosta no banco.

— Por que não acreditaria?

Dou de ombros de novo.

— Às vezes, me pergunto, se você me conhecesse antes... se acharia que eu estou mentindo, igual a todo mundo.

— Qualquer um que visse você no meio daquela rua... — Rachel faz uma pausa, depois continua. — Qualquer um que te visse como eu vi naquela noite ia entender que você não era capaz de inventar uma mentira. Você mal conseguia falar. E aí, no hospital... — Ela faz outra pausa, e sei que nós duas estamos pensando nisso. Em como eu tinha gritado e jogado coisas quando a enfermeira me fez tirar minhas roupas ensanguentadas. Ainda sinto a picada da agulha na minha pele, o sedativo correndo pelo meu corpo enquanto eu implorava *"Sem drogas, sem drogas, sem drogas"*, sendo que o que queria mesmo dizer era *"Ela morreu, ela morreu, ela morreu"*.

— Mas você não precisava continuar comigo. Nem no hospital nem depois. Quer dizer, você mal me conhecia.

— Você passou por uma coisa horrível — diz Rachel, baixinho. — E não é justo todo mundo te culpar. Mesmo que você *estivesse* comprando drogas naquela noite, não teria importância. O único culpado é o cara que puxou o gatilho. E vamos encontrar esse cara. Aposto com você. Dez dólares inteiros.

Ela sorri para mim com determinação, me desafiando a sorrir de volta.

Eu sorrio.

14

ONZE MESES ATRÁS (DEZESSEIS ANOS)

Não tenho a intenção de roubar o bloco de receitas.

Não mesmo. Nunca nem passa pela minha cabeça até o sábado em que eu levo almoço para meu pai no consultório. O verão está quente, chegando a quarenta e três graus em alguns dias, e eu devia estar no lago ou coisa do tipo, mas gosto de passar tempo com ele. Ele faz limpezas dentais gratuitas para crianças, um sábado por mês, então, costumo levar um delivery para a gente dividir no horário de almoço.

— Me dá um segundo, meu bem? — pede ele depois de uma de suas higienistas dentais me deixar entrar no consultório dele. — Preciso só checar algumas coisas. Aí, podemos comer.

Apoio a sacola de sanduíches de pastrami na mesa dele, ao lado do relógio de nós de madeira que minha mãe deu de presente para ele em um dos aniversários de casamento.

Ele fecha a porta da sala ao sair, e me sento na cadeira giratória, fazendo uma careta quando ela inclina demais para trás.

A mesa do meu pai é organizada, tudo no lugar certo. Tem uma foto minha e da minha mãe, lado a lado, nossos ombros quase se tocando, num porta-retratos prateado, e uma do meu pai na lateral do campo, de antes do acidente, quando ele era o técnico do time de futebol em que Mina e eu jogávamos. Tem uma fotografia minha em preto e branco com onze ou doze anos, o cabelo comprido e preso atrás de minhas orelhas grandes demais. Estou sorrindo para alguma coisa fora da câmera, os olhos baixos, quase esperançosa com a mão estendida. Em busca de Mina, claro. Sempre Mina. Ela estava fazendo caretas para mim enquanto meu pai tirava a foto. Lembro como foi difícil não deixar meu rosto se amassar de tanto rir.

Passo os dedos pelo topo do estoque de canetas dele, organizadinhas em grupos separados por cor. Abro a gaveta de cima. Tem um monte de Post-its, também organizados por cor, e embaixo...

Blocos de receita. Uma pilha.

E, de repente, é a única coisa em que consigo pensar.

Eu sempre teria comprimidos suficientes. Nunca precisaria me preocupar. Nunca teria que ficar contando, para o caso de os médicos repararem. Seria tão bom. Tão certo.

O papel faz cócegas em minha pele quando folheio com o polegar um dos blocos como se fosse um folioscópio. Estou boba, quase chapada só de pensar.

Eu não planejo roubar o receituário.

Mas é o que faço.

Quando enfio na bolsa, nem penso no problema que isso poderia causar.

Estou apaixonada demais pela ideia de *mais* e de *entorpecida* e de *sumir*.

15

AGORA (JUNHO)

Quando escuto a porta da frente se abrir, acho que é minha mãe vindo dar uma olhada em mim. Ela veio para casa ontem na hora do almoço e ficamos sentadas uma de frente para a outra à mesa da cozinha, em silêncio, enquanto eu mal comia, e ela bebia uma xícara de café, mexendo em uns documentos jurídicos.

Paro no topo da escada. Eu o vejo antes de ele me ver e tenho um segundo, só um segundo, de esperança.

Mas, aí, os olhos dele se fixam em mim e o constrangimento faísca no ar, como toda vez desde que ele achou meu estoque e as receitas em três vias que roubei dele.

Meu pai não está decepcionado comigo igual à minha mãe. Ele não tem aquela mescla de raiva e medo que serve como combustível para ela. Em vez disso, não sabe o que fazer ou como se sentir comigo, e às vezes acho que isso é o pior, que ele não consegue se decidir entre me perdoar ou me culpar.

— Oi, pai.

— Oi, Sophie.

Fico no topo da escada, esperando que a distância me proteja.

— Sua viagem foi boa?

— Foi. Como andam as coisas? Já se instalou?

Quero contar tudo a ele. Como Trev me olha como se fosse um masoquista, e eu, a personificação da dor. Como minha mãe e eu estamos presas nesse jogo doentio de quem vai ceder primeiro. Como eu devia ir visitar o túmulo de Mina, mas não consigo, porque tenho medo de que, se for, a coisa vai ficar tão real que vou tropeçar. Vou cair e nunca mais me levantar.

Antes, eu era a garotinha do papai. Eu o amava completamente, o preferia ao ponto da crueldade. Mas aquela garota se foi. Eu apodreci o que sobrava dela com comprimidos e luto. Não sou a filha que ele criou. Não sou a filha que minha mãe queria.

Virei algo diferente, o pesadelo de todos os pais: as drogas escondidas no quarto, as mentiras, a ligação no meio da noite, a polícia batendo na porta.

Agora, é disso que ele se lembra. Não da vez em que me levou para ver *O quebra-nozes*, só nós dois, e eu fiquei com tanto medo do Rei dos Camundongos que subi no colo dele, e ele prometeu me manter segura. Ou como ele tinha tentado ajudar Trev a construir para mim um jardim com floreiras elevadas no quintal, embora ficasse martelando os dedos. Um dentista não tem nada que martelar coisas, mas ele fez isso mesmo assim.

— Sophie? — chama meu pai, a voz me tirando dos meus pensamentos.

— Desculpa — respondo no piloto automático. — Foi tudo bem. As coisas estão bem.

Ele me encara por mais tempo do que deveria, e há em sua testa rugas de preocupação que não notei antes. Meus olhos vão para o cabelo grisalho em suas têmporas. Há mais do que da última vez em que o vi? Sei o que ele está pensando: *Ela está em transe ou tomou alguma coisa?*

Não consigo suportar.

Nove meses. Três semanas. Três dias.

— Eu estava indo para o meu jardim. — Gesticulo para o quintal dos fundos, me sentindo uma idiota.

— Preciso trabalhar um pouco. — Ele hesita. — Posso terminar no deque, que tal? Se você quiser companhia.

Quase digo que não, mas, aí, penso naquelas rugas de preocupação e nos cabelos grisalhos, no que fiz com ele. Dou de ombros.

— Pode ser.

Não falamos durante a hora que passamos no meu jardim. Ele só fica sentado na mesa de teca do deque revisando seus arquivos enquanto eu cavo e arranco pedras do solo.

Parece o que antes eu achava que era segurança.

Agora, sei que não é.

16

NOVE MESES ATRÁS (DEZESSEIS ANOS)

Por três semanas, Macy se faz de durona: sem telefone, sem computador, sem nada até eu começar a conversar com o psicólogo que ela encontra para mim, até eu seguir o cronograma que Macy me deu, até finalmente admitir que tem algo errado.

A única ordem que obedeci é fazer ioga com Pete. Pete é legal; eu gosto dele. Ele é quietão; não me enche de perguntas, só me ajuda com as poses que me mostrou, aquelas que ajustam minhas áreas problemáticas. Na primeira semana, eu o ouvira ao telefone, numa conversa profunda com o meu antigo fisioterapeuta. Na manhã seguinte, ele jogou um tapete de ioga na minha cama e me mandou encontrá-lo no estúdio de tijolo com dois cômodos no quintal dos fundos. O piso de bambu era frio sob meus pés descalços, e Pete tinha colocado um óleo de canela num difusor, então cheirava a Natal.

Nunca vou admitir para Macy, mas eu gostava daquela hora de cada manhã. Após anos entorpecendo todos os meus sentidos com qualquer coisa em que pudesse colocar as mãos, é estranho me concentrar positivamente em meu corpo. Prestar atenção à minha respiração e à forma como meus músculos alongam, deixar meus pensamentos correrem, empurrá-los para poder *sentir*

— sentir o ar e o movimento e a forma como consigo fazer minha perna ruim dobrar e me obedecer, para variar.

Às vezes, vacilo. Às vezes, minha perna ou minhas costas vencem.

Mas, às vezes, consigo fazer uma saudação ao sol inteira sem errar nem cambalear, e é tão incrível estar no controle, tão singularmente poderoso, que as lágrimas caem pelo meu rosto e algo próximo a alívio me toma.

Pete nunca menciona as lágrimas. Quando acabo, enrolamos os tapetes e entramos em casa, onde Macy está fazendo café da manhã. Minhas bochechas estão secas e finjo que nada aconteceu.

Mas a sensação e a memória permanecem em mim. Uma faísca esperando combustível suficiente para se espalhar.

Uma noite, quando Macy saiu para perseguir mais um idiota tentando escapar, Pete bate na minha porta. Tenho permissão de mantê-la fechada, mas não tem tranca, o que odiei desde que cheguei.

Macy nunca bate. Diz que eu não mereço ainda.

— Entra.

Pete me mostra um envelope.

— Chegou uma coisa para você.

— Achei que a guarda tinha dito que eu não podia ter contato com o mundo exterior.

— Só não me dedura.

— Sério?

Não acredito que ele vai me dar. Mas ele coloca a carta no pé da minha cama e sai do quarto assoviando.

— Pete? — chamo. Ele se vira e sorri. Os dentes da frente são meio tortos e ele tem cicatrizes de acne fundas nas bochechas, mas seus olhos são grandes, verdes e doces, e de repente entendo por que Macy o olha como se ele fosse a melhor coisa que ela já viu na vida. — Obrigada.

— Não sei do que você está falando — responde ele, com um sorriso largo e inocente.

Baixo os olhos para a carta. Meu nome, acima do endereço de Macy, está escrito em letras roxas cheias de curvas.

A letra de Mina.

Na minha pressa, rasgo o envelope e quase a carta.

Desdobro a folha de caderno, meu coração palpitando como se eu estivesse segurando uma pose há tempo demais. As palavras foram escritas a lápis, o que é estranho, porque ela tem um estoque de canetas roxas desde que consigo me lembrar.

Sophie,
Sei que você continua brava. Não tenho certeza nem de que vai ler isto. Mas se ler...
Por favor, melhore. Se não puder fazer isso por si mesma, faça por mim.
    Mina.

Aperto os dedos sob a mancha em cima da qual está escrita a palavra *mim*, tentando discernir a palavra que ela apagou. Traço três letras, as retas e os círculos mal visíveis de um *n*, de um *ó* e de um *s* que ela não apagou totalmente: *faça por nós*.

Quando tia Macy chega em casa, espiando no meu quarto sem bater, ainda estou lá sentada com a carta no colo.

— Sophie?

Quando não respondo, ela entra e se senta ao meu lado. Mantenho os olhos na carta. Não sou forte o suficiente para olhar para ela.

— Você tem razão. Eu sou viciada em drogas. Tenho um problema.

Macy solta um longo suspiro, uma exalação de alívio quase inaudível.

— Tá bom — diz ela. — Agora, me olha nos olhos e repete.

Quando não faço isso, ela estende o braço e segura minha mão, apertando forte.

— Você vai chegar lá.

Eu acreditei nela. Me esforcei. Segui as regras dali em diante, conversando com o terapeuta, começando meu calendário mental, transformando dias em semanas e depois meses. Tive dificuldade, lutei e venci.

Eu queria melhorar. Por Mina. Por mim. Pelo que eu achei que pudesse estar me esperando quando chegasse em casa.

Mas esse é o problema de lutar para sair do buraco no qual você se colocou: quanto mais alto se sobe, mais longa é a queda.

17

AGORA (JUNHO)

Ligo para Trev três vezes ao longo da semana seguinte, mas ele não atende. Depois da terceira ligação não atendida, sigo por outro caminho e vou à redação do *Harper Beacon*, só para ouvir que Tom Wells, o chefe do programa de estágio, está viajando.

Com meus pais ainda me observando com tanta atenção, passo a maior parte dos dias no meu jardim, entre as floreiras de madeira de sequoia que Trev construiu para mim.

Depois do acidente, Mina insistiu que eu precisava de um hobby e me apresentou uma lista pré-aprovada. Eu escolhi jardinagem para ela me deixar em paz, mas aí, como sempre, ela levou a coisa ao extremo. Aparecera no dia seguinte, com Trev logo atrás, trazendo madeira, martelo e pregos, sacos de substrato, uma caixa de sementes e joelheiras de espuma para eu não me machucar.

Gosto da sensação da terra entre os dedos, de cuidar de plantas delicadas até elas ganharem força e florirem. Gosto de observar as coisas florescerem, gosto das faixas de cor que consigo cultivar, alegres e vivas. Pelo menos tenho algo bonito a mostrar, vindo do meu trabalho.

Depois de um dia inteiro tirando ervas daninhas, removendo pedras e argila do solo das floreiras negligenciadas, passo outro as enchendo com composto fresco e rico. No meio da semana, deixei as duas primeiras em forma boa o suficiente para pensar em plantar. Passo os dedos compulsivamente pela madeira gasta, fazendo listas mentais de flores que vão prosperar tão tarde.

Mina tinha pintado corações e símbolos do infinito na parte de fora das floreiras, adicionando sempre que se sentava lá fora comigo: suas citações favoritas cercadas por estrelas, um par de meninas de palitinho, tortas, de mãos dadas e balões vermelhos desbotados.

Passo os dedos sujos pela madeira para tocar o que ela tocara.

— Sophie.

Eu me levanto do chão. Meu pai está no alpendre, vestido com a camisa social azul de sempre e gravata. A gravata está torta e tenho vontade de estender o braço e arrumar, mas não posso.

— Sua primeira sessão de terapia com o dr. Hughes é daqui a uma hora — diz ele. — Mudei algumas consultas para poder te levar. É melhor você ir se limpar.

Solto a madeira e entro na casa atrás dele.

O consultório do dr. Hughes fica em um dos bairros mais antigos da cidade, num quarteirão em que a maioria das casas foram transformadas em escritórios. Meu pai para o carro na frente da placa azul e branca com o nome do dr. Hughes. A casa térrea em estilo *craftsman* americano é pintada da mesma cor da placa, alegre contra o céu azul mais claro.

Fico surpresa quando meu pai sai do carro atrás de mim.

— Você vai entrar?

— Vou ficar na sala de espera.

— Eu não vou matar a terapia.

Ele aperta os lábios e solta a mão da porta do carro.

— Te busco em uma hora, então.

Estou quase na porta quando ele me para.

— Só queremos que você melhore. É por isso que te mandamos para lá. Você sabe disso, né?

Não olho para ele. Não posso dar a confirmação que ele quer. Não sem mentir.

Eu já estava bem.

A sala é cheia de móveis com cara de confortáveis e impressões de Norman Rockwell nas paredes. Uma recepcionista levanta os olhos dos papéis que está preenchendo e sorri.

— Bom dia.

— Oi. Meu nome é Sophie Winters. Tenho uma consulta ao meio-dia e meia.

— Venha comigo, por favor.

Ela me acompanha até uma sala grande com uma mesa, um sofá fofo demais e algumas poltronas de couro. Eu me sento no sofá e ela fecha a porta atrás de si. Meus ombros afundam nas almofadas, metade do corpo perdido na camurça marrom.

O dr. Hughes entra sem bater. É um homem mais velho, de pele marrom, um cavanhaque grisalho bem-aparado e óculos pretos quadrados. É baixo — se estivesse de pé, eu seria mais alta do que ele —, e seu colete se estica confortavelmente por cima da barriga redonda.

— Oi, Sophie.

Ele se senta à sua escrivaninha e gira na cadeira para me olhar com um sorriso. Seus olhos são gentis sob os óculos. Ele irradia consideração. Como um bom terapeuta deveria.

Tenho vontade de fugir.

— Oi.

Eu me afundo mais no sofá, querendo que o móvel simplesmente me engula.

— Eu sou o dr. Hughes, mas pode me chamar de David. Como você está hoje?

— Bem.

— Conversei por telefone sobre você com a dra. Charles e estou com as anotações dela e seu histórico médico. Também fiz várias sessões com os seus pais.

— Tá.

— Como você está se adaptando?

— Bem. Eu estou bem. Está tudo... está tudo bem.

Ele batuca com a caneta no caderno, me observando.

— A dra. Charles disse que você é osso duro de roer.

Eu me endireito, ficando na defensiva.

— Não é de propósito.

David se recosta na cadeira, os olhos se enrugando enquanto os lábios tremulam de leve.

— Acho que é, sim — diz ele. — Acho que você é uma jovem inteligente que é muito boa em guardar segredos.

— Você sacou isso com algumas anotações e, o quê, uma conversa de uma hora com a dra. Charles?

Ele sorri.

— Ah, é assim que eu gosto. A dra. Charles é excelente no que faz. Mas, assim que você parou de resistir à terapia em Seaside, só repetiu exatamente o que ela queria ouvir, o que ela esperava ouvir de uma viciada à beira de uma recaída.

— Eu sou viciada.

— É bom que você admita isso — diz David. — É importante. Mas, no momento, estou mais preocupado com o trauma que você sofreu. O que me chamou atenção nas anotações da dra. Charles é como você desviou do assunto de Mina sempre que isso era mencionado.

— Não desviei, não.

— Você não quebrou uma mesa de centro quando a dra. Charles perguntou sobre a noite em que Mina foi morta?

— Sou desastrada por causa da minha perna; foi um acidente.

David levanta a sobrancelha. Eu fiz alguma coisa que chamou a atenção dele e não tenho certeza do que foi. Faz um calor arder em minhas costas. Não vou conseguir manipulá-lo como fiz com a dra. Charles.

— Por que você não me conta sobre a Mina? — pede ele.

— O que você quer saber?

— Como vocês se conheceram?

— Mina se mudou para cá depois que o pai dela morreu. A professora nos colocou uma do lado da outra no segundo ano do fundamental.

— Vocês passavam muito tempo juntas?

Não respondo na hora.

— Sophie? — ele me estimula com delicadeza.

— Estávamos sempre juntas — falo. Não consigo tirar da minha voz. Aquela emoção engasgada aparece, faz meu tom vacilar. Desvio os olhos dele, enfiando as unhas no jeans. — Não quero falar de Mina.

— Vamos ter que falar de Mina — diz David baixinho. — Sophie, você foi colocada em um ambiente projetado para livrá-la das drogas depois de passar por um trauma e uma perda enormes. Apesar de eu entender o que motivou seus pais, talvez não tenha sido a melhor situação para você em termos de processamento do luto. A maior parte da sua terapia em Seaside foi focada nos seus problemas com o vício. Não acho que você teve o espaço nem as ferramentas de que precisava para lidar com o que aconteceu com você e com Mina na noite em que ela morreu. Mas, se você deixar, posso ajudar com isso.

Sou tomada de uma raiva que estoura em minhas veias com as palavras dele. Quero bater nele. Tacar nele as almofadas idiotas e cheias de franjas do sofá.

— Você acha que eu não *lidei com isso*? — pergunto. Minha voz está horrivelmente grave. Estou prestes a chorar. As lágrimas se acumulam no fundo dos meus olhos, ameaçando eclodir. — Ela morreu assustada e com dor, e eu senti. Quando ela se foi, quando ela foi embora, *eu senti*. Você não tem o direito de me dizer que eu não lidei com isso. Eu lido com isso todos os dias.

— Está bem — responde David. — Me diga como você faz isso.

— Eu simplesmente faço — respondo. Ainda estou respirando com força, mas me seguro para não chorar na frente dele. — Eu preciso.

— Por que você precisa? O que te mantém motivada?

— Preciso continuar limpa — falo.

A resposta teria funcionado com a dra. Charles, mas não com esse cara. Minha procura rápida antes de o meu pai me trazer encontrou quatro artigos escritos pelo dr. Hughes sobre transtorno do estresse pós-traumático e seus efeitos em adolescentes. Minha mãe e meu pai fizeram a pesquisa deles. Com meu vício resolvido, agora eles estão buscando me consertar por completo. Uma Sophie Nova e Aprimorada. Inteira e remendada, sem bordas irregulares ou pontas afiadas. Alguém que não parece conhecer a sensação da morte.

— Não acho que você está me contando toda a verdade — diz David.

— Você é um detector de mentiras humano?

— Sophie, pode confiar em mim. — David se inclina à frente, atento. —Qualquer coisa que você disser aqui, quaisquer segredos que escolher compartilhar, ninguém mais vai ficar sabendo, e não vai ter julgamento da minha parte. Estou aqui por você. Para te ajudar.

Olho para ele com raiva.

— Você já me obrigou a falar do assunto, sendo que eu não queria. Isso não inspira muita confiança.

— Fazer você se abrir não é te enganar. A intenção é você ter uma válvula de escape segura para conversar. Você precisa dividir isso com alguém, senão vai explodir.

— Essa é sua opinião médica profissional?

Ele sorri, impassível, sem nenhum traço de inimizade, sem pena, sem julgamento. É uma mudança bacana em relação a todos os outros.

— Com certeza — diz, irônico.

Ele empurra a caixa de lenços pela mesa de centro para mim. Pego alguns, mas, em vez de secar os olhos ou assoar o nariz, eu os torço nas mãos.

— Isso não vai voltar a acontecer — digo a ele. — Não fique cheio de esperanças.

— Como você quiser.

Ele assente e sorri. Desvio o olhar.

18

UM ANO E MEIO ATRÁS (DEZESSEIS ANOS)

Na manhã do meu décimo sexto aniversário, acordo com um Post-it roxo grudado na testa. Eu puxo, me perguntando como ela conseguiu fazer isso sem me acordar.

Parabéns! Desde as 5h15 da manhã de hoje, você tem oficialmente dezesseis anos. Prossiga até seu armário para a parte um da sua surpresa.
— Mina

P.S. Sim, você tem que vestir o que eu escolhi. Sem discussão. Se eu te deixar escolher, você vai usar calça jeans. Por favor, vai por mim só desta vez. A cor é perfeita.

Arrasto os pés até o armário e abro. Ela me comprou um look inteiro novo. Não é surpresa, considerando o quanto Mina reclama da minha noção de moda. Esfrego o vestido macio de jérsei entre os dedos. A cor vermelha-escura é bonita, mas é curto demais.

Puxo do armário mesmo assim e vejo o bilhete que ela grudou na roupa.

Sem discussão!!!

Revirando os olhos, coloco duas combinações por baixo do vestido para cobrir a cicatriz no meu peito e ponho uma legging e botas até o joelho. Estou dando os últimos toques na minha maquiagem quando há uma batida na porta.

— Está acordada, aniversariante? — chama meu pai.

— Bom dia, pai. Pode entrar.

Ele abre a porta com um sorriso largo.

— Que vestido bonito — diz. — É novo?

— Mina — explico.

Meu pai sorri.

— Falando em Mina... — Ele me entrega um envelope. — Ela entrou de fininho hoje de manhã. Queria que eu te desse isso. Vocês têm planos para hoje?

Faço que sim.

— Mas de noite fico com você e com a mamãe — prometo.

— Que bom — responde ele. — Preciso ir para o consultório. Sua mãe teve que ir cedo para o trabalho. Mas tem uma surpresa para você lá embaixo. — Ele bagunça meu cabelo. — Dezesseis anos. Não acredito.

Espero até ouvir o carro dele saindo, antes de cheirar minhas carreiras matinais de oxicodona.

Com certeza ele também não acreditaria nisso.

Vá à ponte Old Mill e caminhe até o meio.
— M

Mina ama aniversários. Faz anos que Trev e eu tentamos superá-la e sempre fracassamos. No meu aniversário de treze anos, ela convenceu meu pai a ajudar num esquema elaborado envolvendo um pneu furado, um palhaço e um rinque de patinação cheio de animais de bexiga. Ela passou um ano economizando e planejando o aniversário de dezoito anos de Trev. Eu ajudei a decorar o veleiro dele para parecer que tinha naufragado. Enchemos de presentes e velejamos até uma das ilhotas que pontilham o lago. Ela combinou de Trev pegar emprestado o barco de um amigo e mandou as coordenadas por mensagem, fazendo-o ir numa caça ao tesouro, com bauzinhos cheios de moedas de chocolate embrulhadas em papel-alumínio marcando cada parada.

Agora, pelo jeito, eu vou receber mais uma surpresa.

A ponte Old Mill está fechada para passagem de carros há muito tempo, com uma versão mais nova e reluzente construída mais abaixo no rio. Passo os dedos pelos tijolos cobertos de musgo, procurando algo que não devesse estar ali.

O flash de cor viva chama a minha atenção — um balão vermelho, amarrado em uma das colunas de pedra. Vou até lá e desamarro, mas não tem nenhum bilhete. Olho ao redor, esperando vê-la pular de algum lugar, saltitando na minha direção cheia de sorrisos, artimanhas e deleite.

— Mina? — chamo. Olho pelo chão. Talvez o bilhete tenha caído.

Mas não encontro nada.

Meu celular toca.

— Você esqueceu alguma coisa? — pergunto depois de atender.

— Estoura o balão — diz ela, e escuto o sorriso em sua voz.

— Você está me observando? — questiono, olhando ao redor. Vou até a beirada da ponte e olho lá embaixo, tentando encontrá-la. É bom me inclinar na balaustrada sólida de pedra, tirar o peso da minha perna ruim por um segundo.

— Estou de binóculo e tudo — diz Mina, abaixando a voz, tentando fazer parecer perigoso e falhando, porque cai na risada.

— Stalker. Cadê você?

Espio atrás de mim, tentando vê-la.

— Eu tinha que garantir que ninguém fosse pegar o balão! Pedi para seu pai me mandar mensagem quando você acordasse.

— Você podia só aparecer — sugiro.

Olho lá para baixo e finalmente a vejo no lado norte, na trilha perto da margem do rio. Ela é um borrão amarelo, o vestido vivo contra a balaustrada cinza. Ela acena.

— Estoura o balão primeiro, aí eu subo — diz ela.

Pego minhas chaves e enfio a mais longa no balão. Ele estoura e algo pequeno e prateado cai no chão, saltitando pelo pavimento. Saio correndo atrás, me abaixando com o joelho bom para pegar quando para de girar.

Por um longo momento, fico em silêncio, com o anel na mão e o celular contra a orelha.

— Soph? Você pegou? — pergunta Mina.

— Peguei — respondo. — Peguei, eu... — Passo o polegar pelo anel e pela palavra gravada nele. — É lindo. Eu amei.

— É igual ao meu — fala Mina. — A gente combina.

— É — digo. — A gente combina.

Aperto o polegar na palavra, deixo que seja marcada em minha pele.

Para sempre.

19

AGORA (JUNHO)

Meu pai me deixa de volta em casa. Ele fica na calçada com o carro ligado até eu estar segura dentro de casa. Espero até ele sair, depois entro no meu carro e dirijo até o Viveiro Sweet Thyme.

Tento me distrair entre as fileiras de plantas, me apoiando com força demais no carrinho enquanto empurro. Respiro fundo, absorvendo o cheiro rico, terroso e verde, e solto algo que está em meu peito desde que entrei na sala de David.

Depois de pagar pelas minhas margaridas-de-paris e terra orgânica, sorrio e faço que não com a cabeça para a garota no balcão que pergunta se preciso de ajuda. O carrinho é pesado, mas coloco meu peso nele, trincando os dentes com o espasmo dos músculos.

Quando chego ao carro, minha perna já está doendo tanto que estou me preparando para pedir ajuda para colocar os sacos de terra no porta-malas. Alguém buzina atrás de mim, e puxo o carrinho para tirá-lo do caminho.

— Ei, Sophie, é você?

Adam Clarke me olha de sua caminhonete. Eu o conheço, como quase todo mundo da minha escola, quase desde que nasci. Ele namorou nossa amiga Amber por mais ou menos um ano, e ela vivia falando que ele parecia uma versão country de um príncipe da Disney. Combinando o boné usado, as botas de caubói, uma preferência por jeans Wrangler e camisetas da John Deere, com seus olhos verdes, nariz reto e sorriso perfeito, preciso admitir que Amber tinha razão.

— Oi, Adam.

Ele olha do carrinho cheio de terra para a minha perna, e seu rosto demonstra compreensão.

— Você precisa de ajuda?

Quando finalmente tive permissão para voltar à escola depois do acidente, Mina havia distribuído trabalhos a todos os nossos amigos para garantir que eu voltasse sem problemas. Tinha um calendário com blocos de cores, codinomes e tudo o mais. Amber era minha companheira de banheiro, porque o período de almoço de Mina era diferente do nosso. Cody era encarregado de me lembrar de quando deveria tomar todos os meus remédios, porque era o mais pontual. E, como eles eram os maiores e estavam em todas as minhas aulas, Adam e Kyle carregavam minhas coisas e se certificavam de que eu não caísse.

No início, eu odiava o pequeno exército de ajudantes de Mina, mas, depois da quarta vez que prendi a porcaria do andador, que eu usava na época, dentro da cabine do banheiro para pessoas com deficiência, percebi que era melhor não recusar a ajuda. Aprendi a ser grata por Amber e por sua forma de fechar com força a porta do banheiro se alguém tentasse entrar.

— Seria ótimo. Obrigada, Adam.

Adam para a caminhonete ao lado do meu carro e salta para fora.

— Vai plantar um jardim?

— É, assim eu me mantenho ocupada. — Abro meu porta-malas e ele pega o primeiro saco de terra e coloca lá dentro. — O que você está fazendo aqui?

— A sra. Jasper compra carne de cervo de mim e do Matt. Pra fazer carne-seca.

— A temporada foi boa este ano?

Adam sorri, virando o boné para trás, o cabelo preto se enrolando contra a testa.

— Sim. Tem sido ótimo para Matt. Ele tem se mantido saudável.

Ele apoia outro saco no ombro com facilidade, pousando-o no meu porta-malas.

— E você? — pergunto, porque não quero que a conversa se desvie para mim. — Ainda vai tentar a bolsa de estudos como jogador de futebol?

— Estou tentando. — Ele sorri. — É basicamente a única maneira de eu sair daqui. O tio Rob acha que eu tenho bastante chance. Ele anda pegando no meu pé com isso, me obrigando a correr sprints pelo campo todo.

Eu estremeço em compaixão.

— Eu lembro que ele também obrigava a gente a fazer isso. Meu pai achava que a gente era nova demais. Eles discutiam por causa disso.

— Eu esqueci que você jogava futebol.

— Durei uma temporada só, aí a natação chegou. E, depois disso, você sabe... — Dou de ombros.

Adam estende a mão e aperta meu braço, e preciso fazer um esforço para não me encolher. Agora, quando sou pega de surpresa, tendo a pular quando as pessoas me tocam. Com certeza David ia falar um monte sobre isso.

— Eu sei que as coisas estão difíceis. Mas vão melhorar — diz ele, com sinceridade. — Você só precisa continuar limpa. Sabe, meu irmão passou pela mesma coisa. Ele também entrou em recaída. Fez um monte de merda, roubou dinheiro da nossa mãe, e ela quase perdeu a casa por isso. Mas meu tio endireitou as coisas. Matt pediu desculpas e agora está seguindo bem no programa. Saudável, como eu disse. Ele e minha mãe até voltaram a se falar. Então, eu sei que, se você levar a sério e ficar perto da sua família, vai ficar bem. Você é forte, Soph. É só pensar em tudo o que já superou.

— Isso é uma coisa muito legal de se dizer — falo. — Obrigada.

Adam sorri.

— Olha, foi bom ter te encontrado. Kyle comentou que vocês meio que brigaram na semana passada.

— É isso que ele anda dizendo? — questiono, tentando ser casual.

— Olha, eu sei que vocês tiveram seus problemas. Mas, sério, Soph, aquela briga dele com a Mina...

— Que briga?

— Achei que vocês tinham... — Ele para de repente, ficando com as bochechas vermelhas. — Hum, talvez seja melhor eu não...

— Não, pode me contar — falo, talvez um pouco rápido demais, porque ele franze as sobrancelhas pretas retas, formando uma linha sólida.

— Olha, Kyle é meu melhor amigo... — começa ele.

— E Mina era a minha.

Adam suspira.

— Não é nada — diz. — Eles só... brigaram, um dia antes de ela morrer. Kyle apareceu na minha casa, bebaço, depois. Ele não quis me contar o que era, mas estava muito chateado. O cara estava chorando.

— Kyle estava chorando? — Não consigo nem imaginar Kyle, gigante e pesado, em prantos.

— Foi estranho — admite Adam, sacudindo a cabeça.

— Ele falou alguma coisa? Te contou o motivo da briga?

Ela não estava atendendo as ligações dele naquele dia. Qual foi o motivo da briga que o levou a chorar no ombro do melhor amigo? Seria suficiente para fazer com que ele quisesse matá-la?

— Estava tão bêbado que não entendi nem metade. Só ficava falando que ela se recusava a escutar o que ele dizia e que a vida dele tinha acabado. Acho que é difícil para ele, sabe, porque os dois brigaram e ele nunca pôde se desculpar.

— É — respondo, mas agora sou eu que estou com as sobrancelhas franzidas, absorvendo essa informação.

— Eu não devia ter contado nada — diz Adam quando o silêncio se estende por tempo demais. Ele pega os dois sacos de terra ainda no carrinho e joga no porta-malas para mim, depois limpa as mãos na calça jeans. — Desculpa.

— Imagina, não tem problema — falo. — Obrigada por me contar. E obrigada por me ajudar com toda essa terra.

— Tem alguém para te ajudar a descarregar isso em casa?

— Meu pai pode fazer isso.

— Me manda mensagem — chama Adam ao subir de volta na caminhonete. — A gente marca alguma coisa.

Aceno enquanto ele sai dirigindo. Entro no carro e piso fundo no acelerador, como se, dirigindo rápido o bastante, eu pudesse deixar todas as perguntas para trás.

Quando chego em casa, deixo os sacos de terra no carro e entro. Depois de tomar um banho, faço o que tenho temido. Adiei a busca no quarto da Mina por tempo demais. Se Trev não atende minhas ligações, vou ter que enganá-lo. Mas isso significa que tenho que esperar meu pai chegar em casa para poder usar o telefone dele. Então me obrigo a pegar uma caixa de papelão e subir para meu quarto para começar a encher com as coisas dela. Elas são meu ingresso para entrar naquela casa.

Com o passar dos anos, suas roupas e joias haviam se misturado com as minhas. Tenho as pastas cheias de recortes de jornal e impressões de artigos on-line que ela folheava enquanto ficávamos deitadas na minha cama, ouvindo música. Livros, filmes, brincos, maquiagem e perfume, tudo se mistura até não ser mais meu ou dela. Só nosso.

Para onde quer que eu olhe, lá está Mina. Não posso escapar dela mesmo se eu tentar. Eu me demoro escolhendo o que colocar na caixa, sabendo que Trev vai folhear cada livro, cada artigo como se tivesse um significado mais profundo, uma mensagem para confortá-lo. Vai guardar as bijuterias dela de volta na grande caixa de veludo vermelho na cômoda e as roupas de volta no armário, para nunca mais serem usadas.

Estou deslizando o último livro para dentro da caixa quando ouço meu pai abrir a porta da frente.

Desço as escadas.

— Seu dia foi bom? — pergunto.

Ele sorri para mim.

— Foi, sim, querida, tudo bem. Você ficou aqui o resto do dia?

— Fui até o viveiro comprar mais terra. E umas margaridas.

— Estou feliz que você ainda esteja trabalhando no jardim — diz meu pai. — É bom tomar um pouco de sol.

— Eu ia ligar para a mãe e ver o que ela queria fazer para o jantar, mas meu telefone está carregando. Posso pegar o seu emprestado?

— Claro.

Ele fuça no bolso da calça cinza-escura e tira o aparelho.

— Obrigada.

Espero até ele desaparecer na cozinha antes de sair para o alpendre da frente. Ligo para minha mãe primeiro, só para não estar mentindo, mas cai na caixa postal. Ela deve estar em reunião.

Digito o número de Trev.

— É a Sophie — digo rapidamente quando ele atende. — Por favor, não desliga.

Há uma pausa, depois um suspiro.

— O que foi?

— Estou com algumas coisas dela. Pensei que talvez você queira. Eu posso levar.

Outra longa pausa.

— Me dá um tempo — diz ele. — Pode ser lá pelas seis?

— Combinado.

— Até.

Depois de desligar, fico ansiosa. Não posso voltar para dentro. Não posso simplesmente me sentar lá em cima, ao lado dos restos dela que joguei em uma caixa. Volto para o jardim, porque é a única distração que me resta.

Meu pai tirou os sacos de terra do carro e já os enfileirou ao lado dos canteiros para mim. Aceno para ele do pátio, e ele acena de volta da cozinha, onde está lavando pratos.

Eu me abaixo no chão toda desajeitada, estendo a mão e escavo a terra do último canteiro negligenciado, desenraizando pedras e jogando-as com força por cima do ombro. O sol de verão está forte, e o suor se acumula na minha lombar enquanto trabalho. Dobrada neste ângulo, minha perna está me matando, mas ignoro a dor.

Rasgo um saco de terra e viro por cima da borda da madeira, derramando solo fresco no canteiro. Escavo a terra úmida repetidamente, deixando-a cair por entre os meus dedos, e o cheiro forte lembra um pouco a volta para casa. Misturo cada vez mais profundamente no canteiro, revirando o fundo do solo, combinando a terra velha e a nova. A ponta do meu dedo roça algo liso e metálico, enterrado bem lá embaixo. Eu agarro e puxo do solo um círculo de prata manchado e lamacento.

Espantada, coloco o anel na parte plana da palma da mão, limpando a terra.

É dela. Lembro que ela achou que tivesse perdido no lago no verão passado. O meu está na minha caixa de joias, trancado, porque não significa nada sem o par.

Fecho os dedos ao redor do anel com tanta força que me surpreende a palavra estampada na prata não ficar gravada em mim como ela.

20

TRÊS ANOS E MEIO ATRÁS (CATORZE ANOS)

— Levanta.

Puxo as cobertas por cima da cabeça.

— Me deixa em paz — resmungo.

Cheguei em casa do hospital faz uma semana e ainda não saí do quarto. Mal saí da cama, porque o andador é só mais um lembrete de que tudo está uma merda. Só o que faço é ver TV e tomar o coquetel de analgésicos que os médicos não param de me dar, que me deixa tão zonza que, de qualquer forma, não quero fazer nada.

— *Levanta.*

Mina agarra meus cobertores e não consigo lutar contra ela com uma só mão, já que a outra continua engessada.

— Você é má — digo a ela, me virando devagar para o outro lado e colocando meu travesseiro extra em cima da cabeça. Só o esforço necessário para rolar me faz gemer. Mesmo com os comprimidos, tudo dói, não importa se estou parada ou me mexendo.

Mina se senta na cama ao meu lado, sem se dar ao trabalho de ser delicada. O peso dela balança o colchão, me fazendo ir para a frente e para trás. Faço uma careta de dor.

— Para.

— Então, sai da cama — diz ela.

— Não quero.

— Que pena. Sua mãe disse que você está se recusando a sair do quarto. E quando sua mãe começa a *me* ligar pedindo ajuda, eu sei que a coisa tá feia. Então... de pé! Você está fedendo. Precisa tomar um banho.

— Não — resmungo, amassando o travesseiro em meu rosto. Preciso usar a cadeira de banho idiota feita para gente velha com quadril ruim. Toda vez, minha mãe fica parada na porta, histérica de preocupação, achando que vou cair. — Me deixa em paz.

— Ah, isso *vai mesmo* funcionar comigo. — Mina revira os olhos.

Ainda estou com o travesseiro na cabeça, então, sinto, mais do que vejo, Mina se levantar da cama. Escuto som de água. Por um segundo, acho que ela ligou o chuveiro do banheiro, mas aí o travesseiro que estou segurando é arrancado das minhas mãos e, quando abro a boca para protestar, Mina joga um copo de água fria na minha cara. Dou um guincho, me sacudo rápido demais e dói, puta que pariu, como *dói*. Ainda não estou acostumada com o fato de que não posso mais torcer e mexer minha coluna como antes. Mas estou tão puta com ela que nem ligo. Me sento na cama usando o braço bom como alavanca, pego o travesseiro que sobrou e taco nela.

Mina ri, adorando, sai do caminho dançando e volta, inclinando o copo vazio para me provocar.

— Vaca — digo, tirando o cabelo pingando dos olhos.

— Pode me chamar do que quiser, fedida, desde que tome um banho — fala Mina. — Vamos, levanta.

Ela estende a mão, e é diferente de todo mundo que já se ofereceu como bengala temporária. Não é como meu pai, que quer me carregar para todo canto. Não é como minha mãe, que quer me embrulhar em algodão e nunca mais me deixar ir a lugar nenhum. Não é como Trev, que quer desesperadamente me consertar.

Mina estende a mão e, quando não pego imediatamente, estala os dedos para mim, insistente, impaciente.

Como sempre.

Ponho minha mão na sua, e, quando ela sorri, seu sorriso é doce, suave e cheio do alívio que só pode vir depois de muita preocupação.

21

AGORA (JUNHO)

A casa dos Bishop tem persianas cor-de-rosa e frisos brancos, além de uma macieira que cresce cada vez mais alto no jardim da frente desde que consigo me lembrar. Subo com cuidado as escadas do alpendre, apoiando a maior parte do meu peso no corrimão enquanto equilibro a caixa no quadril.

Trev abre a porta antes de eu conseguir bater, e, por um segundo, acho que meu plano vai fracassar, que ele não vai me convidar a entrar.

Mas ele dá um passo para o lado, e entro na casa.

É estranho não me sentir bem-vinda aqui. Passei metade da minha vida neste lugar e conheço cada cantinho: qual é a gaveta de besteiras, onde são guardados os Oreos extras, onde ficam as toalhas de hóspede.

E todos os esconderijos de Mina.

— Você está bem? — Os olhos dele param na forma como estou apoiada na perna boa. — Me dá. — Ele pega a caixa de mim e se trai por um segundo, estendendo a mão para segurar meu braço. Lembra na última hora e para, tirando a mão, que esfrega na boca, depois olha por cima do ombro para a sala de estar. — Você quer sentar? — pergunta, a relutância nas palavras ressoando pelo cômodo.

— Na verdade, posso usar o banheiro primeiro?

— Claro. Você sabe onde fica.

Como eu esperava, a atenção dele já está fixada na caixa de pertences de Mina. Ele desaparece na sala de estar e eu sigo pelo corredor. Faço uma pausa na porta do banheiro, abrindo-a e fechando-a para criar um efeito, e atravesso a cozinha na ponta dos pés até o único quarto no andar do térreo. Mina gostava assim. Ela vivia agitada à noite, escrevendo até o amanhecer, assando biscoitos à meia-noite, jogando pedras na minha janela às três da manhã, me chamando para minipasseios até o lago.

A porta está fechada, e eu hesito, preocupada com o barulho. Mas é minha única chance, então pego a maçaneta e giro devagar. A porta se abre e eu entro de fininho.

Quando pensei neste plano, fiquei preocupada de chegar até aqui só para encontrar todas as coisas dela encaixotadas ou já doadas.

Mas é pior: está tudo igual. Desde as paredes cor de lavanda até a cama de dossel de menininha pela qual ela havia implorado quando tinha doze anos. Suas chuteiras estão ao lado da mesa, empilhadas uma ao lado da outra, como se ela tivesse acabado de tirá-las.

O quarto está intocado. A cama de Mina ainda está desfeita, percebo com um golpe horrível no estômago. Olho fixamente para os lençóis amarrotados, o amassado no travesseiro, e tenho que me impedir de pressionar a mão no local onde a cabeça dela descansou, passar meus dedos pelos lençóis congelados na forma curvada de sua última noite tranquila.

Preciso me apressar. Jogo-me no chão e rastejo de barriga para baixo da cama, com os dedos buscando o assoalho solto. Minhas unhas pegam a madeira e eu a levanto e afasto, me puxando mais para baixo da estrutura de aço.

Meus dedos procuram sob o chão, passando por teias de aranha, mas não sinto nada escondido no buraco. Tiro meu celular do bolso e ilumino o espaço embaixo das tábuas.

Tem um envelope escondido no canto, sob a tábua solta, bem na parte de trás. Estico-me naquele espaço aberto para agarrá-lo, amassando o papel, na pressa. Estou colocando a tábua do chão de volta quando ouço Trev me chamar do corredor.

Merda. Encaixo a tábua e me empurro para sair de debaixo da cama. Tenho que morder o lábio com força quando minha perna torce da maneira errada ao me levantar e a dor surge como uma facada no joelho. Quero me encostar na cama por um segundo, lidar com a dor, mas não tenho tempo. Respirando rápido, enfio o envelope na bolsa sem abrir.

— Soph? Você está bem? — Trev está batendo na porta do banheiro.

Saio abaixada do quarto de Mina, fechando a porta silenciosamente atrás de mim antes de ir mancando até a cozinha e pegar um copo do armário.

Passos. Levanto os olhos para ele enquanto giro a torneira e encho o copo. Dou um gole na água, tentando não levantar suspeitas.

— Dizem que água ajuda com as cãibras musculares — explico, lavando meu copo e apoiando na pia.

— Ainda no caminho natureba? — pergunta ele enquanto vamos até a sala. Suspiro de alívio; ele não nota que estou sem fôlego. Um dos livros da caixa está aberto na mesa de centro.

— Principalmente ioga e ervas. Injeções de cortisona nas costas. Analgésicos não opioides.

A gente se senta no sofá preso nos anos 1970, deixando um espaço cuidadoso entre nós. Além de nós, a única coisa que mudou na sala foi a cornija. Durante toda a nossa infância, velas e crucifixos cercavam uma grande foto em preto e branco do pai de Mina, sorrindo para a sala. Quando eu era pequena e dormia na casa deles, às vezes via a sra. Bishop acender as velas. Uma vez eu a vi beijar os dedos e pressioná-los no canto da foto, e algo sombrio se agitou dentro do meu estômago quando percebi que todos vamos embora no final.

A foto de Mina está agora ao lado da do pai. Ela me olha em meio a sua massa de cachos escuros, aquele sorriso manhoso e secreto flertando nos cantos da boca, sua energia explosiva apenas um eco em seus olhos.

Algumas coisas não podem ser contidas ou capturadas.

Desvio o olhar.

— Sua mãe... — começo.

— Está na casa da minha tia em Santa Barbara — explica Trev. — Ela precisava... Bom, é melhor para ela. Por enquanto.

— Claro. Você vai voltar para a Chico State no começo do ano letivo?

Ele faz que sim.

— Tenho que repetir o período passado. E vou continuar morando em casa e pegando transporte para lá. Quando minha mãe voltar... preciso estar por perto.

Assinto com a cabeça.

Mais silêncio insuportável.

— É melhor eu ir — digo. — Só queria te entregar a caixa.

— Sophie — chama ele.

Ele fala tão do jeito de antes. Eu o conheço. Cada parte dele, provavelmente ainda mais do que conhecia Mina, porque Trev nunca se deu ao trabalho de se esconder de mim. Nunca achou que precisasse. Eu sei o que ele vai perguntar. O que ele quer que eu faça.

— Não — respondo.

Mas ele está decidido.

— Eu preciso saber — diz, e sua voz sai com tanta ferocidade. Ele me olha como se eu estivesse negando algo necessário. Oxigênio. Comida. Amor. — Passei meses com os relatórios policiais, reportagens de jornal e boatos. Não aguento mais. Preciso saber. Você é a única que pode me contar.

— Trev...

— Você me deve isso.

Não tem como eu sair sem responder as perguntas dele. Não sem fugir.

Fugir de Trev costumava ser fácil. Agora, é impossível. Ele é a única coisa que me sobra dela.

Esfrego o joelho, enfiando os dedos no ponto dolorido entre a patela e o osso. Quando aperto fundo o bastante, sinto as elevações dos pinos. Fazer isso dói, mas é um tipo bom de dor, como um hematoma que está se curando.

— Vai, pergunta.

— O médico que examinou ela... falou que foi rápido. Que provavelmente ela não sentiu nenhuma dor. Mas acho que ele estava mentindo para eu me sentir melhor.

Não quero estar perto enquanto ele faz isso comigo — com nós dois. Vou até a ponta do sofá, inclinando meu corpo para longe, me protegendo do massacre.

— Não foi assim, né? — pergunta Trev.

Faço que não com a cabeça. Tinha sido o oposto, e ele sempre soube, mas, quando eu confirmo, vejo como isso acaba com ele.

— Ela falou alguma coisa?

Eu queria poder mentir para ele. Queria poder dizer que ela se despediu direito, que me fez prometer cuidar dele, que disse que o amava e amava a mãe deles, que viu o pai esperando por ela do outro lado de braços abertos e um sorriso acolhedor.

Queria que tivesse sido assim. Quase tanto quanto queria que tivesse acabado instantaneamente, para ela não precisar ter medo. Queria que qualquer parte pudesse ter sido pacífica, tranquila ou corajosa. Tudo menos o caos doloroso e frenético que viramos ao cair no chão, só respirações, sangue e medo.

— Ela ficava pedindo desculpas. Ela... ela disse que estava doendo.

Minha voz falha. Não consigo continuar.

Trev cobre a boca com as mãos. Está tremendo, e detesto ter concordado com isso. Ele não consegue aguentar. Não devia precisar aguentar.

Sou eu quem tenho que suportar esse peso.

Seria tão fácil afogar tudo com comprimidos. A vontade serpenteia em mim, bem abaixo da minha pele, esperando para atacar e me afundar. Eu podia me fazer esquecer. Podia cheirar tanto que nada mais importaria.

Mas não posso deixar isso me dominar. Quem fez isso precisa pagar.

Nove meses. Três semanas. Cinco dias.

— Eu tentei, Trev. Tentei fazer ela respirar de novo. Mas não importava o que eu fizesse...

— Vá embora — diz ele, tenso. — Por favor, vá embora.

Ele olha diretamente à frente.

Um barulho forte me faz virar antes de conseguir chegar à porta. Ele virou a mesa de centro com um chute, derrubando o conteúdo da caixa no chão. Trev encontra meus olhos e jogo as palavras para quebrá-lo, porque é o que quero naquele momento.

Porque ele me obrigou a dizer disso. Porque ele se parece tanto com ela. Porque ele está aqui e eu também, mas ela não — e isso é tão injusto que mal consigo respirar.

— Ainda não consegue me odiar, Trev?

22

UM ANO E MEIO ATRÁS (DEZESSEIS ANOS)

— O que você acha de Kyle Miller? — pergunta Mina.

Estamos no caminho de uma hora e meia até a Chico, onde Trev está fazendo bacharelado em administração. Mina gosta de me arrastar com ela nestas viagens mensais. Nunca resisto muito, porque geralmente é bom ver Trev. Mina queria ir cedo, então, não consegui tomar nada a mais e estou ficando agitada. Queria não ter prometido dirigir, mas detesto ser a passageira no carona, em especial em viagens de longa distância.

Passamos por outra barraca de frutas ao lado da estrada, uma placa torta de FECHADA PELO INVERNO balançando ao vento. Quilômetros e quilômetros de pomares de oliveiras e nogueiras passam voando dos dois lados, os galhos ásperos e negros contra o céu cinza pálido. Tratores enferrujam nos campos vazios, junto com placas desbotadas de VENDE-SE nas cercas, penduradas há séculos.

— Soph?

— Hum?

— Para de viajar. Kyle Miller? O que você acha dele?

— Estou dirigindo. E por que estamos falando de Kyle Miller?

Não sei por que estou me fazendo de tonta. Quando Mina fica entediada, ela faz os garotos de brinquedo.

— Sei lá. Ele é fofo. Levava brownies pra gente quando você estava no hospital.

— Achei que a mãe dele é que fizesse os brownies.

— Não, foi Kyle. Adam me contou. Kyle faz doces. Ele só não sai contando pra todo mundo.

— Tá, os brownies eram bons. Mas ele não é inteligente nem nada assim.

Fico me perguntando se esse é o ponto, se ele não vai ser inteligente o suficiente para notar. Vivo preocupada de Trev notar.

— Kyle não é idiota — diz ela. — E tem aqueles olhos castanhos grandes. Parecem chocolate.

— Ah, vai — solto, à flor da pele demais para esconder a irritação. — Não me diga que vai começar a sair com ele só porque ele te olha como se quisesse se arrastar aos seus pés.

Ela dá de ombros.

— Estou entediada. Preciso de alguma animação. Este ano foi meio blé. Trev foi embora, minha mãe tem as instituições de caridade dela. Para não dizer que o maior evento da escola neste ano foi a coroação de rei e rainha durante o baile anual.

— A cara da Chrissy quando Amber deu na cabeça dela com o cetro valeu ficar a semana inteira até mais tarde de castigo.

Mina desdenha.

— Foi você que quebrou a coroa dela.

Não me dou ao trabalho de esconder o sorriso.

— Eu não pisei de propósito! Aquele carro alegórico era completamente instável. E eu já estava em desvantagem.

— Aham, acredito, Soph — diz Mina. — O baile foi divertido. O castigo, nem tanto. Mas não quero diversão. Nem castigo. Quero que aconteça alguma coisa interessante. Como quando Jackie Dennings desapareceu.

— Não diz isso! Que coisa doentia.

— Sequestros e casos não resolvidos costumam ser, mesmo — diz Mina.

— Por favor, não me fala que vai se meter nisso de novo. A primeira vez já foi bem bizarra.

— Eu não estou sendo bizarra. Aconteceu *algo* ruim com ela.

— Para de ser tão mórbida — ralho. — Ela pode ter fugido.

— Ou pode estar morta.

Meu telefone apita e Mina pega, desligando o alarme.

— Hora do remédio?

— É. Me passa meu estojo?

Ela pega da minha bolsa, mas não me entrega. Me olha de soslaio, virando e revirando o estojo, os comprimidos se batendo lá dentro.

— O que foi? — pergunto.

— Sophie. — É só o que ela diz. Uma palavra, mas ela consegue incutir tanta frustração, tanta preocupação.

Somos especialistas uma na outra. É um dos motivos para eu estar desviando do confronto inevitável, porque, se ela me perguntar abertamente, vai saber que minha resposta é mentira.

— Eu estou bem — digo, com o máximo de verdade que consigo reunir. — Só preciso dos remédios.

Minha pele se arrepia com o escrutínio dela. Com certeza ela enxerga tudo, vê as drogas flutuando em meu organismo.

Presto atenção na estrada.

Ela gira o estojo para a frente e para trás nas mãos.

— Não sabia que ainda estavam te passando tanta coisa.

— É, bom, estão.

É como se eu estivesse na beira de um penhasco que está desmoronando, o chão sob meus pés se soltando, deslizando de debaixo de mim. Não paro de olhar o estojo na mão dela. Ela não está me entregando. O que vou fazer se ela não me der?

— Talvez fosse bom você pensar em parar de tomar. Fazer um desmame, ou coisa do tipo. Faz séculos, e essas coisas não fazem bem.

— Acho que os meus médicos discordariam.

Não consigo manter minha voz tranquila, sem advertência. Ela não quer parar logo com isso?

Não, não quer. Ela escuta a advertência e passa batido, porque Mina é assim.

— Sério, Soph. Você anda parecendo uma... — Ela solta uma respiração audível. Não quer falar em voz alta. Tem medo. — Estou *preocupada* com você. E você se recusa a conversar comigo.

— Não é nada que você entenderia.

Ela não tem como entender. Saiu do acidente com um braço quebrado e alguns hematomas. Eu saí com metal no lugar dos ossos e uma dependência de analgésicos que se transformou em uma fome que eu não podia — e não queria — ignorar.

— Por que não tenta me explicar, então?

— Não — respondo. — Mina, para. Tá? Só me dá os remédios. A parada está chegando.

Ela morde o lábio.

— Tá.

Ela joga o estojo no meu colo e cruza os braços, observando pela janela as fileiras de árvores peladas que passam mais rápido, um borrão, quando piso mais forte no acelerador.

Dirigimos o resto do caminho em silêncio.

***

A festa a que Trev nos leva naquela noite está lotada. O apartamento está quente demais com tanto corpos, o cheiro de cerveja pegajoso no ar. Perco Mina na multidão depois de uns vinte minutos, mas mal nos falamos desde que discutimos no carro, então, não tem muita importância.

É o que repito a mim mesma.

A música é horrível, algum hit popular tocando tão alto que me dá dor de cabeça. Só quero sair daqui, ir até o apartamento de Trev, deitar no sofá dele, fechar os olhos e desaparecer por umas horas.

Abro caminho através da multidão, evitando por um triz uma passada de mão na bunda, de um universitário que usa o boné virado para o lado. Desvio dele e saio para a varanda vazia. Pescando alguns comprimidos do meu bolso, engulo com o que sobrou da minha vodca.

Está frio aqui fora, mas mais calmo, com o estrondo da multidão e a batida da música abafados. Bêbada de vodca, pressiono os cotovelos contra a grade, esperando a sensação de névoa do barato suavizar as bordas afiadas.

A porta da varanda se abre e se fecha.

— Achei você — diz Trev. — Mina está te procurando.

— Está gostoso aqui fora — respondo.

Trev para ao meu lado e se recosta na grade.

— Está um gelo.

Ele tira o casaco e o coloca por cima dos meus ombros. O cheiro de pinho e cola de madeira me envolve.

— Obrigada — falo, mas não fecho as bordas do casaco contra meu corpo. Não posso me perder nele como faço com ela.

— Vocês duas brigaram? — pergunta Trev.

— Mais ou menos.

— Sabe, é mais fácil perdoar, seja lá o que for que ela fez. Ela só vai te incomodar até você fazer isso.

— Por que você acha que é culpa dela?

Trev sorri.

— Ah, vai, Soph. É você. Você não faz nada de errado.

Eu tremo, pensando nas drogas extras escondidas por todo o meu quarto. Nas carreiras que cheirei hoje de manhã antes de virmos para cá. Nos comprimidos que acabei de tomar. Em todos os que engoli, fora do horário, como doces secretos.

— Não é culpa dela. Não é nada. Vai ficar tudo bem.

Eu me abraço. A oxicodona está começando a fazer efeito, aquela sensação de flutuação, entorpecimento, mesclando-se com o zumbido do álcool, e quase derrubo o copo.

Trev se afasta e o tira de mim, colocando no chão.

— Talvez não tenha sido uma boa ideia trazer vocês duas. Não quero que sua mãe tenha mais motivo para me odiar.

— Ela não te odeia — murmuro, apesar de nós dois sabermos que é só para consolá-lo, que estou mentindo. — E eu sei me segurar. Mina é que não sabe beber.

— Ah, pode acreditar, disso eu sei.

O sorriso fácil de Trev solta o aperto no meu peito que está lá desde que Mina me confrontou no carro. Ele só está tentando ajudar; ele não sabe.

Ele não me vê do jeito que Mina vê.

Viro-me para ele e me encosto na grade da varanda. O movimento faz o casaco escorregar dos meus ombros, e a luz do apartamento ilumina minha pele. Estou vestindo uma camisa tão decotada que quem estiver no ângulo certo consegue ver a borda da minha cicatriz. Puxo o decote automaticamente, mas não adianta. Os olhos de Trev cintilam para baixo, ficando sérios e atentos, olhando fixamente.

O sorriso dele desaparece e ele fecha o espaço entre nós com um passo. A mão dele cobre meu ombro, me puxando para a frente. Sinto, em vez de ver, o casaco dele escorregar até o chão. O tecido bate na parte de trás das minhas pernas ao cair, e eu penso que queria ter me enrolado nele.

— Trev? — questiono, e minha voz vacila. Misturei comprimidos demais com vodca. Não é uma boa ideia. Ele está perto demais.

— Soph.

Seu polegar pressiona a linha da cicatriz que corta meu peito em partes desiguais, um toque que ele nunca, jamais usou comigo. Ele só pode estar bêbado — nunca faria isso sóbrio; ele é sempre muito cuidadoso ao me tocar.

— Meu Deus, Sophie. — Ele suga as bochechas, mordendo a parte de dentro. — Foi aqui que...

Sua mão se achata contra mim, cobrindo a pior parte. As curvas da palma da mão no espaço entre meus seios, as pontas calejadas dos dedos descansando levemente sobre a cicatriz, subindo e descendo a cada respiração minha.

Meu coração bate forte sob a pele, ansiando pelo contato.

— Não sei como você me perdoou — diz ele, palavras carregadas de emoção e cerveja.

— Fui eu a idiota que não colocou cinto de segurança — respondo, como fiz todas as vezes em que ele repetiu isso.

— Fiquei tão assustado quando você não acordou — diz Trev. — Eu devia saber. Mina sabia. Ela ficava falando que você era teimosa demais para abandonar a gente.

Ele olha para cima, toda aquela dor exposta, e, quando encontro seu olhar, seus dedos se contraem, como se ele quisesse enrolá-los, arrastá-los pela minha pele, transformar os destroços em algo belo.

De repente, tenho certeza de que, se eu não desviar os olhos, Trev vai me beijar. É a maneira como ele se comporta, como muda o peso dos pés e esfrega a bainha da blusa entre os dedos da mão livre, como se tentasse memorizar a sensação. É algo intrinsecamente Trev: focado, honesto, seguro. Ele me divide em duas: uma parte quer beijá-lo; a outra quer correr.

Eu quase queria que ele me beijasse. Não é como se eu não tivesse imaginado isso antes. Como se não o visse me olhando.

Não é como se eu não soubesse o que ele sente por mim.

Mas este último pensamento me faz olhar para baixo. Eu me afasto e, por um segundo, temo que ele não me solte, mas ele solta; é claro que solta.

— Preciso de um pouco de água — falo, e entro apressada enquanto uma parte de mim, a parte sincera, dá um suspiro de alívio.

23

AGORA (JUNHO)

No segundo em que entro em casa, rasgo o envelope que achei escondido no quarto de Mina. Um dos cantos está mais gordinho, e agito até que um pen-drive cai, bem quando minha mãe vem pelo corredor. Fecho a mão sobre o pen-drive — que tem formato de uma Hello Kitty roxa minúscula — e, com a outra, enfio o envelope no bolso de trás.

Minha mãe franze a testa.

— O que você está fazendo parada no corredor? — pergunta.

— Só guardando minhas chaves. — Procuro na bolsa, jogando o pen-drive lá dentro antes de tirar meu chaveiro. Sorrio para ela ao pendurar no gancho da parede. — Tem alguma coisa cheirando bem.

— Fiz frango assado. Vem sentar e comer.

Entro na sala de jantar atrás dela, e meu pai já está esperando. Minha mãe usou a louça chique.

O envelope no bolso amassa enquanto caminho até a mesa. Quero ir até meu quarto, fazer uma barricada na porta e enfiar esse pen-drive no meu notebook.

Preciso engolir um suspiro quando minha mãe se senta. Por que eles tinham que escolher logo hoje para uma noite de união familiar?

Assumo meu lugar à esquerda, minha mãe numa ponta, meu pai na outra.

— Como foi sua consulta? — pergunta minha mãe.

— Boa — respondo.

— Você gostou do dr. Hughes? — questiona meu pai. Será que fizeram algum acordo prévio de cada um me fazer uma pergunta?

— Ele parece legal.

— Eu sei que você nunca teve um terapeuta homem — diz minha mãe. — Se for um problema...

— Não — respondo. — O dr. Hughes é bom. Eu gostei dele. Mesmo.

Dou uma garfada no frango, mastigando por um tempo desnecessariamente longo.

— Devíamos começar a conversar sobre a faculdade — diz meu pai. — Fazer uma lista das universidades que te interessam.

Apoio o garfo na mesa, perdendo o apetite. Eu esperava ter mais algumas semanas antes de entrarmos nisso. Afinal, as aulas só começam daqui a dois meses.

— Está tudo certo para você começar o último ano em agosto — assegura minha mãe, interpretando errado minha expressão.

Empurro as ervilhas pelo prato, com medo de engolir qualquer coisa. Tem um nó do tamanho do Texas na minha garganta. Não tenho tempo para pensar nisso. Preciso me concentrar em achar o assassino de Mina.

O que tem naquele pen-drive?

— Todos os estudos independentes que você fez em Seaside foram um ótimo trabalho; seus professores ficaram impressionados — continua minha mãe, com um raro sorriso.

— Não estou preocupada com isso — começo.

— É por causa das inscrições? Podemos achar um jeito de explicar os meses em que você passou afastada. E, se você usar sua redação para falar do acidente e da superação de tudo para voltar a andar, com certeza...

— Você quer que eu use a carta de aleijada? — interrompo, e ela se encolhe como se tivesse levado um tapa.

— Não se chame desse jeito! — irrita-se ela.

Preciso me segurar para não revirar os olhos. Minha mãe foi quem teve mais dificuldade de lidar com o acidente. Meu pai me levou à fisioterapia e fez toda a pesquisa sobre as minhas cirurgias. Ele me carregava pelas escadas acima e abaixo naquele primeiro mês e, quando eu ainda estava no hospital, lia uma história para mim toda noite, como se eu fosse criança. Ele pôde voltar a cuidar de mim de novo, bem quando era para eu estar me cuidando sozinha. E meu pai é bom em cuidar de pessoas.

Minha mãe é boa em consertar coisas, mas não pode me consertar, e não consegue aguentar isso.

— É a verdade. — As palavras são duras, pensadas para estilhaçar a armadura de gelo dela. Fazer com que ela pare de desejar que a garota que eu era volte. — Eu sou aleijada. E drogada. E vocês acham que é parcialmente culpa minha Mina ter tomado um tiro, então, acho que dá para colocar *assassina por acidente* nessa lista também. Ei, de repente eu posso escrever minha redação sobre *isso*.

Ela fica vermelha, depois branca e aí quase roxa. Estou fascinada, hipnotizada pela expressão em seus olhos passando de preocupação a raiva. Até meu pai solta o garfo e descansa a mão no braço dela, como se imaginando se vai conseguir impedir que ela voe por cima da mesa para me atacar.

— Sophie Grace, nesta casa, você vai ter respeito — ela finalmente cospe. — Comigo, com seu pai e, mais importante, consigo mesma.

Jogo o guardanapo no prato.

— Já terminei.

Eu me levanto, mas minha perna treme e preciso me segurar na mesa por mais tempo do que gostaria. Mancando, deixo a sala. Sinto-a me observando, a forma como seu olhar absorve cada passo instável, cada momento desajeitado.

Chegando lá em cima, quase derrubo minha bolsa de tanta pressa para pegar o pen-drive. Eu o agarro, abro meu notebook e enfio o dispositivo na entrada USB, batucando os dedos na escrivaninha.

A pasta aparece em minha área de trabalho e clico duas vezes, o coração palpitando no ouvido.

O alerta de *Digite a senha* aparece na tela. Digito primeiro o aniversário dela. Depois tento o de Trev, aí o meu, aí o do pai dela, mas nada. Tento nomes de antigos bichinhos de estimação, até a tartaruga que Mina ganhou quando estávamos no terceiro ano do fundamental e morreu na semana em que ela levou para casa, mas nada funciona. Por mais de uma hora, digito cada palavra em que consigo pensar, mas nenhuma delas abre a pasta.

Frustrada, me levanto e passo pela cômoda, onde coloquei o anel de Mina ao lado do meu. Pego e inclino, a palavra piscando para mim à luz do abajur.

Eu me viro de volta, de repente esperançosa, digito *parasempre* na caixa de diálogo e aperto Enter.

Senha incorreta.

A raiva acumulada, emaranhada com a dor remanescente das palavras da minha mãe, me domina.

— Puta que pariu, Mina — murmuro.

Jogo o anel com força. Ele ricocheteia da parede para o tapete ao lado da minha cama.

Quase assim que cai, estou de joelhos, fazendo careta por causa da dor, mas me apressando para pegar o anel. Minha mão treme quando o coloco.

Só para de tremer quando vou até minha cômoda e o segundo anel — o meu — se junta ao dela em meu polegar.

24

UM ANO E MEIO ATRÁS (DEZESSEIS ANOS)

Depois da festa, estou bêbada e ainda chapada, deitada no chão da sala de Trev ao lado de Mina, cada uma de nós enfiada num saco de dormir. Ouço os roncos dos colegas de apartamento dele vindo pelo corredor.

O chão é duro, coberto por um carpete fino com manchas misteriosas. Neste apartamento cheio de meninos, não quero nem pensar do que podem ser. Estou inquieta, virando para lá e para cá, olhando as tampas de cerveja grudadas no teto.

Meus olhos estão pesados, mas não deixo que se fechem.

Mina está acordada, mas fingindo que não. Ela não me engana; anos dormindo uma na casa da outra me ensinaram quando ela está fingindo.

— Eu sei que você tá acordada.

— Vai dormir — é só o que ela diz. Ela não abre os olhos nem para com aquela coisa irritante de respirar exageradamente devagar que está fazendo.

— Você ainda está brava?

— Dá um tempo, Soph, estou cansada.

Brinco com o zíper do meu saco de dormir, subindo e descendo, esperando que ela me responda, sabendo que talvez não role.

— Suas costas estão bem?

Os olhos dela se abrem, preocupados, enquanto ela quebra o silêncio autoimposto.

— Vou ficar bem.

Mas não vou, não. Vou acordar dura amanhã. Minha perna boa vai estar dormente, mas é a ruim que vai doer que nem uma filha da puta onde o tecido da cicatriz é mais apertado no joelho.

Eu devia tomar mais um comprimido. Eu mereço.

— Aqui, pega meu travesseiro. — Ela se estica e encaixa sob minha cabeça. — Melhor?

— Você não respondeu minha pergunta — lembro a ela.

Mina suspira.

— Eu não estou brava com você — diz. — Eu já te disse, eu estou *preocupada*.

— Não precisa — insisto.

É a coisa errada a dizer. Vejo um medo verdadeiro nela. Me incomoda mais do que eu gostaria de admitir, me faz querer me esconder, me entorpecer ainda mais disso, dela.

— Preciso, sim — sibila ela, se sentando, com metade do corpo para fora do saco.

Ela pega meu braço, me puxando até eu fazer o mesmo. Aí, se inclina para perto de mim tão rápido que fico assustada e deixo.

— Você está tomando remédio demais. Está se machucando.

Ela engole saliva e parece perceber, de repente, como estamos perto. Seus dedos se flexionam no meu braço, apertando e soltando, depois apertando de novo.

— Sophie, por favor — diz ela, e não sei o que ela está pedindo aqui. Ela está perto demais; sinto o cheiro do hidratante de baunilha que ela passou nas mãos antes de deitar. — *Por favor* — repete ela, e prendo a respiração, porque agora não dá para negar o que ela está pedindo.

Seus olhos param em minha boca, ela está me puxando para si e estou ofegante, tão envolvida na antecipação, na sensação de *ai, meu Deus, isso está acontecendo de verdade* que cresce em mim, que só escuto os passos quando é quase tarde demais.

Mas Mina escuta e se afasta num solavanco antes de Trev vir pelo corredor.

— Vocês ainda estão acordadas? — Ele boceja, entrando na cozinha e pegando uma garrafa de água da geladeira.

— Íamos dormir agora — responde Mina às pressas, voltando a se deitar.

Ela não olha para mim, e sinto as bochechas corarem. Meu corpo todo ficou quente e pesado, e quero me contorcer mais para o fundo do meu saco de dormir e apertar forte minhas pernas uma contra a outra.

— Boa noite — diz Trev. Ele deixa a luz da cozinha acesa para Mina não ficar no escuro.

Ela não fala nada. Se acomoda no saco de dormir ao meu lado e coloca a mão embaixo da cabeça. Ficamos nos olhando por um longo momento.

Estou com medo de me mexer. De falar.

Aí Mina sorri, só para mim, um sorriso pequeno, real e quase melancólico, e sua outra mão escorrega para dentro da minha quando ela fecha os olhos. Seus anéis prateados, quentes da pele dela, são macios contra meus dedos.

O aroma de baunilha rodopia ao meu redor, fazendo meu sangue correr todo para a pele, e o aperto quente em minha barriga se contorce e se deleita com o contato.

Quando acordo na manhã seguinte, nossos dedos continuam entrelaçados.

25

AGORA (JUNHO)

— Obrigada por vir. — Dou um passo para o lado, para deixar Rachel entrar.

— Sophie, isso foi a... — Minha mãe vê Rachel, com seu cabelo flamejante, o suéter amarelo-mostarda que ela abotoou errado, o pingente de caveira volumoso pendurado na corrente de bicicleta que ela usa em torno do pescoço. — Ah.

— Mãe, você lembra da Rachel, né?

— Lembro, sim.

Minha mãe sorri e é quase sincero, embora seus olhos parem em Rachel por um segundo a mais. Eu me pergunto se é a aparência de Rachel ou se minha mãe está se lembrando daquela noite. Rachel ficou comigo até meus pais aparecerem. Eu não dei muita escolha; me recusava a soltar a mão dela.

— Como vai, sra. Winters? — pergunta Rachel.

— Bem. E você?

— Fabulosa. — Rachel sorri.

— Meu computador está com problema. Rachel vai dar uma olhada para mim.

— Tchau! — diz Rachel alegre, me seguindo até meu quarto. Quando fechamos a porta atrás de nós, ela apoia a bolsa na minha cama e se joga do lado. — Muito bem, só tenho quarenta minutos. Tenho que ir até Mount Shasta passar um tempo com meu pai. É aniversário dele hoje.

— Você consegue hackear um pen-drive em quarenta minutos?

Um sorriso repuxa os cantos dos seus lábios pintados de vermelho.

— De jeito nenhum. Eu sou boa em desmontar computadores e remontar. Código é outro bicho. Vai demorar um tempo.

Entrego o pen-drive.

— Te agradeço por tentar. Meu método envolveu digitar o máximo de senhas em que consegui pensar.

— Provavelmente não foi a abordagem mais eficaz.

— Pois é.

— Então, como foi falar com o supervisor de Mina no *Beacon*? — pergunta Rachel, pegando um travesseiro para apoiar o queixo. Ela senta em cima de uma perna e deixa a outra pendurada para fora da cama.

— Ele está viajando, mas volta semana que vem. Aí, vou procurar ele de novo.

— E obviamente entrar na casa deu certo — diz Rachel, segurando o pen-drive e sacudindo no ar.

Dou de ombros.

— Trev me odeia.

— Duvido muito — diz Rachel.

— Ele quer me odiar — respondo. — E devia. Odiaria. Se soubesse a verdade.

Rachel muda de posição na cama, revirando o pen-drive nas mãos. Mas levanta a cabeça e me olha nos olhos ao perguntar:

— A verdade?

Não respondo nada, porque, quando você se esconde, é instintivo. É algo que você precisa se treinar para não fazer, e nunca me treinei para sair desse segredo, mesmo quando queria.

— Soph, posso te perguntar uma coisa?

Ela me olha nos olhos e vejo ali uma pergunta.

A pergunta.

Posso desviar o olhar e ficar quieta. Posso dizer que não. Posso ser a garota que se esconde da verdade, que nega seu coração.

Mas isso vai me consumir. Me devorar. Até não sobrar mais nada real.

Giro nossos anéis em meu polegar e eles batem um contra o outro, trocando entalhes e arranhões acumulados ao longo dos anos.

— Claro. Pergunta.

— Você e Mina, vocês duas eram... — Ela muda de tática, de repente muito direta, como era em suas cartas, começando numa direção e desviando para outra no meio da frase. — Você gosta de garotas, né?

Minhas bochechas esquentam e brinco com a borda do meu edredom, tentando decidir como contar.

Às vezes, me pergunto o que minha mãe pensaria, se ela tentaria varrer para debaixo do tapete, adicionar isso à lista crescente de coisas a consertar.

Às vezes, me pergunto se meu pai se importaria de um dia talvez me levar até o altar e me entregar a uma mulher em vez de a um homem, ganhar uma nora em vez de um genro.

Às vezes, me pergunto como as coisas teriam sido se eu tivesse sido honesta desde o começo. Se nunca tivéssemos precisado nos esconder. O quanto as coisas teriam mudado se tivéssemos sido sinceras?

Nunca vou saber. Mas posso ser sincera aqui, agora, com Rachel. Talvez porque ela me conheceu no pior momento da minha vida. Talvez porque ela ficou por perto, mesmo depois. Talvez porque eu não queria mais ter medo. Não disso. Porque, em comparação com todo o resto — o vício, o buraco que perder Mina abriu em mim, o nó de culpa em que Trev me transforma —, me apegar a isso não vale a pena. Não mais.

E é por isso que respondo:

— Às vezes.

— Então, você gosta de caras também.

— É que depende. Da pessoa. — Ainda estou mexendo no edredom, enrolando os fios soltos nos meus dedos.

Ela sorri, aberta e encorajadora.

— O melhor dos dois mundos, acho.

Isso me faz rir, um som que explode de mim como a verdade. Me dá vontade de chorar e agradecer. Dizer a ela que nunca contei a ninguém antes, e contar para alguém que aceita como se não fosse nada de mais parece um presente.

26

TRÊS ANOS ATRÁS (CATORZE ANOS)

— Por favor. Abre a porta.

Mina bate pela terceira vez. Estou trancada no banheiro, tentando passar base suficiente para cobrir a cicatriz no meu pescoço. Estou fracassando. Não importa o quanto eu tente, uma sombra sempre aparece.

Faz quase seis meses desde o acidente, e a ideia de ir a um baile, a ironia de ir a um baile quando ainda dói me mexer rápido demais, me dá vontade de berrar e gritar *não, não, não* que nem um bebê. Mas minha mãe ficou tão animada quando Cody me convidou, e Mina tagarelou sem parar sobre vestidos, e não consegui dizer não a ninguém.

Mas agora não quero nem sair do banheiro. Odeio como estou retorcida e desigual, como preciso me apoiar na bengala a cada passo.

— Soph, se você não abrir esta porta nos próximos cinco segundos, vou arrombar. Juro que vou.

Mina bate mais forte.

— Você não conseguiria — digo, mas sorrio ao pensar nela, com um e cinquenta e sete e, no máximo, quarenta e cinco quilos, tentando.

— Consigo, sim! Ou vou buscar Trev. Aposto que ele conseguiria.

— Não ouse ir atrás de Trev.

Toda vez que fico sozinha com ele, ele quer pedir desculpas — me *consertar*.

Quase vejo a expressão triunfante dela através da porta.

— Eu vou! Eu vou atrás dele agora mesmo!

Ouço passos exagerados — Mina marchando no mesmo lugar em frente à porta. Vejo a sombra dos pés dela.

Jogo o tubo de base no nécessaire e lavo as mãos. Os cachos elaborados que Mina fez no meu cabelo roçam os ombros nus.

— Um segundo.

Puxo a gola do vestido mais para cima. A seda vermelha é bonita — faz minha pele parecer leitosa em vez de fragilmente pálida —, mas minha mãe precisou levar a peça a uma costureira para adicionar renda ao decote em v profundo para cobrir a maior parte das cicatrizes.

Levou séculos para achar algo com mangas. Devemos ter experimentado pelo menos uns cinquenta vestidos, dividindo o mesmo provador enquanto minha mãe esperava do lado de fora. Mina tinha feito um alvoroço, me ajudando a entrar e sair de pilhas de tule e cetim. Ela havia segurado minha mão e me equilibrado e, ao soltar (segurando por um segundo a mais, minha pele contra a dela, seminua no cômodo minúsculo), corado e gaguejado quando perguntei se ela estava bem.

Minha perna está me matando. Deixei a bengala no quarto e preciso dela agora, embora não queira nem olhar para ela.

Pego o frasco laranja da bolsa *clutch* com pedraria que Mina insistiu para que eu comprasse com o vestido. Pego dois comprimidos.

Ela bate de novo.

— Anda, Sophie!

Melhor três. Engulo com água da torneira, depois guardo o frasco.

Abro a porta, e a seda vermelha roça em minhas pernas, uma sensação estranha e quase agradável flutuando acima das cicatrizes horrorosas.

Mina abre um sorrisão.

— Olha só pra você. — Ela já está pronta, embrulhada e drapeada em tecido prateado, toda brilhante e bronzeada. A sra. Bishop vai surtar quando vir o tamanho do decote do vestido em estilo grego dela. — Eu tinha razão: o vermelho ficou perfeito.

Ela gira. Seu cabelo encaracolado está preso em uma tiara de folhas prateadas, mechinhas caindo pelos ombros nus enquanto ela remexe nos cobertores da cama. Ela pega alguma coisa e esconde atrás das costas.

— Tenho uma surpresa!

Ela está praticamente vibrando de ansiedade.

— O que é? — pergunto, entrando no jogo porque ela está muito feliz. Eu sempre quero que ela seja feliz.

Ela estende, triunfante.

A bengala que ela está segurando está pintada de vermelho para combinar com meu vestido. Mina grudou strass branco e vermelho por toda a extensão. Eles brilham e refletem a luz. Fitas de veludo caem do cabo, espirais prateadas e vermelhas, girando e balançando no ar.

— Você enfeitou minha bengala.

Estendo a mão para alcançar, e meu sorriso é tão amplo que sinto que vai partir meu rosto em dois. Aperto a mão contra a boca como se precisasse esconder, segurar, e faço isso, porque as lágrimas estão lá, caindo pelo meu rosto, provavelmente estragando toda a minha maquiagem. Nem ligo, porque ela faz algo que ninguém mais consegue: deixa minha vida bonita, boa e cheia de brilho e veludo, e eu a amo tanto naquele momento que não consigo conter.

Então, falo, porque é verdade. Porque preciso, não há escolha, ali parada com ela:

— Eu te amo.

Fica lá, só por um segundo. Vejo a faísca nos olhos dela, e ela disfarça tão bem, mas eu *vejo* antes de ela me abraçar e cochichar no meu ouvido:

— Eu te amo mais.

27

AGORA (JUNHO)

Rachel sai para a casa do pai, prometendo me ligar assim que conseguir abrir o pen-drive. Começo minha prática de ioga matinal, mas me esforcei demais ontem. Depois de meu joelho ceder pela quarta vez na pose do guerreiro, enrolo o tapete e guardo.

É importante saber quando você foi derrotada.

Minha calça jeans ainda está no chão, onde joguei ontem à noite, e, quando a pego, o envelope onde estava o pen-drive cai do bolso.

Dentro, tem um pedaço de folha de caderno que não notei ontem à noite. Desdobro e vejo uma caligrafia que não reconheço.

Por favor, amor, atende o telefone. A gente precisa falar disso. Eu só quero conversar. Prometo. Só atende o telefone. Se você continuar me ignorando, não vai gostar do que vai acontecer.

Reviro o bilhete, mas não está assinado.

Não tem importância. Só pode ser de Kyle.

Se você continuar me ignorando, não vai gostar do que vai acontecer.

Leio e releio a frase, presa nela, como se estivesse num looping infinito na minha cabeça.

— Sophie?

Levanto os olhos do papel nas minhas mãos. Meu pai está parado na porta, franzindo a testa.

— Desculpa. Fala.

— Eu estava dizendo que estou saindo — fala ele. — Vou almoçar cedo com Rob. Sua mãe já saiu. Minha querida, você está bem? Você está pálida. Eu posso cancelar...

— Estou ótima — respondo, mas meus ouvidos estão zumbindo. Já estou passando pelos possíveis lugares em que Kyle pode estar agora. — Só me forcei demais. Meu joelho tá doendo.

— Quer gelo?

— Eu pego — digo. — Não precisa cancelar, pai. Vai almoçar. Manda um abraço pro Professor por mim.

Preciso que meu pai saia de casa. Preciso achar Kyle. Onde ele estaria numa hora dessas? Em casa?

— Está bem — diz meu pai. — Você me liga se piorar?

Sorrio, e ele parece entender como um sim.

Espero, o bilhete de Kyle amassado em meu punho fechado, até meu pai sair com seu sedã. Então, pego o celular e digito o número de Adam. Ando de lá para cá no quarto enquanto toca.

Quando ele finalmente atende, escuto risadas e cachorros latindo no fundo.

— Alô?

— Adam, oi. É a Sophie.

— Oi, e aí?

— Queria saber se você tem alguma ideia de onde Kyle estaria agora — digo. — Achei um colar de Mina que acho que foi ele que deu para ela. Queria devolver e pedir desculpas por ter sido escrota semana passada. Não tenho certeza de onde ou em que horário ele estaria trabalhando neste verão.

— Ele provavelmente está no trabalho, sim — responde Adam, e alguém diz o nome dele, seguido por mais risadas masculinas. — Um segundo, galera — grita ele. — Desculpa, Soph. Ele está no restaurante do pai, não na lanchonete, o de frutos do mar lá na Main... o Lighthouse.

— Valeu.

— Claro, tranquilo — diz Adam. — Ei, me liga semana que vem. O time vai fazer uma festa com fogueira lá no lago. A gente pode se ver.

— Claro — falo, sem levar a sério. — Tenho que desligar. Valeu de novo.

Dirijo rápido demais, furando o sinal quando ele muda de amarelo a vermelho, mal pausando em placas de pare, quase tombando nas curvas das esquinas. Nosso centro não é grande coisa, porque nossa cidade não é grande coisa. As partes boas e ruins são meio que grudadas uma à outra, o tribunal e a cadeia a um quarteirão de distância, a loja de bebida na diagonal da igreja metodista. Um punhado de restaurantes, uma lanchonete abrigada do outro lado da linha do trem e alguns motéis com pagamento semanal que são terreno fértil para confusão. Só desacelero quando vejo o Capri M-tel, a placa azul e rosa em neon com a letra o faltando.

O Lighthouse fica bem do lado, então, estaciono rápido e abro as portas com tudo, sem me importar se vou chamar atenção. Kyle está apoiado no balcão, vendo o jogo de basquete na TV de tela plana na parede oposta.

O restaurante está quase vazio, com poucas mesas ocupadas. Passo marchando por elas e vou até Kyle enquanto a boca dele se aperta.

— Preciso falar com você.

— Estou trabalhando. — Ele me olha com raiva por sob o cabelo loiro desleixado. — Se você der uma de louca aqui...

— Faz uma pausa para falar comigo ou vai ver o quanto eu posso ser louca.

Ele olha ao redor para os clientes nas mesas.

— Vem — diz, e o sigo pela cozinha, saindo pelos fundos, atrás do restaurante, onde tem uma área cercada para as lixeiras. O cheiro é terrível, de gordura, peixe e lixo, e respiro pela boca, tentando bloquear o fedor.

— Não acredito. — Kyle me ronda assim que a porta se fecha e estamos sozinhos. — Qual é o seu problema?

Jogo o bilhete nele, batendo a palma em seu peito.

— Quer explicar isso?

Ele pega de mim e passa os olhos.

— O que é que tem?

Cruzo os braços e firmo os pés.

— Me diz por que você e Mina brigaram na noite antes de ela morrer.

Kyle é a definição de livro aberto. Ele é péssimo em esconder suas emoções e fica com o queixo caído por um segundo antes de se lembrar de fechar a boca.

— Não é da sua conta.

— É sim, porque você andou deixando bilhetes ameaçadores para Mina bem antes de ela ser assassinada!

— Nem fodendo — diz Kyle. — Isso não foi uma ameaça. Eu só queria que ela me ligasse.

— Você ameaçou ela. "Se você continuar me ignorando, não vai gostar do que vai acontecer." Quem fala isso para a namorada?

Kyle fica vermelho, seus olhos de cachorrinho se endurecendo.

— Cala a boca. Você não sabe do que está falando.

— Então me explica. Me diz por que vocês estavam brigando.

— Você precisa largar esse assunto — avisa ele.

— Não vou fazer isso.

— Vai se foder. — Ele começa a ir na direção da porta e me planto na frente dele e o empurro com força. Ele tem mais de um metro e oitenta e é musculoso, mas empurrá-lo é bom. Quando ele cambaleia, vou de novo na direção dele, mas ele recupera o equilíbrio e agarra meus pulsos com facilidade. — Para, Sophie.

— Aí, ele me solta e dá um passo para trás, segurando as mãos do tamanho de pratos de jantar na frente do corpo. — Você vai se machucar.

Invisto na direção dele de novo, mas ele sai do caminho. Eu me apoio com força demais na minha perna e quase caio.

— Você é chata pra cacete — murmura ele ao agarrar meu braço para me equilibrar.

— Me conta — insisto. Estou ofegante, a adrenalina ricocheteando em mim. — Por que vocês estavam brigando?

— Para com isso — diz ele. — Só para.

— O que ela te contou para você ficar tão bravo? Com o que você estava ameaçando ela? — A cada pergunta, eu o empurro, e ele só deixa. Estou em cima, a centímetros do rosto dele, na ponta dos pés. Preciso agarrar a cerca de arame atrás dele para me estabilizar. Minha perna está tremendo, mas tento fingir que não. Me recuso a cair na frente dele. — Ela gostava de você. Ela até te deixou transar com ela! Por que você...

— Cala a boca! — grita ele, e arquejo, me encolhendo com o tom bruto em sua voz. Seus olhos castanhos brilham como se ele estivesse prestes a chorar. — *Cala a boca.* Só um de nós estava transando com ela, e com certeza não era eu.

28

TRÊS ANOS ATRÁS (CATORZE ANOS)

— A gente está muito atrasada — diz Amber, pegando a bolsa do futebol no carro da mãe.

Mina a olha brava, puxando o andador do banco de trás e o desdobrando para mim.

— Relaxa — diz, séria.

— O professor vai acabar com a gente. Precisamos aquecer.

Dou um cutucão em Mina.

— Vai. Eu posso ir sozinha até a arquibancada.

— Não — responde ela.

— Amber, vai — falo. Não quero que ela fique puta comigo por se atrasar. Ela nem queria que eu viesse, mas Mina insistiu. Amber assente, carregando a bolsa de Mina. — Eu consigo — insisto quando Mina não vai com ela.

Mina olha por cima do ombro. As meninas já estão em campo; ela vai se encrencar se não correr.

— Ei! — grita ela, acenando para o outro lado do estacionamento. — Adam! Kyle!

— Mina...

— Se você quer que eu vá, vai deixar Kyle e Adam te ajudarem — ela me diz.

Reviro os olhos e seguro as alças do andador, me içando para ficar de pé, apoiada nele. Os médicos estão me obrigando a usar isso por mais um mês antes de eu poder trocar para a bengala. Não acredito que estou ansiosa por uma bengala, mas estou.

Os meninos vêm e, depois de Mina ter certeza de que eles não vão me deixar cair da arquibancada, sai correndo para o campo, o cabelo voando atrás dela.

Kyle paira sobre mim. Sua calça jeans está alguns centímetros curta demais — ele já é mais alto do que todo mundo do nosso ano e não parece que vai parar de crescer. Ele mantém a mão nas minhas costas durante os minutos torturantes que leva para chegar à arquibancada, como se tivesse medo de eu simplesmente desmoronar a qualquer momento.

— Onde está o seu pai hoje? — pergunta Adam quando me sento na arquibancada de baixo. — O tio Rob está com um técnico a menos.

— Canal de emergência — digo.

— Isso existe? — pergunta Kyle.

— Pelo jeito, sim. Vocês podem sentar lá em cima se quiserem. Eu vou ficar bem aqui sozinha.

— A vista daqui é melhor — responde Kyle, sorrindo.

Isso me faz sorrir de volta. Procuro na bolsa e encontro um saquinho de M&M's, e passamos de um para o outro enquanto voltamos a nossa atenção ao campo de futebol.

As meninas estão se preparando para começar, aquecendo na lateral. A cabeça castanha e encaracolada de Mina está dobrada para baixo enquanto ela toca a testa no joelho, esticando as pernas.

— Você não vai ajudar o Professor? — Kyle pergunta a Adam.

— Já, já — diz Adam. — Ele só precisa de mim quando elas começarem.

Kyle está com os olhos em Mina, observando-a alongar os braços acima da cabeça, esticando bem, como se pudesse tocar o céu. Ela é a mais baixa do time — mas, quando está em campo, é como se tivesse três metros, cheia de força e velocidade.

— Você está ficando boa em andar por aí. — Adam tira o boné e enfia no bolso traseiro.

— Quase pronta para uma bengala — digo. — Parabéns para mim.

— Ei. — Kyle franze o cenho. — Você devia ter orgulho. Mina me disse que você se esforça para caramba na fisioterapia.

— É isso que Mina te disse, Kyle? — pergunta Adam, e sorri para mim com jeito de conspiração quando Kyle fica corado.

— Seus pais já estão te enchendo por causa da faculdade? — pergunta Kyle, como se estivesse desesperado para mudar de assunto.

— Eles estão comentando, mas é meio cedo.

— Só se for para você — diz Adam. — Preciso começar a pensar em bolsas. Não posso fazer faculdade nenhuma sem auxílio. E não vou receber prêmio nenhum pelas minhas notas.

Kyle ri.

— Nem ferrando — fala ele. — Você vai ser premiado por ser o melhor goleiro que o norte da Califórnia já viu.

Adam dá um sorriso largo, se levantando. As meninas estão começando a se reunir no campo. Nosso time está de azul e as Anderson Cougars, de vermelho.

— Bom, espero que sim. Não quero ficar preso aqui para sempre. Preciso ir antes de o tio Rob ficar puto. Até mais, Soph.

Depois que Adam vai, Kyle e eu nos viramos para o campo, nossa atenção focada em Mina como um ímã em metal.

O time está se posicionando para o pontapé inicial, e Amber diz algo que faz Mina jogar a cabeça para trás e rir, os cachos se balançando contra o céu cinza. Ela empurra Amber de brincadeira, e Amber empurra-a de volta, rindo também.

De canto de olho, vejo Kyle a observando.

— Você gosta mesmo dela, né?

Ele levanta a cabeça, o topo das orelhas ficando vermelho. Não olha nos meus olhos, baixa os olhos para as mãos, enfiando-as nos bolsos.

— É tão óbvio?

— Meio que é.

Ele ri.

— Que jeito de fazer um cara se sentir melhor.

Dou de ombros.

Não falo o que estou pensando. Não falo o quanto ele tem sorte por poder só ficar ali sentado e admitir, tímido, mas sem vergonha. Como se fosse seu direito. Como se estivesse tudo bem, porque é para ela ser de alguém como ele, e não de alguém como eu.

29

AGORA (JUNHO)

— Não sei do que você está falando — digo, mas minha voz estremece. Sinto o pânico subindo dentro de mim: Kyle *sabe*.
— Caralho, Sophie, me dá um pouco de crédito — fala Kyle.
— Ela me contou.

Meu estômago dá um salto. Minha boca se enche de saliva, uma onda quente e escorregadia que não consigo conter. Engasgo, passando pelas lixeiras, e consigo chegar a uma lata vazia antes de começar a vomitar, tossindo e cuspindo.

Mãos grandes agarram meu cabelo desajeitadamente, puxando-o para trás enquanto coloco para fora o resto do meu café da manhã. Me afasto dele em um movimento brusco, a pele ficando quente e fria, toda arrepiada. Enfim me endireito, limpando a boca com a mão, os olhos úmidos de lágrimas, a garganta esfolada. Kyle se afasta de mim de novo, apoiando-se na cerca de arame, as mãos nos bolsos.

— Kyle... — começo, e aí paro, porque não sei o que dizer. Odeio que ele saiba. É diferente com Rachel, com alguém de confiança que não conhecia Mina.

O cheiro de vômito se enrola em meu nariz, fazendo o enjoo voltar rugindo, e aperto os dedos na boca, engolindo convulsivamente, e respiro de boca fechada até a sensação passar. Eu me afasto do lixo até meus ombros estarem pressionados contra a cerca que separa o Capri M-tel do lote dos fundos do restaurante. Vejo pessoas no segundo andar, indo e voltando da máquina de gelo.

— Fiquei muito puto. Gritei com ela. Não devia, mas gritei. Eu fiz ela chorar, eu... falei umas coisas muito podres. Aí ela não atendia minhas ligações no dia seguinte, não queria me ouvir, então, deixei aquele bilhete. Eu só queria me desculpar. Mas ela não atendia e, de repente, Trev estava no telefone me falando que ela tinha sido assassinada. — Ele dá um passo para trás, como se precisasse de distância tanto quanto eu. — Eu te odeio pra caralho às vezes. Toda vez que te vejo, fico muito puto com você. Sempre que você está por perto, penso nela me contando, na cara dela... — Ele solta uma respiração trêmula. O pomo de adão sobe e desce sob a gola da camisa polo. — Ela ficou tão aliviada. Como se quisesse falar aquilo havia séculos. E eu só fui... Eu fui um *merda*. Só fiz ela chorar.

— Foi por isso que você mentiu para a polícia.

É insano, e estou furiosa com o fato de que tudo, todos os meses que passei presa em Seaside, tenha sido por causa disso. Porque ela havia confiado a ele, logo a ele, o maior segredo dela — nosso. Porque ele estava bravo por ser trocado por uma garota.

Bato nele, um tapa forte no peito que me dá uma sensação melhor do que devia.

— Você fodeu com tudo! — explodo. — Eu passei três meses na clínica para tratar um vício em drogas que eu *já tinha superado*. Meus pais acham que eu sou uma viciada incurável e uma mentirosa! Todo mundo nesta cidade acha que foi por minha causa que Mina estava em Booker's Point. — Trev nem me olha. — Isso para não falar que, dando informação falsa para a polícia, você provavelmente ajudou o assassino a se safar.

— Mas *havia* drogas — insiste ele. — Eu não inventei. Ouvi falar que a polícia tinha encontrado comprimidos. De quem mais seriam? Eu não queria explicar ao investigador por que estava ligando tanto para Mina naquele dia, então falei que Mina tinha me dito que vocês duas iam comprar drogas no Point e que eu tentei impedir vocês. Achei que assim você ia se dar mal.

Quero bater nele de novo, mas, desta vez, me seguro.

— É, bom, achou certo. O único problema é que as drogas não eram minhas. Quem matou Mina plantou os comprimidos.

Ele aperta os olhos.

— Você está mesmo limpa esse tempo todo?

— Quer que eu jure sobre o túmulo dela? — pergunto. — Porque eu não me importo. Podemos ir lá agora.

— Não — diz ele, rápido demais, e percebo que não sou a única que tem dificuldade de visitar o túmulo de Mina. — Eu... eu acredito em você.

— Ah, que ótimo — ironizo. — Agora eu me sinto bem melhor. Muito obrigada.

Trev fica lá, parado, e, agora mais do que nunca, parece um cachorrinho enorme e babão. Enfia a pata grande no bolso da calça cargo, mordendo o lábio inferior e encarando os pés.

— Olha, desculpa por mentir... embora eu não achasse que estava mentindo totalmente — diz ele. — Mas você transou com a minha namorada.

— Eu não transei com ela enquanto ela era sua namorada!

— Ah, sei.

— Sério — digo. — Olha para mim. — Ele arrasta o pé na calçada, e estalo os dedos na cara dele até Kyle me olhar nos olhos. — Você não tem direito de ficar putinho comigo por isso. Não sei o que ela te falou... — Solto uma lufada de ar. Não consigo pensar no que ela contou a ele, sobre ela ou sobre nós duas. Toda vez que penso, sinto tudo saindo do meu controle, meu precário apoio na zona cinzenta.

Nove meses. Três semanas. Seis dias.

Batuco os números na pele do meu pulso, como uma batida de coração a ser desenvolvida.

— Ela gostava de garotas — continuo quando consigo me acalmar. — Ela só gostava de garotas. Os caras eram um disfarce. Desculpa, mas era assim que as coisas eram.

— Eu sei disso — fala ele baixinho. — Eu sei — repete, o rosto se desfazendo em lágrimas.

A porta dos fundos do restaurante se abre com um estrondo.

— Kyle — chama um homem de avental manchado. — Estamos precisando de você.

Kyle abaixa a cabeça para o cara não conseguir ver quanto ele está arrasado.

— Um segundo — murmura. O cara assente e volta para dentro.

Kyle olha para o céu, e dou a ele um momento de silêncio para se recompor.

— Preciso entrar — diz ele. Seca as bochechas e pigarreia antes de passar por mim.

— Kyle, a sra. Bishop não pode saber disso.

Odeio como minha voz fica pequena, como estou quase implorando a ele.

Algo que parece compaixão passa pelo rosto dele antes de ele desviar o olhar.

— Ela não vai descobrir por mim. Prometo.

Ele está fazendo isso por Mina e por ele mesmo, não por mim, mas não ligo, desde que continue em segredo.

Mina construiu sua prisão há muito tempo, usando a vergonha das crenças com que foi criada. Ela pode ter contado a Kyle. Mas nunca quis que mais ninguém soubesse.

Pretendo manter assim.

30

DOIS ANOS E MEIO ATRÁS (QUINZE ANOS)

Meu telefone vibra. São duas da manhã. Estou meio dormindo, mas, assim que vejo que é Mina, atendo.

— O que foi?

— Olha pela janela.

Saio da cama. Mina estacionou do outro lado e está recostada em um F-150 azul familiar.

— Você roubou a caminhonete do Trev? Você só tem a carteira temporária.

— Eu *peguei emprestada*. E ninguém vai descobrir a gente. Anda, vamos.

Coloco os sapatos e saio de fininho. Estou de calça de pijama e regata, mas a noite está quente e não estou nem aí. Mina abre um sorrisão ao me ver saindo pela porta.

— Cadê a bengala? — pergunta ela quando me sento no banco do passageiro. — Você tem mais três semanas...

— Estou ficando melhor sem ela — interrompo. — Está tudo bem. Preciso me acostumar a andar sozinha. Até os caras da fisioterapia falaram.

— Tá bom — diz Mina, mas não parece convencida.

Abrimos todas as janelas e dirigimos até o lago, cantando ao som do rádio. Tomando a estrada secundária, nos dirigimos a um lugar que só os moradores locais conhecem, onde passamos centenas de horas preguiçosas ao longo dos anos, nadando e tomando sol.

O lago se estende à nossa frente e Mina encosta, estacionando em uma curva ao lado da estrada. Quando saímos do carro, consigo ouvir a brisa suave da água contra as rochas abaixo. A lua está alta no céu, brilhando fora da água. A gente vem aqui desde criança, mas era mais fácil cruzar a trilha até a costa naquela época.

Mina me ajuda a descer o trecho complicado até a pequena praia. Ficamos só de calcinha e sutiã, e ela não sente vergonha nenhuma ao jogar a blusa nas pedras. Sigo o exemplo, mais devagar, com mais cuidado. Mina entra no lago, esperando até estar com a água na altura do quadril antes de mergulhar por inteiro. Ela sobe jogando água, seus cabelos escuros voando por toda parte enquanto ela me olha ao luar.

A água está fria — quase fria demais — contra a minha pele, e meus braços se arrepiam enquanto caminho pela água atrás dela. Meus dedos dos pés cavam no fundo lamacento em busca de uma tração melhor, mas, uma vez que estou fundo o suficiente, posso levantar meus pés e deixar a água me impulsionar para a frente e para trás, sem peso, quase sem dor.

Mina boia de costas, olhando fixamente para o céu.

— Ouvi uma coisa hoje — diz ela.

— Hmm? — Eu boio ao lado dela, deixando a água sustentar meu corpo.

— Amber disse que viu Cody comprando camisinhas na farmácia na semana passada.

Estico os braços acima da cabeça, empurrando a água, indo para longe dela.

Não sou rápida o suficiente. Ela dá um salto para se levantar, espirrando água por toda parte enquanto nada, de frente para mim.

— Você não fez isso! — Mas quando eu não digo nada nem olho para ela, ela diz: — Meu Deus, você *fez*.

— E qual o problema se eu fiz? — pergunto, e sai muito mais defensivo do que eu queria.

Cody e eu estamos saindo há meses; parecia ser a coisa certa a fazer. Eu só não quis contar a ninguém depois.

Mina deveria saber como eu sou boa em fingir. É só o que a gente faz. É só o que eu faço. Eu finjo que não estou magoada, que desejo Cody, que não a quero, que não estou tomando comprimidos demais, que minha virgindade era importante.

Não era. Só significa algo quando é com a pessoa certa. E eu não podia tê-la.

— Eu não acredito... — Mina gagueja. — Ah, meu Deus.

— Não é nada de mais — murmuro.

— É, *sim*! — Ela diz isso muito rápido, e consigo ouvir a falha na voz dela.

Como se ela estivesse prestes a chorar.

— Mina. — Começo a nadar até ela, mas ela se vira de costas para mim, mergulha fundo. Ela desliza sob a água e, quando vem à superfície, não sei se são lágrimas ou se a água do lago está pingando pelo seu rosto.

Nunca mais falamos sobre isso.

Uma semana depois, Mina e eu estamos em uma festa na casa de Amber quando ela me embosca, atravessando o deque lotado com um sorriso arrogante na cara.

— Por que você não me disse? — ela exige, girando seus cabelos, clareados pelo sol no dedo. Estamos do lado de fora. A casa de Amber fica ao lado do rio, e eu estava aérea, olhando para os patos nadando na correnteza rio abaixo.

— O quê?

— Como assim, Mina não *te* contou? — Amber arregala os olhos. — Então melhor eu não dizer nada...

— Amber, fala logo — irrito-me. Posso ser insuportável quando preciso.

E não importa o quanto Amber gostaria que fosse ela, a melhor amiga de Mina sou eu.

— Mina está transando com Jason Kemp.

— Quê? — Sinto o sangue se esvair do meu rosto. Tenho que apertar meu copo para não deixar cair.

Procuro Mina na mesma hora, instintivamente. Quando nossos olhos se encontram do outro lado do deque, eu entendo: ela planejou isso, ela queria assim, só estava esperando que eu descobrisse — e eu a odeio por isso.

É a coisa mais cruel que ela já fez comigo, mas, sério, como posso culpá-la?

Duas semanas depois, duas semanas dela pendurada no pescoço de Jason, dos dois se pegando em *todo lugar*, daquele brilho nos olhos dela, da forma como ela está implicando comigo, me punindo, finalmente não consigo mais aguentar. Estou soluçando enquanto esmago os comprimidos.

Eu estava prestes a fazer isso há meses, engolindo comprimidos demais, ficando entorpecida para a dor. Entorpecida para ela. Este é o próximo passo inevitável na descida, a evolução da minha queda. A sensação — fugidia, mas, ah, que delícia — me enche e estou atrás de mais antes de ela desaparecer por completo. Qualquer coisa para apagá-la de mim.

Mas algumas marcas não desaparecem. Não importa o que aconteça.

31

AGORA (JUNHO)

Quando chego em casa, fico analisando o quadro de evidências em meu colchão porque não consigo pensar em mais nada. Tiro a foto de Kyle, rasgo no meio e jogo no chão, quase não resistindo à vontade de pisoteá-la algumas vezes.

— Sophie? — Minha mãe bate na porta. — Seu pai disse que seu joelho estava doendo. Vim para casa ver como você está.

— Um segundo. — Corro para empurrar meu colchão para baixo. Os lençóis estão todos emaranhados no chão e não tenho tempo de fazer nada exceto empilhá-los na cama, enfiando a foto rasgada de Kyle embaixo do travesseiro e me jogando em cima da bagunça. — Entra.

Ela franze a testa ao me ver, corada e com cara de culpada. Conhecendo minha mãe, ela provavelmente tem uma lista numerada de coisas a ficar atenta no que diz respeito à filha viciada.

— O que você está escondendo? — pergunta.

— Nada — respondo.

— Sophie.

Suspiro, enfio a mão ao lado da cama e alcanço a caixa de sapatos escondida embaixo da mesa de cabeceira. Abro e jogo o conteúdo em cima do edredom. Fotografias se espalham por todo lado.

— Eu estava vendo fotos.

O rosto da minha mãe se suaviza e ela pega uma foto minha e de Mina abraçadas, com toucas de natação verde-neon destoando horrivelmente de nossos maiôs de competição de estampa *tie-dye* rosa.

— Foi antes do seu surto de crescimento — ela comenta.

Pego a foto da mão dela, tentando lembrar quando foi tirada; em algum dia ensolarado durante o treino de natação. Mina está sem um dente da frente, ou seja, devíamos ter uns dez anos. Durante o verão, ela tinha caído da bicicleta de cabeça, apostando corrida comigo. Trev tinha disparado para casa com ela nos braços e, depois, o encontrei checando a bicicleta para garantir que estivesse segura.

— Foi antes de muita coisa — respondo.

Guardo a foto de volta na caixa, pegando as outras e enfiando fora da vista.

— Quero conversar com você. — Minha mãe se senta na beirada da cama, e continuo guardando as fotos para ter o que fazer. Pauso na foto minha com Trev, parados no deque do barco dele, mostrando a língua. Tem um borrão rosa na lateral da foto: a ponta do dedo de Mina bloqueando a lente. — Eu não devia ter dito aquilo sobre sua redação da faculdade. Desculpa. Você pode escrever sobre o que quiser.

— Não tem problema — respondo. — Desculpa por ter gritado com você.

Ela pega outra foto, agora uma imagem minha, gorda e feliz no colo da tia Macy.

— Sabe — diz ela baixinho —, minha mãe morreu de overdose.

Levanto os olhos, e estou tão surpresa por ela ter mencionado isso que derrubo a pilha de fotos.

— Eu sei — falo, me abaixando rápido para pegá-las, feliz por não precisar olhar para ela imediatamente.

Ela quase nunca fala da minha avó. Meu avô mora num terreno de vinte hectares de mata, numa casa que construiu com as próprias mãos. Depois do acidente, ele tinha fechado o punho no meu ombro (um pouco forte demais) e dito: "Você vai superar isso."

Foi quase uma ordem, mas me confortou, como se, ao mesmo tempo, fosse uma promessa.

— Fui eu que encontrei ela — continua minha mãe. — Eu tinha quinze anos. Foi um dos piores momentos da minha vida. Quando seu pai vasculhou seu quarto... quando percebi que você podia ter seguido o mesmo caminho... quando percebi que, um dia, eu podia entrar no seu quarto e você não estar respirando... eu soube que tinha fracassado com você.

As palavras saindo da sua boca são inimagináveis. Ela *tinha* fracassado comigo, mas só depois de eu me recuperar. Ela se recusara a ver as mudanças em mim, as coisas que superei e aceitei em mim mesma — coisas que ela nunca conseguiria aceitar. Ela tinha ficado lá, parada, impávida diante das minhas súplicas e lágrimas, quando meu coração ainda era uma ferida aberta vertendo luto e choque, e enxergado tudo como culpa e mentiras.

Odeio, mas há uma parte minha, aquela pequena fatia que não está consumida por Mina, que consegue entender por que ela e meu pai não acreditaram em mim. Por que me enfiaram na clínica de reabilitação e praticamente jogaram a chave fora. Eles queriam encontrar um jeito de me manter segura.

Eu entendo.

Só não consigo perdoá-los por isso ainda.

32

UM ANO ATRÁS (DEZESSEIS ANOS)

O campo nos fundos da casa de Adam está lotado de gente. O ano escolar finalmente acabou e a mãe dele está viajando, então, ele e o irmão decidiram dar uma festa à qual todos os moradores de dois condados parecem ter ido. Depois de esperar um século para usar o banheiro e fazer uma pausa para comprimidos mais do que necessária, vou para o lado de fora procurar Mina e Amber. Tropeço nos degraus do deque e digo a mim mesma que é por causa da minha perna.

Não é.

— Ei, Sophie, cuidado. — Adam vem correndo do amontoado de barris de chope e coolers no final do deque e agarra meu braço. Ele me acompanha até a mesa de piquenique onde Amber está sentada ao lado de uma bandeja de shots de gelatina.

— Está se divertindo? — ela me pergunta enquanto Adam desliza o braço pela cintura dela.

— Estou — minto.

O calor é sufocante, e eu preferia estar em casa do que aqui fora, ficando bêbada e sendo picada por mosquitos. Já tomei umas bebidas, mas pego o copinho de plástico que Amber me oferece, e engolimos juntas, jogando a cabeça para trás, antes de colocar na mesa. Cereja artificial e vodca deslizam pela minha língua, e engulo com força.

— Cadê Mina? — pergunta Amber.

— Não tenho certeza — digo.

— Ela estava lá dentro da casa com Jason — fala Adam. Ele aperta a cintura de Amber, puxando-a para mais perto quando a música de repente chega, em um estrondo, até o quintal. — Ah, você tem que dançar essa comigo, gata.

Amber sorri para mim enquanto aceno para eles.

Largo os shots de gelatina e volto para dentro da casa, abrindo caminho entre as pessoas mais velhas, com o irmão de Adam reinando. Definitivamente são amigos de Matt, pelo cheiro de maconha saindo dali.

Quando ouço, estou atravessando a cozinha até a sala de estar.

— Vai se foder, Jason!

Chego no fim da briga. Mina está bem no meio de uma multidão de pessoas, balançando nos calcanhares plantados no tapete de pelúcia marrom. Ela está bem em cima do namorado, e Jason agarra seu copo plástico vermelho, parecendo muito mal. As pessoas estão olhando fixamente, e chamo a atenção de Kyle do outro lado da sala. Falo sem emitir som: *Faz quanto tempo?*

Ele dá de ombros e levanta as sobrancelhas, como se dizendo: *Precisa de ajuda?*

Faço que não com a cabeça. Há uma semana, eles estão brigando e fazendo as pazes, então, já estou acostumada. Vou até os dois e pego o braço dela. Ela está tremendo, vacilando daquele jeito de quem já tomou shots demais, e tropeça de costas em mim.

— Você é um idiota! — Ela avança nele, e eu a agarro pela cintura, lutando para me manter equilibrada e ao mesmo tempo a segurar. É um pouco difícil, considerando que estou bêbada e acabei de cheirar duas carreiras no banheiro.

— Já parei, já parei! — diz Mina. É mais por mim, para eu não acabar caindo, porque vou, se continuar assim. Ela revira os olhos quando percebe que a sala ficou em silêncio, todos olhando para ela. — Vamos embora. — Ela bufa, e sai batendo os pés, comigo atrás a seguindo, como sempre.

— Hum, Jason ainda está com as suas chaves — eu digo enquanto tento alcançá-la. Ela já está na metade do quintal de Adam, em direção à sinuosa estrada de terra que leva à estrada.

— Eu cuidei disso — responde ela. Ela para, se vira e espera por mim. Quando chego até ela, Mina enlaça o braço no meu.

Aqui fora, longe das luzes e da cobertura das nuvens, as estrelas brilham incrivelmente e Mina vira a cabeça para cima para olhar para elas, com um sorriso no rosto.

— Vou terminar com ele — ela anuncia. — E não quero mais falar desse assunto.

Eu tropeço, levantando nuvens de sujeira com minhas botas, contornando tufos de cardo-estrelado amarelo e escovinhas.

— Você que sabe — digo, mas por dentro estou reluzindo, triunfante.

— Vamos, Soph. Eu disse para ele encontrar a gente no final da estrada.

Ela sai saltitando na frente, sacudindo os quadris no ritmo das ondas da música que flutuam da casa. Eu sorrio, seguindo atrás dela.

— Quem você chamou?
— O Trev.

Eu paro.

— Você não fez isso.
— Claro que fiz.

Ela me puxa para a frente, batendo os quadris contra os meus. A lua está brilhando, e estou suficientemente chapada para deixar meus olhos se demorarem nos cachos do cabelo dela, a ondulação escura contra a pele pálida. Sinto o aroma de baunilha debaixo do cheiro de pinheiro e chuva se aproximando.

— Ele vai surtar quando vir que a gente está bêbada.

— Não estou nem aí. Ele surtaria mais se a gente largasse Jason e voltasse dirigindo bêbada. Você sabe como ele fica com você e carros.

É verdade. Trev tem um medo mórbido de que alguma outra coisa aconteça comigo. Mesmo anos depois, ele me olha de um jeito a que eu me acostumei, em parte medo, em parte desejo, todo protetor. Ocasionalmente, eu me viro e encontro seu olhar. Às vezes ele não desvia, e vislumbro o que todas as outras garotas veem nele, o que elas querem dele.

— Becky deve estar com ele — comento. — Ela me odeia.

Mina ri um pouco demais. Ela sempre foi fraca para bebida.

— Odeia mesmo; tinha que ver como ela fala de você. Ela é bocuda pra caramba.

— A namorada de Trev fala de mim para você? — pergunto, surpresa em meio à minha névoa de oxicodona e vodca.

— Bom, para mim, não. Eu ouvi a garota no telefone um dia, depois que você saiu. Cuidei disso.

— O que ela estava falando? — Cambaleio até parar e a encaro. — O que você quer dizer com "cuidei disso"?

Mina suspira, soltando o braço do meu e encostando-se a um poste da cerca. Ela se abaixa e arranca uma escovinha, girando a flor entre os dedos.

— Não importa.

Eu a vejo rasgar as pétalas azuis, uma a uma — *bem me quer, mal me quer* —, antes de jogar o caule no chão. Ela gira em um círculo preguiçoso, a saia curta subindo e esvoaçando.

— De qualquer forma, todo mundo sabe que você e Trev vão acabar casados com filhos, e tudo o mais — diz Mina com um sorriso, mas eu consigo ouvir a amargura por trás de suas palavras arrastadas. — E Becky quer ficar com ele para sempre. Ela não admite que a única pessoa que ele quer é você.

— Mas eu não quero ficar com Trev — respondo.

Às vezes eu gostaria que Trev soubesse que está envolvido nisso tudo. Assim, eu não me sentiria tão culpada. Mas ele não pode nem imaginar, porque Mina se esconde atrás de seus segredos, e eu murcho minha alma com comprimidos, e nós estamos ótimas, muito obrigada. Meninas imprudentes dançando por estradas de terra, esperando para serem salvas de si mesmas.

— Seríamos irmãs se você se casasse com Trev — diz Mina, e faz um biquinho com o lábio inferior como se estivesse amuada só de pensar. Como se Trev estivesse pegando um brinquedo que ela quer.

A ideia me horroriza, me dá vontade de vomitar.

— Você não é minha irmã.

Mina pisca, e seus olhos brilham ao luar. Eu quero me inclinar para a frente, pressionar meus lábios contra os dela. Preciso saber qual o gosto da sua boca — talvez doce, de morango.

Estou quase zoada o suficiente para fazer isso, estimulada pela briga dela com Jason e pelo quanto estou chapada. Dou um passo em direção a ela, mas meu joelho cede com uma dor aguda e repentina, e me faz vacilar. Eu caio para a frente com um "huf", e Mina me pega na metade do caminho. Mas eu tenho dez centímetros e onze quilos a mais que ela, e acabamos emboladas na terra, rindo. Risadinhas preenchem o ar enquanto os faróis da caminhonete descem a estrada em nossa direção.

— Aí estão vocês. — Trev inclina-se pela janela enquanto desliga o motor. — Ouvi vocês gritando lá do fim da estrada.

— Trev! — Mina abre um sorrisão para ele, e suas mãos apertam minha cintura de uma forma que faz meu estômago dar um pulo. — Você veio! Vou terminar com Jason. Ele é um babaca.

— E você está bêbada. — Ele sai do caminhão e a puxa para cima, gentilmente pondo-a em pé. Tira a sujeira dos ombros de Mina antes de se agachar ao meu lado. — Você caiu, Soph?

— Estou bem.

Eu sorrio e ele sorri de volta, a preocupação sumindo de seu rosto. Ele espera até que eu estenda minha mão para me puxar para cima.

— Cuidado — diz ele quando minha perna vacila e eu me apoio nele.

Trev é sólido, quente. Mina ri e pressiona-se contra ele do outro lado até que Trev esteja apoiando nós duas. A gente se agarra a ele, o colocamos entre nós como nossa barreira contra a verdade.

Mas a mão dela encontra a minha atrás das costas dele e nossos dedos se entrelaçam. O clique de nossos anéis é um som secreto que só nós duas entendemos.

Algumas barreiras são feitas para serem quebradas.

33

AGORA (JUNHO)

— Você está quietinha hoje — diz David no meio de nossa segunda sessão de terapia, na segunda-feira. — No que está pensando?

Sentada no sofá, levanto os olhos. Estou girando os anéis nos dedos, traçando os sulcos das letras como se fossem a chave de uma fechadura que ainda não encontrei.

— Em promessas — respondo.

— Você cumpre suas promessas? — pergunta ele.

— Às vezes não dá para cumprir.

— Você tenta?

— Todo mundo tenta, não?

David sorri.

— Num mundo ideal. Mas acho que você conhece bem a injustiça da vida real.

— Eu tento cumprir as minhas. Eu quero.

— Mina cumpria as promessas dela?

— Ela não precisava. As pessoas sempre acabavam perdoando, não importava o que ela fizesse.

— Você gosta muito dela.

— Parabéns por afirmar o óbvio, David.

As sobrancelhas do terapeuta tremulam, seu sorriso agradável desaparecendo com minha hostilidade antes de ele voltar a uma expressão neutra.

— Você também perdoava bastante a Mina.

— Não fala como se você conhecesse ela — digo. — Você não conhecia. Não vai conhecer.

— Só se você me contar.

Fico quieta por muito tempo, só fico lá, sentada, e ele não me força a continuar. Junta as mãos e se recosta na cadeira para me esperar.

— Ela era mandona — falo, enfim. — E mimada. Mas muito atenciosa. E inteligente. Mais do que todo mundo. Ela tinha muita lábia, conseguia se livrar de tudo com só um sorriso. Era insuportável quando precisava ser e nunca pedia desculpas. Ela é a primeira coisa em que eu penso quando acordo, a última coisa em que eu penso quando vou dormir e a única coisa em que eu penso nesse intervalo.

Olho para os diplomas emoldurados na parede, o prêmio que David recebeu de uma organização para jovens sem-teto, outro de um grupo de mulheres que sofreram abuso. Quando ele fala, praticamente já memorizei a parede toda.

— Isso faz com que ela pareça um vício, Sophie.

Continuo encarando a parede. Não posso olhar para ele. Não agora.

— Não quero mais falar hoje.

— Tudo bem — diz David. — Vamos ficar aqui sentados mais uns minutos, caso você mude de ideia.

Quando entro no carro, meu celular vibra. Eu tinha desligado durante a sessão, mas agora vejo que Rachel deixou uma mensagem.

Ligo para a caixa postal e congelo no ato de girar as chaves na ignição, ouvindo a mensagem:

— Sou eu. Consegui abrir o pen-drive. Você precisa me ligar. Acho que sei por que Mina foi morta.

34

DEZ MESES ATRÁS (DEZESSEIS ANOS)

— Estamos perdidas — insisto.

— Não estamos, não. — Mina navega a caminhonete de Trev pela estrada de serviço de terra em que estamos faz meia hora. Está escuro lá fora, e os faróis do Ford cortam a floresta enquanto chacoalhamos pelo caminho rudimentar. — Amber disse que era saindo da Route 3, pegando a segunda entrada à direita.

— Estamos totalmente perdidas — respondo. — É impossível ter um camping assim tão longe. Só tem árvores e cervos por aqui.

Mina suspira.

— Tá bom — diz. — Vou dar meia-volta. De repente a gente não viu uma saída ou algo do tipo.

As árvores são grossas demais para termos sinal, então, não posso ligar para Amber para explicar por que Mina e eu estamos tão atrasadas para encontrar com ela e Adam no camping. Mina da ré na caminhonete devagar — a estrada em que estamos é cortada na montanha, pendurada em um penhasco tão íngreme que, na escuridão, não consigo ver o fim. As rodas passam perto da beirada e Mina morde os lábios, concentrada, os nós dos dedos brancos no volante. Depois de algumas tentativas fracassadas, ela finalmente consegue virar o carro para o outro lado, mas só percorremos uns oitocentos metros antes de um *tum-dum, tum-dum* reverberar pela cabine e o percurso ficar ainda pior.

— Merda. — Mina desacelera até parar. — Acho que o pneu furou.

Pego a lanterna no porta-luvas e saio atrás dela, iluminando as rodas.

Mina franze a testa.

— Você sabe trocar?

Faço que não e olho pela estrada de terra. São pelo menos uns cinco quilômetros até voltar à estrada principal. Esfrego distraída minha perna, pensando em como vai doer caminhar tanto.

Mina pega o celular e sai andando, tentando conseguir sinal. Não digo que é inútil, porque ela está com aquela expressão determinada e fica olhando minha perna de relance, como se soubesse a dor que estou antecipando. Eu me apoio em um pedaço grande de ardósia enfiado na montanha, pairando sobre nós como um gigante cinza, e espero ela admitir a derrota. É agosto, mas ainda está fresco à noite, e gosto do pequeno tremor que sobe pelas minhas costas, o prurido de arrepio na pele. É gostoso estar na floresta; barulhento ao seu próprio modo, o farfalhar e os estalidos na vegetação rasteira — espero que seja um cervo, e não um urso —, o gemido dos galhos no vento pontuado pelo som de trituração contínuo das botas de Mina na estrada. Fecho os olhos e deixo os sons me encherem.

— Você não tem nada de sinal? — pergunta Mina, esperançosa, depois de uns cinco minutos andando para lá e para cá e sacudindo o celular.

— Nada. É melhor a gente começar a andar — falo. — Não é como se estivéssemos bloqueando uma estrada principal. A gente pede para Trev vir trocar o pneu de manhã.

— Deixa de ser idiota. Não posso te fazer andar tanto. Eu vou buscar ajuda e volto para te buscar.

— Eu que sou idiota? Foi você que não foi aprovada nas habilidades de sobrevivência na mata para entrar nas Lobinhas. Provavelmente vai ser comida por um urso. Se você for, eu vou.

— É uma estrada. Não tem como eu me perder seguindo uma estrada. E, além do mais, você não consegue caminhar tanto — diz ela.

— Claro que consigo.

— Impossível — fala ela, com a boca fechada teimosamente.

— Você não manda em mim. Eu vou.

— Não!

— Sim — digo, começando a me irritar. — Qual é o seu problema? Para de me tratar como se eu fosse...

— Fraca? — ela termina por mim. — Incapacitada? Machucada? — A voz dela se eleva a cada palavra, trêmula e aguda, como se aquilo estivesse preso dentro dela há séculos e agora estivesse finalmente livre.

Me afasto dela num movimento brusco, como se Mina tivesse me dado um soco em vez de só me dizer a verdade. Embora ela esteja a três metros de distância, preciso ir mais longe. Tropeço, dolorosamente ciente, neste momento, de como sou desastrada.

— Que porra é essa, Mina?

Mas inadvertidamente libero algo nela, que continua falando, cuspindo palavras na noite.

— Se você andar tanto assim, vai usar isso como desculpa para tomar mais comprimidos idiotas. E aí vai ficar toda zonza e em transe, como você *sempre* está ultimamente. Eu sei que você está com dor, Soph; eu sei disso. Mas eu conheço *você*. Você está se machucando e, ou ninguém mais notou, ou não estão dizendo nada. Então, acho que sobrou pra mim. Você precisa parar. Antes de virar um problema.

Pânico e alívio se entrelaçam em mim. Pânico porque ela sabe, e alívio porque ela não percebeu como é grave. Ela acha que ainda estou na beira do buraco, pronta para me jogar, não sabe que estou tão mergulhada nele que mal enxergo o topo.

Ainda dá tempo de consertar.

De mentir.

Nem considero levá-la a sério, porque estou *ótima*. Tenho tudo sob controle e não é da conta dela.

Aliás, é parcialmente culpa dela.

— Por favor, Sophie, preciso que você me escute — diz ela. Seus olhos estão arregalados e preocupados no brilho do farol, e seguro uma vontade insana de contar a ela, por um segundo, como já fui longe, tudo o que fiz, no que me transformei.

Mas, aí, o amor dela por mim — do tipo que for — vai desaparecer. Eu sei. Como ela poderia me amar quando estou assim?

— Você tem razão — falo. — Vou conversar com os meus médicos, tá?

— Vai mesmo? — pergunta ela, e parece tão pequena. Ela é minúscula, claro, mas agora realmente *soa* como se fosse. — Sério?

— Sério — respondo, com o estômago revirando com a mentira. Digo a mim mesma que vou falar com eles, que farei isso por ela.

Mas, lá no fundo, sei que não vou.

Não posso.

Ela saltita até mim para me abraçar. O aroma de baunilha me inunda, o cheiro úmido e verde da floresta se mesclando para fazer o melhor perfume. As mãos dela estão quentes, enlaçadas em torno da minha cintura, o rosto pressionado em meu pescoço enquanto ela respira, o alívio derramando-se dela.

Mina sai noite adentro com uma lanterna e uma garrafa de água, e fico obedientemente na caminhonete como uma boa menina.

Espero até ela sair de vista antes de pegar o estojo de comprimidos na minha bolsa.

Tiro quatro e engulo a seco.

35

AGORA (JUNHO)

Não consigo falar com Rachel. Depois de meia hora andando pelo quarto, jogo o celular na bolsa (seis chamadas não atendidas, cinco mensagens, três recados na caixa postal) e desço. Ela deve estar em casa. Vou até lá.

Mas, quando abro a porta da frente, Kyle está parado na soleira.

— O que você está fazendo aqui? — Quero empurrá-lo e passar, tirá-lo do meu caminho, do meu campo de vista.

O que Rachel descobriu? Por que ela não está me ligando de volta?

— Quero conversar com você — diz Kyle.

— Agora realmente não é uma boa hora.

Saio, tranco a porta atrás de mim e desço as escadas do alpendre.

— Você me embosca duas vezes e agora não tem cinco minutos para conversar?

Ele me segue pela entrada de carros tão de perto que minha nuca fica vermelha de raiva.

— Você mentiu para a polícia, sabotou uma investigação de homicídio e me fez ser trancada na reabilitação só porque estava com ciúmes. Desculpa se ainda estou puta com você.

Abro a porta do carro e ele bate para fechar, me fazendo dar um salto. Levanto a cabeça e, pela primeira vez, vejo as olheiras sob seus olhos vermelhos.

Lembro o que Adam disse sobre Kyle chorando na véspera da morte de Mina. Como a voz de Kyle tinha ficado áspera quando ele revelou que ela havia contado a verdade.

Ele a amava. Isso me dava enjoo, mas eu não duvidava. E entendia muito bem a frustração, a evisceração de amá-la e perdê-la.

— Preciso ir. Se quer conversar, entra no carro — digo, contra meus instintos. — Se não, sai da minha frente.

Ele olha minha bolsa.

— Você não vai usar aquele repelente de urso na minha cara, né?

— Dentro ou fora, Kyle. Pra mim, tanto faz. — Entro no carro e giro a chave. Ele corre até o outro lado e abre a porta, se jogando enquanto piso no acelerador. — Coloca o cinto.

É uma ordem automática dada a todo mundo que entra no meu carro. Trev faz igual, um tique que nenhum de nós consegue superar.

Depois de uns minutos de silêncio, com Kyle balançando as pernas para cima e para baixo, reviro os olhos e ligo o rádio.

— Pode escolher — falo.

Ele gira o botão e acelero pela rua, indo na direção da Old 99, a leste da cidade.

— Aonde nós estamos indo? — pergunta ele, colocando o rádio na nova estação de música country e olhando pela janela.

— Preciso encontrar uma pessoa. Você vai ficar no carro.

Kyle revira os olhos.

— Você vai me dizer o que tanto quer?

Ultrapasso uma velhinha num Cadillac indo a trinta quilômetros por hora e piso mais forte no acelerador quando viramos na

Main para pegar a rampa de acesso. Passamos pelo velho prédio de tijolos em que fica a prefeitura desde que a cidade foi fundada, ainda nos dias da corrida do ouro. Na entrada, há um cartaz anunciando o Festival do Morango, que está chegando. Mina me obrigava a ir, brincar daqueles jogos idiotas e comer bolo demais.

— Eu não queria mesmo te causar problemas — diz Kyle.

— Se vai mentir para mim, de repente é melhor não fazer isso na minha cara.

— Tá bom, eu queria sim te causar problemas — admite Kyle. — Mas isso foi quando eu achei que você *já* estava com problemas. Eu não teria feito isso se soubesse que era uma armadilha. Acho que eu ferrei tudo de verdade. Porque... se não eram drogas, quer dizer que era outra coisa, né?

— Dã.

Viro na estrada. Nesta época do ano, a Old 99 é uma reta cinza cortando um mar de grama amarelada e de cercas de arame farpado, pontilhado pelo verde-escuro dos arbustos de folhas espinhosas. Vacas ocupam os campos, vias de terra saem da estrada, celeiros e ranchos em ruínas ficam distantes dos faróis perscrutadores dos carros. É tranquilo. O tempo parece passar mais devagar.

Eu sei como isso pode ser traiçoeiro.

— E não foi um assalto — continua Kyle. — Eu sei que ele levou sua bolsa e tal, mas, se fosse um assalto, por que ele ia atirar só em uma de vocês? Por que ele ia atirar em qualquer um, se já tinha conseguido o que queria? Por que não levaria o carro? Por que te deixaria viva? Por que plantaria drogas?

Ele andou realmente pensando no assunto. Será que as olheiras são resultado de ficar acordado até tarde para folhear reportagens sobre a morte de Mina? Será que ele tem uma cópia do relatório policial, igual a mim? Será que já decorou as informações?

Preciso me impedir de revirar os olhos.

— É o que estou dizendo há meses. Mas, estranhamente, as pessoas não andam me escutando.

— Eu já disse que ferrei tudo — fala Kyle, baixinho. — Pedi desculpas. Expliquei o motivo.

— Não é tão fácil assim — respondo. — Você ajudou a tirar dos trilhos toda a investigação policial. Ajudou a me trancar na clínica, onde tive que ficar sentada pensando em como o assassino de Mina estava livre, leve e solto, sem ninguém procurando por ele. Um pedido de desculpas não muda nada disso. Não estamos mais no primeiro ano. Admitir que você ferrou com tudo não vai consertar nem pegar o assassino. Então, agora, só posso recolher os cacos e tentar encaixar as peças sozinha.

— Quero te ajudar.

Um esquilo sai correndo para a estrada, e viro bruscamente o volante para desviar dele, indo demais para a pista ao lado. Por um momento horrível, penso que vou perder o controle do carro e bater.

— Caralho, Sophie. — A mão de Kyle está no volante, e ele está meio inclinado em cima de mim, puxando o carro para o acostamento enquanto eu freio, instável.

Solto um gemido, mordo o interior da boca, tentando fazer meus lábios pararem de tremer ao girar a chave e desligar o motor. Inspiro o ar pelo nariz.

— Ei. — Kyle franze o cenho e dá um tapinha desajeitado no meu ombro. Estranhamente, faz com que eu me sinta melhor. — Estamos bem. Está tudo bem.

Estou agarrando o volante com tanta força que os nós dos meus dedos estão brancos. Meus pulmões estão apertados; o coração martela no peito. Não estou conseguindo inspirar o suficiente. Quero cair contra o volante, apertar meu rosto no vidro frio da janela, mas não posso fazer isso na frente dele. Não vou. Então, só me concentro na respiração. Inspira, expira. Inspira, expira.

Quando finalmente volto ao normal, Kyle pergunta baixinho:

— Quer que eu dirija?

Inspira e expira. Inspira e expira. Mais duas respirações profundas e solto o punho de ferro com que seguro o volante.

— Eu estou bem — digo.

Ligo de volta o motor e piso no acelerador, levantando nuvens de poeira ao voltar à estrada.

Inspira, expira.

Inspira, expira.

36

SETE MESES ATRÁS (DEZESSEIS ANOS)

Passo a semana toda ansiosa para falar ao telefone com Mina. Só tenho permissão para fazer duas ligações por semana que não sejam para os meus pais. É uma droga, mas estou seguindo as regras de tia Macy. Então, quando o número de Trev aparece no meu celular em vez do de Mina, sinto uma pontada de decepção.

— Oi — digo, tentando parecer alegre. — Você não está cheio de coisa da faculdade para fazer?

— Precisei de uma pausa. E queria ver como você está; já faz um tempo que não nos falamos.

Meses, na verdade.

— Está tudo bem — respondo, enquanto fico mexendo na colcha esticada em minha cama. Há quadrados pintados à mão, e gosto de girar os fios do bordado sedoso entre os dedos.

— É?

— É aquilo, terapia, admitir meus erros e meus defeitos, basicamente examinar todas as partes ruins em mim. É uma diversão e tanto.

— Parece mesmo. E a dor? Está... Você está aguentando?

— Dói — respondo. — O tempo todo.

Escuto a inspiração dele ao telefone, irregular e rápida, e me pergunto se fui sincera demais. Se ele ainda se culpa por tudo isso. Claro que se culpa. Trev não saberia o que fazer se me amar não estivesse embrulhado com alguma forma de culpa. Ele e Mina têm isso em comum.

— Andei preocupado com você — diz ele.

— Eu sei. — Eu me deito na cama, mergulhando na segurança dos meus travesseiros enquanto apoio o celular contra a bochecha. — Vou ficar bem.

— Mina está com saudade de você.

— Eu estou com saudade dela. — Será que ele escuta? A verdade nessas cinco palavrinhas?

— Você sabe quando vai voltar para casa?

— Provavelmente só daqui a uns meses. É difícil me ajustar a não tomar nenhum analgésico. Não quero... — Eu hesito.

— O quê? — pergunta Trev.

— Eu só... não posso. Agora não.

Sei que ele não entende do que estou falando. Como dói. Como tem sido difícil. Como fui forçada a examinar as piores partes de mim. A feiura na superfície não é nada em comparação com o que há dentro.

Não sou a mesma. Fiquei vazia, com as entranhas arrancadas. O medo constante de ser tarde demais, de eu fazer bobagem, voltar para aquele buraco, sem ter como sair, me corrói. Entendo agora o quanto sou fraca.

— Vou melhorar. Estou tomando injeções de cortisona nas costas que ajudam e, acredite se quiser, fazendo ioga, que eu gosto de verdade.

— Ioga? — repete ele. Dentro de mim, algo se suaviza ao ouvir o riso em sua voz. — Eu pensaria que é meio devagar para você.

— As coisas mudam, acho.

— Acho que sim.

Outra pausa. Olho para o teto, para as estrelas que brilham no teto que Macy prendeu ali.

— Mina está aí? — pergunto. — Era para ela me ligar.

— Eu sei — diz Trev. — Ela me pediu para ligar e te dizer que fala com você na terça. Está toda distraída. Minha mãe e eu vamos conhecer oficialmente o novo namorado dela.

Sou atingida por um choque gelado. Sento-me mais ereta tão rápido que minhas costas doem e reclamam.

— Namorado?

— Ela não te contou? Claro que não. Mina e seus segredos. — As palavras de Trev são cheias de carinho. — É aquele loiro que vive atrás dela que nem um cachorrinho. Kyle.

— Kyle Miller — resmungo. Acho que vou vomitar. Quase derrubo o telefone, mas me obrigo a continuar ouvindo.

Ela nunca falou nada. Esse tempo todo, esses meses todos, eu estava pensando...

Ah, meu Deus. É a situação toda com Jason Kemp de novo. Mas muito pior desta vez.

— É, isso. Ele é um cara bacana? Ou tenho que dar um susto nele?

— Hum... — O que posso dizer? Que é um galinha. O maior filho da puta do mundo. Um traidor crônico... Qualquer mentira para afastá-lo dela.

— Soph?

— Ele... ele é legal, eu acho — gaguejo. — Meio atleta. Sempre gostou dela. Pelo jeito, ela decidiu finalmente dar uma chance.

Macy bate na minha porta aberta e olha dentro. Ela toca no relógio e assinto para mostrar que estou terminando.

— Preciso ir — solto. Meus olhos ardem. A qualquer segundo, vou começar a chorar e estou desesperada para desligar antes de ele perceber. — Trev... ela parece feliz?

— Parece — diz ele, sem saber o que essa única palavra faz comigo.

— Bom, que... bom. Enfim, melhor eu ir. Obrigada por ligar.

— Eu ligo de novo — diz ele. — E te vejo quando você voltar.

— Claro.

Agora nunca mais quero voltar para casa. Quero ficar aqui para sempre. Me esconder do que me espera. Estou tão brava e magoada, a memória do toque de Mina ainda fresca em minha pele depois de todo esse tempo. Nem sei o que fazer. Afasto o telefone e me sento na cama.

Quero usar.

O pensamento desliza por mim, sedutor, beijando meu corpo. Ele me chama. *Só mais uma vez. Ia ser tão gostoso, ia te fazer esquecer, ia fazer melhorar.* E quero muito.

Três meses. Uma semana. Um dia.

Não posso.

Não vou.

Mas, ah, como eu quero.

37

AGORA (JUNHO)

— Você vai mesmo me obrigar a esperar no carro? — pergunta Kyle enquanto dirigimos pela estrada de terra que leva até a casa de Rachel. Estaciono atrás do Chevy sujo de lama dela e saio, tentando ignorar como minhas pernas continuam tremendo.

— Não — digo, relutante. — Vem.

Ele me segue pelas escadas do alpendre e eu bato com força na porta. A impaciência que mantive à distância ganha nova vida.

O que ela encontrou?

Rachel não atende, mas ouço o barulho de um motor a distância, então Kyle e eu andamos pela casa até o terreno dos fundos. Os cães estão deitados no deque, ofegando com o calor. Rachel está montada em um cortador de grama antigo, aparando faixas de grama longa e esbranquiçada no pátio. Ela acena quando nos vê, desliga o motor, salta e caminha em nossa direção.

— Quem é esse? — pergunta ela quando se aproxima do alpendre.

— Kyle.

Rachel levanta uma sobrancelha.

— Sério?

— Acho que ele está do nosso lado agora — digo.

— Isso mesmo — concorda Kyle. — Oi. — Ele estende a mão para ela, e ela aperta, franzindo o cenho.

— Você vai ter que me atualizar mais tarde, Sophie — fala.

— Pode deixar — respondo tentando esconder minha impaciência. — Então, o que você descobriu?

Rachel limpa a testa, secando o suor que está escorrendo nas têmporas.

— Entrem. Já montei tudo. É melhor você ver.

Ela nos leva até sua sala de estar, onde tem um notebook apoiado na mesa de centro feita de rodas de carroça. Ela clica e digita por alguns segundos, depois liga o interruptor do projetor que já preparou ao seu lado. Na parede oposta a nós, aparece sua área de trabalho.

— Tenho que dizer: sua garota? Ela foi minuciosa.

Rachel clica em um arquivo rotulado LT, e meus olhos se arregalam com a primeira coisa que me deparo: *28 de setembro: Jackie Dennings desaparece enquanto corre na Clear Creek Road (aprox. 18h). A mãe chama a polícia quando ela não retorna até o jantar (aprox. 20h). A polícia recupera o casaco rosa na lateral da Clear Creek Road (aprox. 21h).*

Passo os olhos pelo resto da página.

É uma linha do tempo.

Meu peito está apertado em triunfo. Eu tinha razão. Mina foi morta porque estava apurando informações para uma reportagem.

— O que é isso? — pergunta Kyle.

— São as anotações de Mina — explico enquanto Rachel clica na seta, revelando outra data na linha do tempo de Mina: *30 de setembro: Matthew Clarke (namorado de Jackie) é levado para interrogatório.* — Esta é a verdadeira razão de termos ido para Booker's Point. Rachel, todos os arquivos nessa pasta são sobre Jackie Dennings?

— São. — Rachel minimiza a linha do tempo e abre mais arquivos, artigos de jornal, com manchetes gritando *Comunidade busca garota desaparecida*; *Seis semanas, sem sinal de garota local*; e *Dois anos depois, o desaparecimento de Dennings ainda é um mistério*.

— Caralho — diz Kyle.

— O quê? — pergunto.

— No ano passado, Mina me pediu para eu conseguir o número de telefone de Amy Dennings com o meu irmão. Tanner e Amy são amigos.

— A irmã mais nova de Jackie? — questiona.

Kyle assente.

— Lembra quando Jackie desapareceu? Tínhamos acabado de começar o primeiro ano do ensino médio. Teve todas aquelas vigílias.

— Trev ficou chateado — digo eu. — Ele e Jackie estavam na mesma turma.

Olho para o artigo que o projetor de Rachel exibe na parede. O rosto de Jackie Dennings sorri para mim, seu cabelo loiro liso roçando os ombros, olhos azuis cheios de afeto.

O que Mina encontrou que a fez ir atrás disso de forma tão imprudente?

— O que mais dizem as anotações? — pergunto a Rachel.

— Jackie Dennings está desaparecida há quase três anos — diz Rachel. — Eles nunca encontraram nenhum vestígio dela. Nunca mais foi vista. Ela só... *desapareceu*. Não quero parecer horrível nem nada, mas a real é que provavelmente está morta mesmo. Mina também achava isso.

Rachel digita no teclado por alguns segundos, e os artigos de jornal desaparecem, substituídos por um mapa da região. Há um grande círculo desenhado no canto noroeste, e, quando examino mais de perto, vejo que, bem no centro do círculo, está a Clear Creek Road, onde Jackie desapareceu.

— Ela estava procurando por lugares onde o corpo de Jackie poderia estar? —pergunto, sentindo-me enjoada.

— Bom, sim — diz Rachel. — Quer dizer, não sei se ela estava indo para a floresta com uma pá, mas ela mapeou. Estimou até onde quem levou Jackie seria capaz de chegar antes de a polícia bloquear a estrada. A teoria de Mina era que Jackie foi raptada na Clear Creek Road e depois levada para um segundo local, morta lá e despejada.

— A oeste da cidade, ele tinha metade das Trinity para escolher.

Sacudo a cabeça.

— E o lago fica a só dezesseis quilômetros de distância — completa Rachel. — O lugar ideal para despejar um corpo. Ninguém ia encontrar.

— Então você está dizendo que quem sequestrou e provavelmente matou Jackie Dennings três anos atrás também matou Mina? — pergunta Kyle.

— Bom, se ela ia encontrar alguém para uma reportagem, com certeza era *esta* reportagem — diz Rachel. — E ela estava entrevistando pessoas ligadas ao caso. Tem três arquivos de áudio dela entrevistando os familiares e o namorado de Jackie. Provavelmente era por isso que ela queria o número da Amy, Kyle. A entrevista dela está no pen-drive.

Minha respiração fica presa na garganta e algo se retorce dentro de mim, uma estranha mescla de pavor e maravilha.

— Tem... A voz dela? É a Mina falando? — pergunto.

Rachel estende o braço e aperta minha mão.

— Você quer que eu dê o play?

Um calor repugnante me inunda, metade desejo, metade protesto.

Não estou pronta.

— Não — digo rapidamente. — Não, por favor. Não faz isso.

Há uma exalação de fôlego atrás de mim, um suspiro aliviado de Kyle.

— Ela tinha muito material — comenta Rachel. — Eu juro que ela salvou todos os artigos já escritos sobre Jackie. E a lista de suspeitos dela é muito detalhada... Ela era boa.

— Boa demais — digo. — Ela se aproximou demais. Ia descobrir. E ele impediu, para ela não contar.

— Tem uma coisa — continua Rachel. — Acho que o assassino tentou advertir Mina. Tentou fazer com que ela recuasse.

— O quê? — Kyle e eu dizemos ao mesmo tempo.

— Sério, olha só. — Rachel abre a linha do tempo de Mina de novo, passando para a frente. — A linha do tempo é enorme; se estende por anos. A entrada mais recente é de dezembro, só alguns meses antes de Mina ser morta. Olhem o que diz.

5 de dezembro: Bilhete de advertência recebido. O remetente foi avisado por alguém (acidentalmente? De propósito?).

20 de dezembro: Bilhete nº 2 recebido. Vou ficar na minha por um tempo. Só por segurança.

Por um momento, fico paralisada de raiva, consumida por ela.

Por que Mina tinha que ser tão reservada o tempo todo? Ela devia ter tido mais juízo. Devia saber que não era invulnerável. Eu a odeio por ser tão imprudente. Por não se preocupar em pensar em todos nós, que ficamos sem ela.

— Era isso que o assassino queria dizer — sussurro. — Aquela noite. Ele disse "eu te avisei" antes de atirar nela.

— Ela estava recebendo bilhetes ameaçadores e não falou para a gente? — Kyle parece desorientado. — Ela teria contado para a polícia — acrescenta, mas parece incerto, porque, no fundo, sabe que está errado. Está tentando esconder, esquecer como Mina era de verdade. Como ela existia metade neste mundo e metade em seu próprio, e como, quando ela quebrava as regras, era tão bonito fazer parte daquilo, que você ia atrás, a seguia para qualquer lugar, só para se deleitar em seu brilho. — Ou para o Trev? — ele sugere quando Rachel e eu não dizemos nada. — Talvez ela tenha contado para o Trev?

— Se ela tivesse dito ao Trev que estava sendo ameaçada, pode acreditar, nós nem estaríamos tendo esta discussão — digo. — Ela estaria viva agora. Porque Trev teria trancado Mina no quarto e chamado a polícia. Foi por isso que ela não contou para ele. Foi por isso que não contou para ninguém.

Kyle olha pela janela para o nada enquanto Rachel morde o lábio, seu olhar indo para a frente e para trás entre nós dois.

— Ela não teria ido lá naquela noite se achasse que ia encontrar a pessoa que enviou os bilhetes — diz Kyle, quebrando o silêncio desconfortável. Desta vez, não há dúvida em sua voz.

— Tem certeza? — pergunta Rachel, e está olhando mais para mim do que para Kyle.

Quase dou de ombros, mas Kyle é mais rápido.

— Sim — diz ele firmemente. — Não com Sophie junto. Se ela achasse que seria perigoso, teria arranjado uma desculpa para deixar a Sophie em casa.

— Ela não me tratava...

— Você não sabe o quanto ela se preocupava com a sua recaída. Vivia falando disso comigo. Ela não teria colocado você em perigo.

O calor se espalha pelas minhas bochechas, e o silêncio continua por muito tempo, até Rachel pigarrear.

— Então isso significa que foi alguém de quem ela não suspeitava — falo.

— Significa mais do que isso — diz Kyle. — Significa que foi alguém em quem Mina confiava.

Kyle tem razão, é claro. Fico doente por ela ter simplesmente ido até lá. Pelo fato de que o assassino ganhou a confiança dela, a manipulou para encontrá-lo, e ela foi, porque tinha aquela fome de saber.

— Não tem um scan nem fotos dos bilhetes que ela recebeu? — pergunto.

Rachel faz que não com a cabeça.

— Não. Mas ela teria guardado, certo?

— Com certeza — respondo.

— Mas a polícia revistou o quarto dela — diz Kyle.

— Não muito bem. Encontrei o pen-drive debaixo das tábuas do piso.

— Então, deveríamos revistar outra vez — declara ele.

— Não posso fazer isso — digo, respirando fundo.

— Por que não? — pergunta Kyle.

— Trev — responde Rachel, quando se torna evidente que eu não vou falar.

— Ah, é — diz Kyle, tendo a dignidade de parecer culpado. — Ele está bem chateado com você. Eu vou falar com ele. Vou explicar tudo. Dizer que eu menti, que não foi culpa sua vocês estarem no Point. Não se preocupe. Trev é caidinho por você, ele vai te perdoar.

Ignoro firmemente a última parte porque odeio pensar nisso e, então, olho para Kyle.

— Se você contar a verdade para Trev, ele vai te dar uma surra.

— Eu sei me cuidar — murmura Kyle.

— Não é uma boa ideia — digo apressadamente, mais pelo bem de Trev do que de Kyle.

— Mas...

— Esquece, Kyle — eu digo. — Rachel, o que mais você tem?

— Não muito. Vou fazer cópias de tudo isso para vocês dois. Vocês conheciam Mina, a maneira como ela trabalhava e pensava; talvez consigam ver algo que eu não vi.

— Podemos nos encontrar de novo em alguns dias — sugere Kyle. — Comparar nossas impressões?

— Acho uma boa — diz Rachel, olhando para mim para obter meu consentimento.

Aceno com a cabeça.

— Sim. Também acho.

38

QUATRO MESES E MEIO ATRÁS (DEZESSETE ANOS)

— A gente vai se atrasar — diz Mina.

Subo o zíper das botas e puxo o jeans por cima delas.

— A gente tem vinte minutos. Relaxa.

Ela se joga na minha cama, espalhando almofadas por toda parte. Está usando um vestido rosa-choque tão curto que a mãe dela daria um chilique se visse — o que, claro, é a razão pela qual Mina se trocou na minha casa. Nas mangas três-quartos, há pequenas miçangas que refletem a luz como se ela estivesse brilhando.

Ela se apoia no cotovelo, o cabelo caindo sobre o ombro, uma massa escura de cachos marrons contra o rosa.

— Tem certeza de que quer usar esse jeans? Você devia usar o skinny preto. Colocar por dentro das botas.

— Mal consigo respirar com o skinny.

— Mas você fica tão bem nele.

Eu a analiso, desconfiada de seu súbito interesse nas minhas roupas.

— Você está me escondendo alguma coisa sobre esta noite? — pergunto. A coisa que Mina mais ama é uma surpresa. — Por que eu preciso me arrumar? Você não está planejando uma festa surpresa de boas-vindas, né? Mina, eu odeio esse tipo de coisa.

— E foi por isso que eu me obriguei a parar — diz ela. — Só vamos comer um hambúrguer com Kyle e Trev. Eu já te disse.

Lanço um olhar sério para ela.

— Tá bom, mas eu acho que você está agindo de forma estranha.

— E eu acho que você deveria se trocar.

— Não vai rolar.

— Pelo menos passa um gloss.

— O que está te acontecendo? — pergunto enquanto ponho o suéter. — É só Trev e seu namorado.

Cada vez que chamo Kyle de namorado dela fica mais fácil. Tenho praticado em frente ao espelho.

— Você é tão bonita. — Mina se levanta da cama e vai fuçar minha caixa de joias. — E passa a metade da vida se vestindo de um jeito tão *entediante* porque acha que assim as pessoas vão reparar menos em você.

— Talvez eu não queira que as pessoas reparem em mim.

— É disso que eu estou falando. — Mina segura um par de argolas de prata nas orelhas, em frente ao espelho, virando a cabeça de um lado para o outro antes de descartar a ideia. — Você quer se esconder. É injusto com você mesma.

— Não sou eu que quero me esconder, Mina — digo, e ela se agita e deixa cair o colar que pegou.

— Vou descer — diz ela, sem demonstrar emoção. — A gente precisa ir logo.

Trev e Kyle já estão sentados em uma cabine quando chegamos lá. O Angry Burger está movimentado, lotado de universitários passando o fim de semana na casa dos pais, um grupo grande jogando sinuca no canto, segurando, com as mãos livres, garrafas de Corona com uma fatia de limão. Ninguém atualiza a música na jukebox há séculos; é toda hora um country da velha guarda, pesado no banjo.

Mina desliza para o assento ao lado de Kyle enquanto Trev se levanta da cabine lascada de carvalho.

Cheguei do Oregon há uma semana. É a primeira vez que o vejo, e estou surpresa por como fico feliz. Trev é simples. Fácil. Exatamente o que eu preciso esta noite, depois dos dias de linguagem com segundas intenções e olhares desconfiados de Mina.

Ele me abraça, e é reconfortante, como Trev sempre é.

— É bom te ver, Soph — diz ele, e sinto o estrondo em seu peito pressionado contra o meu.

— Como está a faculdade? — pergunto a ele enquanto nos sentamos.

Estou determinada a me concentrar em Trev em vez de em Kyle e na maneira como ele passa o braço pela parte de trás da cabine nas costas de Mina como se ele fosse dono do lugar. Dono dela.

— Uma correria — diz Trev.

— Trev está construindo um barco — conta Mina.

— Outro? — pergunto.

Ele reconstruiu um veleiro destruído depois do acidente, e às vezes eu ia até a doca para lhe fazer companhia. Eram os únicos momentos, logo depois do acidente, em que eu conseguia estar perto dele e não me sentir agredida pelo peso de sua culpa. Seu foco, para variar, estava em consertar algo que não era eu.

Levou meses para recuperar o casco destruído e o mastro quebrado. Quando ele finalmente terminou, nos levou, só ele, eu e Mina, em sua viagem inaugural. Eu o vi passar os dedos pelo barco como se estivesse tocando uma coisa sagrada e o entendi de uma maneira como nunca antes. Percebi que Trev e eu estávamos cimentados juntos, quase tanto quanto Mina e eu.

— Você tem que ver a fila de meninas nas docas todo fim de semana — diz Mina, com um barulhinho de desdém. — Elas ficam ali fritando no sol e olhando para ele, é ridículo. Se ele tirasse a camisa, acho que teriam um ataque histérico coletivo. Que nojo. — Ela joga água em Trev, mostrando a língua.

Trev revira os olhos enquanto Kyle ri.

— Mandou bem, cara.

— Pirralha — diz Trev a Mina.

— Você deveria ir lá, Soph. Assustar elas.

Mina me cutuca com o pé embaixo da mesa, e toda a energia fácil, a familiaridade reconfortante da provocação de Mina e Trev, se dissipa em um segundo. Não consigo me impedir de empalidecer, não consigo impedir Trev de notar minha reação. Pergunto-me se ele percebe a maneira como ela me olha, como cada parte de sua atenção está em mim, a amargura em seu sorriso desesperado e amedrontado pra caramba. Será que ele consegue entender o que ela está fazendo comigo — com todos nós?

E, como ela é a Mina, ela simplesmente *não vai* parar.

— Kyle e eu precisamos de um casal pra sair com a gente. É perfeito. Não ia ser legal, amor?

— Ia — diz Kyle.

Sinto os olhos de Trev em mim, mas não consigo arrancar meu olhar dela ao falar:

— Eu já volto.

Nem uma ondulação em seu rosto. Ela continua me olhando como se eu estivesse prestes a me jogar pela mesa em cima dela.

— Boa ideia. Vamos retocar a maquiagem.

Ela joga a bolsa no ombro e dá um sorriso para Kyle. É o sorriso de *Ótimo, Tudo Ótimo* dela. Kyle não vê que ela está de sacanagem, mas eu sim — e Trev também, franzindo o cenho enquanto tenta entender por que estou tão chateada e ela, tão triunfante.

Mina rebola pelo restaurante na direção do banheiro feminino despreocupadamente. Como se não tivesse acabado de me jogar para o irmão dela, como se não estivesse fodendo comigo (e com ele) do pior jeito possível.

Mina gosta de brincar com fogo.

Mas sou eu quem se queima.

39

AGORA (JUNHO)

Kyle e eu passamos o caminho de volta para a minha casa em silêncio. Quando estaciono na entrada e alcanço a maçaneta, ele não sai do carro. Olha para o painel, com as mãos no colo. Por um momento longo e desconfortável, só quero deixá-lo lá. Mas aí ele começa a falar.

— Eu disse que amava ela — diz. — Uma semana antes de ela... Eu disse que amava ela, e ela começou a chorar. Eu achei que ela... Foi uma idiotice. Eu sou um idiota. Eu achei que conhecesse ela. Mas eu não conhecia.

Ele olha para mim com aqueles olhos de cachorrinho tão magoados que dói mesmo que eu ainda esteja brava com ele.

— Como é que isso funciona, Sophie? Amar alguém tão fodidamente e nem conhecer a pessoa de verdade?

Eu não sei como reagir a isso. Eu a amava. A verdadeira Mina. A meia versão que ela mostrava ao mundo e as partes assustadas que fugiam de mim tanto quanto me procuravam. Cada parte, cada dimensão, cada versão dela eu conhecia e amava.

Penso em quando éramos mais novos. Mesmo no ensino fundamental, Kyle ficava à espreita, observando de longe, tão hipnotizado por ela quanto eu. Esperando, e finalmente conseguindo, só para ser arrasado.

Eu entendo por que ele me odeia. É a mesma razão pela qual eu o odiava meses antes. Ele a tirou de mim. E aí ela foi tirada de nós dois. Nenhum de nós ganhou em um jogo que ele nem sabia que estava jogando.

Por causa dessa afinidade, consigo deixar de lado minha raiva. Consigo ser gentil. Ela teria desejado isso.

— Mina confiou em você. Ela te contou. Isso significa alguma coisa. Significa tudo.

Ele olha para mim como se estivesse me enxergando pela primeira vez. A infelicidade ainda está aguda em seus olhos, mas agora há algo mais também, um tipo de olhar penetrante que me faz querer fugir.

— Sabe como todo mundo tem, tipo, um sonho? Para a vida, quero dizer...

Assinto com a cabeça.

— Mina era o meu.

Estendo a mão — não consigo evitar — e aperto o ombro dele.

— O meu também.

Depois que Kyle sai, eu entro e subo até o quarto para baixar os arquivos que Rachel me deu.

A linha do tempo de Mina é belíssima comparada ao improviso colado na parte de baixo do meu colchão, incluindo uma lista detalhada de suspeitos e anotações precisas sobre cada envolvido.

Acho que eu nunca falei com Jackie Dennings. Meu primeiro ano foi ofuscado pelo acidente, mas, mesmo que não tivesse sido, nossos caminhos provavelmente não teriam se cruzado. Ela tinha sido presidente do segundo ano e da turma, e era popular, então, para mim, existia só como uma loira bonita de que eu ouvia falar, mais um conceito do que uma pessoa. Então, um dia, aquela linda garota loira estava em um cartaz de Desaparecida, e eles foram colados por todos os cantos.

A família Dennings tinha colocado cartazes até na estrada, mas nenhuma pista levou a lugar algum.

De acordo com as anotações de Mina, Jackie era boa aluna e atleta brilhante, irmã e filha amorosa. Ela até iria para Stanford com uma bolsa de estudos integral para jogar futebol. A única mancha em sua imagem de boa garota era o namorado.

Quando Jackie desapareceu, Matt Clarke havia sido o suspeito número um. Um histórico de abuso de drogas, algumas multas por intoxicação pública e brigas em bares, e apenas um álibi frágil de outro conhecido usuário de drogas. Nada disso o ajudou, mas a busca policial em sua caminhonete e em sua casa não tinha dado em lugar algum.

Meu cursor paira sobre o link que vai abrir o arquivo de áudio da entrevista de Mina com Matt. Preciso clicar nele. Tenho que ouvir.

Mas não consigo clicar. Sentada aqui, sozinha em meu quarto, a voz dela seria como metal quente contra a pele, queimando através das camadas até não restar nada para marcar.

Eu não sou forte o suficiente.

Dez meses. Dois dias.

No dia seguinte, meus pais já saíram de casa às oito horas para reuniões e compromissos. Abro o tapete no chão do meu quarto e faço meus *asanas* de sempre, mas não consigo focar — ou melhor, desfocar. Agora que tenho uma pista, a vontade de encontrar e interrogar todos que já conheceram Jackie é feroz.

Mas não posso fazer isso. Jackie tinha uma irmã mais nova, pais e pessoas que a amavam, que sentem falta dela. Que poderiam se opor a alguém bisbilhotando por aí.

Eu não sou Mina. Não sou boa em fazer as pessoas se sentirem confortáveis ou em fazê-las falar. Mesmo antes do acidente, não era um dos meus talentos.

Estou terminando minha rotina, sentada na pose de lótus, respirando longa e lentamente, quando a campainha toca.

Olho pela janela antes de descer as escadas. O F-150 de Trev está estacionado em frente à minha casa, e meu primeiro instinto é vestir outra coisa. Estou de shorts e regata. É idiota. Não é como se ele não tivesse me visto com menos roupa antes... até sem roupa nenhuma.

A campainha toca novamente.

Respiro fundo e desço as escadas.

— Preciso falar com você — diz ele assim que abro a porta. Ele passa por mim, sem esperar para ser convidado a entrar. Ele se vira, me encurrala contra a porta e me olha fixamente. — Kyle foi lá em casa ontem à noite.

Merda. Eu deveria ter feito Kyle prometer que não conversaria com Trev.

— Ele me disse que as drogas não eram suas. Que ele mentiu sobre Mina falar para ele que vocês duas iam comprar drogas. Que você estava falando a verdade esse tempo todo. Que Mina estava investigando o desaparecimento de Jackie Dennings e é por isso que vocês estavam no Point.

Cruzo os braços, plantando meus pés descalços no azulejo português. É fresco, sólido; levanto o queixo e encontro seus olhos.

— Foi isso que Kyle disse?

A raiva escurece o rosto dele.

— Não, Sophie, você não tem o direito de fazer isso. Acabei de passar oito horas revirando o quarto da minha irmã com Kyle, tentando encontrar uns bilhetes ameaçadores que ele alega que ela recebeu. Não começa com essa merda. Não sobre Mina. Me diz a verdade!

— Eu tentei — falo, cuspindo as palavras. — Eu te escrevi quando estava em Seaside. Eu expliquei tudo. Mas você devolveu a carta sem abrir. Na época, você não parecia interessado, na verdade. — Não consigo esconder o ressentimento em minha voz.

Não quero esconder.

Ele olha para baixo, desarmado por um momento.

— Tinha drogas no local do crime. O frasco de comprimidos estava com suas impressões digitais. O investigador James tinha certeza de que era uma compra de drogas. O que eu deveria pensar? Você tinha mentido para nós durante anos. *Anos*, Sophie. Com apenas seis meses longe para ficar limpa, era para eu esquecer isso?

— Não me importo de você não ter acreditado em mim — falo. — Não mais. Não depois que todo mundo se virou contra mim. Eu me importo que você não tenha acreditado *nela*. Ela *nunca* teria me levado a lugar nenhum para conseguir drogas. E você deveria saber disso; deveria conhecer Mina.

Minha voz se eleva a cada palavra, até que estou gritando com ele, batendo a mão no ar com cada frase.

— Você não... — Ele se aproxima de mim, depois pensa melhor e se afasta até estar encostado na porta da frente.

Mantenho-me firme. Faz meses que ele enviou a carta de volta, mas minha raiva parece fresca, empurrada para baixo e ignorada.

— Você me decepcionou — continuo. — E decepcionou Mina por acreditar que ela me permitiria recair, que ela até me ajudaria a comprar droga. Você está brincando comigo? Foi ela quem me denunciou da primeira vez. Em que porra você estava pensando?

— Estou gritando, minha voz elevada e aguda, como se a raiva que sinto não tivesse limites.

Desta vez, ele não recua. Ele se endireita, e o suor escorre pela minha coluna quando ele me olha de relance.

— Eu estava pensando que não sabia mais quem caralhos você era — diz. — Você mentiu para nós durante anos. Fingiu estar bem, e nós caímos. Eu caí. E isso começou a me fazer repensar sobre o que mais você estava mentindo. Quando você foi para Portland, Mina passou os dois meses seguintes só... *acabada*. Eu nunca tinha visto ela assim. Não desde que o nosso pai... — Ele esfrega a mão na boca, seus ombros pressionados com força contra a porta, se segurando. — Tentei dizer a mim mesmo que ela estava preocupada, que ela sentia sua falta. Vocês duas sempre foram uma duplinha dinâmica. Como irmãs. Mas é esse o problema, né? Você e Mina. Vocês não eram irmãs. E não eram só amigas, né?

Ele está analisando meu rosto, procurando por uma pista da verdade.

Ele sabe.

Meudeusmeudeusmeudeus, tarde demais, tarde demais, tarde demais.

— Você estava apaixonada por Mina? — ele exige, e consigo ouvir o pavor em sua voz. — Ela estava apaixonada por você?

Eu não sei como responder a essa última pergunta. Quem me dera saber.

— Kyle te contou.

— Jesus Cristo — fala Trev, baixo, e percebo que Kyle *não* disse nada; em vez disso, acabei de confirmar esse medo ignorado há tanto tempo, os *e ses* enterrados no fundo da mente de Trev.

Ele fica pálido sob o bronzeado escuro de verão. Recosta-se contra a porta da frente como se precisasse dela para se manter de pé. Eu queria que tivéssemos feito isso na sala para ele poder se sentar — para *eu* poder me sentar. Minhas pernas estão tremendo, e minhas palmas estão escorregando de suor.

— Jesus Cristo — repete ele, balançando a cabeça, olhando para o espaço como se eu nem estivesse lá. — Esse tempo todo...
— Ele volta a me olhar. — Por que você nunca me contou?
— Não era da sua conta.
— Não era da minha... — Ele solta uma risadinha incrédula.
— Você sabe que eu te amo. Você não acha que deveria ter mencionado que não gosta de homens? Esse tempo todo, fiquei dizendo a mim mesmo que você só precisava... — Ele se afasta. — Deixa para lá. Não importa. Não mais.

Ele abana a cabeça uma vez e se afasta, indo para a porta.

— Ei. — Eu seguro o braço dele.

É um erro tocá-lo. Reconheço instantaneamente. Não tem nenhuma desculpa. Não tem o choque recente da morte de Mina. Nenhuma noite bêbada e blusa frouxa.

Somos só ele e eu. Os dois que sobraram. Ele é a única outra pessoa que sente falta dela como eu sinto, que compartilha metade das minhas lembranças dela, que me amou exatamente da maneira oposta a ela: firme e abertamente.

Trev não se afasta. Não consegue, então, eu tenho que fazer isso. Por nós dois.

— Você não inventou — digo com firmeza. — Você e eu. A química existe. Ou seja lá como você queira chamar. Teve momentos, momentos com você... Você não inventou, Trev. Eu juro.

— Mas você gosta de garotas.

— Eu não sou lésbica; sou bissexual. É diferente.

— E a Mina?

Meu silêncio responde por mim, e então ele também responde.

— Era a Mina esse tempo todo, né?

Dou a ele a única coisa que posso: a verdade nua e crua. Aquela que vai reescrever cada memória que ele tem dele e de mim, dela e de mim, deles dois, de nós três:

— Sempre vai ser a Mina.

40

QUATRO MESES E MEIO ATRÁS (DEZESSETE ANOS)

O banheiro está vazio. Mina está em frente aos espelhos, fuçando no nécessaire de maquiagem.

Eu fico ali, furiosa, enraivecida e todas as outras palavras odiosas em que consigo pensar.

Ela nem sequer me olha. Só começa a passar gloss como se estivéssemos realmente aqui para retocar a maquiagem.

— O que você está fazendo? — exijo.

— Passando gloss — diz ela. — Você acha que é um tom escuro demais para mim?

— Mina!

Ela vacila. O tubo escorrega da mão dela e cai no piso de azulejos marrons. Olhos largos se encontram com os meus no espelho antes que ela desvie o olhar.

— O que você está fazendo? — pergunto novamente.

— Nada — ela murmura.

— Nada? Você está tentando me juntar com Trev.

— E qual é o problema? — questiona ela, rápida e defensiva, como se eu tivesse insultado seu irmão. — Trev é doce, é bom e honesto. Ele seria um ótimo namorado.

— Ele é o *Trev* — respondo, o que deveria explicar tudo.

— Ele te ama; você sabe disso.

Claro que sei. É por isso que o que ela está fazendo é tão perverso. Ela não é tão idiota — é esperta. Se eu estiver com Trev, vou ser proibida de uma forma que a impedirá de atravessar qualquer limite. É a única coisa que vai impedi-la. Impedir a gente.

Quero gritar com ela. Quero pedir desculpas a Trev, porque poderia ter existido algo entre nós se Mina não tivesse me arruinado para todos os outros. Quero sair correndo e bater a porta atrás de mim com tal força que os azulejos rachem.

Quero pressioná-la entre as pias e lamber sua clavícula.

— Por que você está fazendo isso? — Vou na direção dela, e ela se afasta, mas continuo avançando até seus ombros baterem contra o espelho.

Eu uso a altura que tenho a mais que Mina em minha vantagem. Entro no espaço dela e fico lá. Nunca fiz isso antes, essa coisa de ser agressiva. A parte de iniciar um movimento sempre foi trabalho dos caras, mas agora é diferente. Eu estou diferente. Posso fazer qualquer coisa. Posso ser qualquer coisa.

Posso passar a parte de trás do meu dedo pela pele macia do pescoço dela e deixar que o som que ela faz se contorça no fundo do meu estômago e fique lá.

Então, faço isso.

— Sophie. — É um aviso, um suspiro. — Eu só... eu quero que as coisas voltem ao normal. As coisas precisam voltar ao normal.

— Não dá — respondo.

Ela lambe os lábios.

— Não podemos fazer isso.

— Podemos, sim.

— Mas Trev... — Ela se afasta. — Minha mãe. Tudo. Isso não vai dar certo. Você e eu... É errado. Você e Trev é certo. É normal. É o que todo mundo espera. Eu estou tentando ajudar.

— Você está tentando se esconder — falo.

— Eu posso me esconder, se quiser.
— Estou dizendo que você não precisa.
Ela se sacode para que eu a solte.
— Claro que preciso! — ela estoura. — O que você acha? Que vai ficar tudo bem se eu disser à minha mãe que sou lésbica? Ela ia convocar um exército de padres para começar a rezar por mim. Como você acha que Trev vai se sentir quando descobrir que a garota por quem está apaixonado há tanto tempo trepou com a irmãzinha dele? E todo mundo na escola... lembra o que aconteceu com Holly Jacobs? Quer que pichem SAPATÃO no seu carro? Porque é isso que nos espera, Soph. Se esconder é seguro. Ficar com Trev é seguro.

Há lágrimas nos meus olhos, nas minhas bochechas. Não há nada que eu possa dizer para convencê-la. Nós não vivemos em uma cidade grande. Mina não vem de uma família em que essas coisas são aceitas. Ela tem razão, a mãe dela *chamaria* um padre. E Trev... não importa o que aconteça, Trev sempre vai sair magoado.

Nada do que eu disser vai fazê-la mudar de ideia. Os anos a amando me ensinaram isso. Odeio como Mina está presa, como ela me deixou presa também.

— Trev te ama — diz ela, no silêncio horrorizado que paira entre nós. — Ele seria bom para você.

— Eu amo Trev — falo. — Amo o suficiente para não fazer isso com ele. Não posso usar ele para me esconder só porque é seguro ou porque você quer.

— Seja inteligente, Sophie — diz ela, e ouço em sua voz mais alerta do que súplica. Uma cautela que nunca existiu antes. — Escolha ele.

Eu me afasto dela — é quase fácil, como se outra pessoa estivesse me controlando —, mas, quando chego à porta, eu me viro.

Mina está em frente ao espelho, me observando através do reflexo, e encontro seus olhos.

— Eu vou escolher você — falo. — Não importa o quanto seja difícil. Não importa o que as pessoas digam. Toda vez, eu vou escolher você. Agora é você que tem que me escolher de volta.

Quando fecho a porta atrás de mim, ouço Mina começar a chorar.

41

AGORA (JUNHO)

Trev fica quieto, encostado à porta da frente por um período interminável.

Não há nada que qualquer um de nós possa dizer.

Não há mais nada a se dizer.

Há apenas a verdade, finalmente exposta. Consigo ver o peso dela se acomodando sobre ele, arrastando-o para baixo. Odeio ter feito isso a ele, tê-lo machucado tanto, mas, ao mesmo tempo, uma correnteza de alívio me puxa.

Trev é tudo o que eu tenho, meu melhor amigo à revelia. A presença tranquila e constante em minha vida que está ali há tanto tempo que eu estaria perdida sem ele. Já tirei proveito dessa firmeza tantas vezes, e odeio não conseguir parar agora.

Ele ganha vida de repente, como se tivesse sido congelado pela verdade que eu lhe atirei. Endireita-se contra a porta e começa a falar rápido, uma explosão em staccato vinda de uma boca sinistra:

— Se nunca foi por causa de drogas, eu preciso contar para minha mãe. A polícia...

— Não, de jeito nenhum.

— Mas se você acha que tem uma pista...

— Eu não tenho *nada* — digo. — Tenho as anotações de Mina sobre um caso frio de quase três anos atrás. Não tenho nenhuma evidência que prove que ela estava sendo ameaçada. Não posso ir ao investigador James e dizer: "Ei, olha só uma novidade na investigação que você acha que estou atrapalhando."

— Mas, se Kyle explicar que mentiu, eles vão ter que acreditar em você.

— Não, eles não vão acreditar. Encontraram drogas no local. As minhas impressões digitais estavam no frasco. Na opinião do investigador James, sou uma mentirosa que ainda está encobrindo seu traficante. Algumas anotações de Mina sobre o caso de Jackie não vão mudar isso. Mas descobrir quem estava enviando bilhetes ameaçadores para Mina *vai*. Quem se livrou de Jackie matou Mina, e vou encontrar quem é.

— Você está louca? — pergunta Trev. — Mina morreu porque chegou perto demais de descobrir isso. E, agora, você quer o quê, iniciar uma investigação? Quer morrer ou algo assim?

Eu me afasto ainda mais dele, uma hesitação que não consigo controlar. Ele está envolvido demais para perceber o quanto estou magoada. Ou talvez eu o tenha empurrado a isso, a esse tipo de tortura emocional que antes era a especialidade de Mina.

— Estou fazendo isso por Mina. Você acha mesmo que Jackie ainda está viva, depois de três anos? Aquele maldito de máscara matou ela. E depois matou Mina porque ela estava muito perto de encontrá-lo. Ele tem que pagar.

— Sim, ele tem. Mas é para isso que serve a polícia. Você vai se machucar se continuar assim — diz Trev.

Respiro fundo.

— Eu não sou Mina. Não vou guardar segredos. Kyle e minha amiga Rachel estão ajudando. Mas, para a polícia me ouvir, preciso de provas de que Mina estava investigando o desaparecimento de Jackie, de que ela estava sendo ameaçada por causa disso. Você e Kyle não encontraram os bilhetes do assassino, né?

Trev faz que não.

— Então eu preciso fazer uma lista de pessoas que sabiam que Mina estava investigando Jackie e depois reduzi-la aos prováveis suspeitos.

Trev corre as mãos pelo cabelo.

— Isso é loucura.

— O que mais eu vou fazer? Não posso ficar sentada esperando a polícia descobrir. Entendo que você está tentando seguir em frente ou sei lá, mas eu não consigo fazer isso. Ainda não.

É exatamente a coisa errada a se dizer a ele — sei antes que as palavras deixem a minha boca. Seus olhos cinzentos se alargam, e suas bochechas ficam coradas sob seu bronzeado.

— Seguir em frente? — ele cospe as palavras como se fossem veneno. — Ela era minha irmã mais nova. Eu praticamente criei Mina depois que nosso pai morreu. Era para eu estar junto quando ela conseguisse o que queria da vida. Era para ela ser tia dos meus filhos, e eu ser tio dos dela. Não era para eu perder ela. Eu teria feito *qualquer coisa* por ela.

— Então me ajuda! — falo, irritada com ele. — Para de gritar comigo e me ajuda logo. Vou fazer isso com ou sem você, mas prefiro fazer com você. Você entendia ela.

— Pelo jeito eu não entendia nem um pouco — diz Trev, e percebo mais uma vez que ele não perdeu apenas Mina. Ele também me perdeu; perdeu aquela ideia reluzente e brilhante de uma versão minha que nunca existiu.

Eu quero tocá-lo, confortá-lo de alguma forma, mas sei que é melhor não. Eu me contento em dar alguns passos até ele, chegar perto o suficiente para encostar.

— Você entendia Mina — repito. — Tanto quanto qualquer um podia, você entendia. Ela te amava, Trev. Muito.

Trev era a pessoa favorita de Mina. Seu segundo confessor, depois de mim. Acho que, se eu não estivesse no centro da coisa toda, ela teria contado a ele a verdade sobre si mesma. Talvez ele tivesse facilitado as coisas. Se ela pudesse ter desfrutado da aceitação dele, isso talvez tivesse lhe dado força suficiente para se libertar.

Eu não sei. Não vou nunca saber. Pensar nisso é masoquista, como as horas que passei na reabilitação, inventando uma versão perfeita de nossas vidas em que ela conta a todos e não faz a menor diferença, um futuro cheio de vestidos de baile e danças lentas e promessas que nunca são quebradas.

Quando ele olha para mim, me sinto exposta. Pela primeira vez desde que desci as escadas, estou consciente de como estou com pouca roupa. De como as luzes do corredor são claras e como minhas cicatrizes brilham em branco e rosa.

Escuto um som de clique, e Trev dá um passo à frente, se afastando da porta assim que meu pai a abre.

Há um momento longo e desconfortável em que os olhos do meu pai piscam olhando meu rosto, manchado de lágrimas e vermelho demais, para depois se acomodar em Trev, com uma aparência igualmente ruim.

— Trev — diz meu pai, e é como se ele tivesse dois metros de altura em vez de um e setenta e cinco.

— Sr. Winters — responde Trev.

Eu mudo de um pé para o outro, apertando os punhos ao meu lado para não esfregar o rosto.

— Sophie, está acontecendo alguma coisa? — pergunta meu pai, ainda sem tirar os olhos de Trev.

— Não — digo. — Trev estava indo embora.

— Acho que é melhor — fala meu pai.

Trev acena com a cabeça.

— Eu só... Bom, tchau, Sophie. Adeus, sr. Winters.

A porta mal se fecha atrás dele antes de meu pai se virar para mim, abrindo a boca.

— Só um segundo — peço a ele, e saio pela porta da frente atrás de Trev antes que meu pai possa me impedir.

Trev já está andando pela entrada de carros.

— Trev! — chamo.

Ele se vira.

De onde estou, aos pés da escada do alpendre, é como se houvesse um oceano entre nós, repleto desses novos fatos que nos afastam tanto um do outro.

— As entrevistas — começo eu, abaixando a voz. — As que Mina fez sobre Jackie. Estão gravadas.

Ele arregala os olhos e dá um passo na minha direção quase que automaticamente.

— Não consigo escutar sozinha — confesso.

Trev assente com a cabeça.

— Hoje à noite? — sugere ele.

Alívio, doce e simples, corre pelo meu corpo. Ele está sempre me entregando o que eu não consigo pedir.

— Hoje à noite — confirmo.

42

TRÊS ANOS E MEIO ATRÁS (CATORZE ANOS)

— Eu consigo fazer isso sozinha — digo, agarrando o frasco de óleo de vitamina E.

— Sem ofensas, mas sua mão ainda parece hambúrguer cru.

Mina não é paciente nem delicada. Ela pega o frasco, ignorando meus protestos. É normal essa relação de ela ser mandona e eu obedecer, então, sacudo o ombro para tirar o roupão de um dos lados e ela se acomoda ao meu lado na cama.

Mordo o lábio, baixando os olhos para o tapete. Sinto os olhos dela em meu ombro onde o metal se enfiou na pele e a mutilou. Seus dedos não permanecem ali enquanto ela esfrega gentilmente o óleo pelas minhas cicatrizes com uma eficiência determinada.

— Esse negócio tem o cheiro da minha avó.

Ela se levanta e vai para a minha frente.

— Lavanda — explico. — Minha mãe comprou na loja de produtos naturais, em Chico. Me dá aqui. — Tento pegar o frasco dela, mas ela pendura fora do meu alcance. — Que bacana. Belo jeito de provocar a aleijada.

— Eu te desafio a se chamar assim na frente da sua mãe. Ela vai surtar.

Mina me dá um sorriso maldoso.

— Ela provavelmente só me mandaria ao psiquiatra por mais seis meses.

— Ela não faz por mal. Aquela semana toda em que você estava na comalândia, ela estava pirando. Digno de novela. Foi intenso.

Os dedos de Mina traçam o topo do meu ombro, a nova paisagem rudimentar que meu corpo se tornou.

— Ela fica agindo como se as coisas fossem voltar ao normal.

— Bom, isso é idiota — diz ela. — As coisas estão diferentes. Mas não quer dizer que precisem ser péssimas.

— Eu me sinto péssima, às vezes — sussurro. — Quer dizer, olha só para mim. — Estendo os braços, o roupão desliza completamente dos ombros e a cicatriz no meu peito, um corte na pele em carne viva, é ainda mais feia na luz. — Estou nojenta. E não é como se as coisas fossem mudar. Ela precisa entender isso.

— Ah, Soph. — Mina praticamente desinfla e se senta ao meu lado. — O que aconteceu com você foi horrível. Mais do que horrível. E não é justo nem certo eu e Trev termos saído bem e você...
— Ela não completa. — Mas *nojenta*? — Ela pressiona a mão no meu coração. Seu polegar roça a borda da cicatriz no meu peito.

— Isso não é nojento. Sabe o que eu penso quando vejo isso?

Faço que não.

Mina abaixa a voz. Está cochichando, um segredo só para nós duas:

— Penso em como você é forte. Você não parou de lutar nem quando seu coração parou. Você voltou.

O "para mim" não dito fica pairando entre nós. Nós duas ouvimos, mas nenhuma de nós tem coragem de dizer.

— Você nunca... você nunca deseja que não tivessem te salvado, né? — pergunta Mina.

Ela está olhando fixamente para a mão, como se não suportasse me olhar nos olhos caso eu dê a resposta errada. Não posso revelar a verdade. Ela ficaria quase tão assustada quanto eu.

— Claro que não — respondo.
A verdade?
Não sei.
Talvez.
Às vezes.
Sim.

43

AGORA (JUNHO)

Quando entro de volta em casa, meu pai está esperando por mim no corredor.

— O que foi isso? — pergunta ele.

— Nada — respondo.

— Sophie, você estava chorando. — Ele estende a mão, e me afasto quando ela encosta na minha bochecha. — Trev disse alguma coisa...

— A gente estava falando sobre Mina — interrompo. — Fiquei triste. Trev não... Eu só fiquei triste. — Esfrego meus braços, dando um passo para longe dele. — O que você está fazendo em casa? Esqueceu alguma coisa?

— Suas injeções são hoje — diz meu pai. — Sua mãe não te avisou?

— Ah. Avisou, sim. Eu esqueci.

— Pensei em te levar.

Não consigo impedir a hesitação que me perpassa, e vejo que isso o magoa. É um flash muito sutil em seu rosto franzido, mas está lá.

Lembro-me, de repente, de todos aqueles dias que ele tirou de folga do trabalho para poder me levar e me trazer da fisioterapia. Como ele ficava sentado na recepção cuidando de burocracias do trabalho enquanto eu forçava meu corpo a funcionar melhor. Como ele sempre me abraçava depois.

— Claro — digo. — Vai ser bom.

No caminho para o médico, conversamos de coisas comuns. Do time de futebol que o consultório odontológico do meu pai patrocina, de como ele está pensando em se aposentar do cargo de técnico assistente porque minha mãe quer que ele comece a fazer aulas de dança com ela.

— Você pensou um pouco sobre a faculdade? — pergunta ele enquanto passamos pelo correio.

Olho-o de soslaio.

— Na verdade, não — digo.

Não posso. Ainda não. Tenho coisas a fazer antes.

— Eu sei como tem sido difícil para você, meu bem — fala ele.

— Mas é uma época importante. Precisamos começar a pensar nisso.

— Tá bom — respondo. Qualquer coisa para ele parar.

O consultório da dra. Shute fica num prédio de tijolos do outro lado da linha férrea, e meu pai pausa por um segundo antes de sair do carro, como se tivesse certeza de que vou me irritar com ele como fiz quando ele me levou à terapia com David. Então, fico parada do lado do carro, espero que ele saia, e ficamos em silêncio ao entrar.

Ele fica na recepção quando a enfermeira me leva lá para trás, e preciso morder a língua para não pedir para que ele entre comigo. Digo a mim mesma que não preciso que ele segure a minha mão, que aprendi a lidar com as injeções sozinha em Seaside. Aprendi a depender de mim mesma. Eu me sento na maca de exames e espero.

A porta se abre, e a dra. Shute coloca a cabeça na sala e sorri para mim, seus óculos vermelhos pendurados em uma corrente de miçangas no pescoço.

— Faz tempo que não te vejo, Sophie.

Depois de um minuto de conversa fiada e uma descrição do meu nível de dor, ela sai para eu poder me despir. Tiro a camiseta e me deito de barriga para baixo, de sutiã. O frio da maca contra minha barriga atravessa o papel crepitante. Enfio a mão no bolso e pego o celular bem quando a dra. Shute bate e entra. Passo pelas músicas que tenho baixadas e coloco o fone de ouvido, deixando o som embotar meus sentidos. Encosto a testa na parte de dentro do cotovelo, me concentrando só na respiração.

— Avise quando estiver pronta — pede a dra. Shute.

Ela sabe como é a situação, sabe que não suporto ver a agulha peridural comprida, sabe como isso me deixa surtada — que, mesmo depois de tanto tempo, depois de todas as cirurgias, não consigo aguentar uma agulha idiota entrando em mim.

Eu nunca vou estar pronta. Odeio isto. Quase prefiro outra cirurgia.

— Pronto, pode ir — falo.

A primeira vai do lado esquerdo da minha coluna, no meio das costas, onde a dor é pior. Inspiro e expiro, meus punhos fechados amassando o forro de papel que cobre a maca de exames. Ela move para baixo, mais três do lado esquerdo, terminando bem no fundo da minha lombar. As agulhas longas me penetram, a cortisona se infiltra em meus músculos inflamados, me dando algum tempo. Então, quatro do lado direito. Quando ela chega no pescoço, estou respirando forte, a música está indistinta em meus ouvidos e quero que pare, por favor, pare.

Quero Mina segurando minha mão, tirando meu cabelo do rosto, me dizendo que vai ficar tudo bem.

A caminho de casa, meu pai para no drive-through do Big Ed e pede um milk-shake de chocolate com pasta de amendoim. É exatamente do que eu preciso no momento, e meus olhos se enchem de lágrimas quando ele faz isso sem eu ter que pedir. É como se eu tivesse catorze anos de novo. Nunca imaginei que ia querer voltar para lá, para os dias de fisioterapia e bengalas, flutuando em uma nuvem de oxicodona, mas quero. Porque aí, pelo menos, ela estaria viva.

Quando meu pai me entrega o milk-shake, me olha nos olhos sem soltar o copo.

— Você está bem, meu amor? — pergunta, e quero me esconder dentro da preocupação em sua voz.

— Vou ficar — digo. — Só arde um pouco.

Nós dois sabemos que estou mentindo.

44

UM ANO ATRÁS (DEZESSEIS ANOS)

— Eu te odeio!

Eu me abaixo bem quando um sapato sai voando do quarto de Mina, seguido de perto por Trev.

— Babaca!

Outro sapato viaja pelo corredor, e Trev mal me olha ao passar pisando duro, o rosto colérico. Ele abre a porta dos fundos com força e sai rápido, deixando a porta balançando nas dobradiças.

Escuto Mina murmurando baixinho com raiva e espio pela porta aberta, batendo de leve na madeira. Ela se vira, e meu peito aperta quando vejo que ela estava chorando.

— O que aconteceu? — pergunto.

— Ah. — Ela seca as lágrimas. — Nada. Está tudo bem.

— Hum, nem fodendo.

Ela se joga na cama em cima de uma pilha de papéis espalhada pelo edredom.

— Trev é um idiota.

Eu me sento ao lado dela.

— O que ele fez?

— Disse que eu estava sendo *aberta* demais — rosna Mina.

— Tá — digo devagar. — Você vai ter que me explicar melhor.

Mina rola de lado, tirando alguns dos papéis em que ela está deitada. Agarra uma pilha grampeada, me entregando.

— É minha apresentação para o estágio no *Beacon*. Pedi para ele ler e, como ele é um *escroto* — ela grita a última palavra para ele poder ouvir —, disse que eu não devia enviar.

— Posso ler?

Mina dá de ombros, jogando um braço por cima dos olhos, dramática.

— Você que sabe — diz, como se não fosse importante, o que, é claro, significa, que era.

Mina fica em silêncio durante os cinco minutos que levo para ler. O único som no quarto é o farfalhar dos papéis quando ela se mexe na cama. Quando termino, fico olhando a última frase por muito tempo, tentando pensar no que dizer.

— É tão ruim assim? — pergunta Mina, em voz baixa.

— Não — respondo. — Não — repito, porque ela parece tão insegura que quero me acomodar ao lado dela e dizer que ela é maravilhosa até ela parar. — É lindo. — Aperto a mão dela.

— É para ser sobre o que me moldou — explica Mina, quase como se precisasse de uma desculpa. — Foi a primeira coisa que pensei. Trev disse que ia revisar para mim. Não achei que ele fosse ficar tão irritado.

— Quer que eu vá falar com ele?

Seus olhos cinzentos, ainda avermelhados e inchados, se iluminam.

— Você faria isso por mim?

— Faço. Já volto.

Deixo-a no quarto e saio até o galpão no quintal dos fundos, que Trev converteu em oficina. Ouço o raspar rítmico da lixa na madeira quando chego à porta.

Trev está debruçado sobre a bancada, lixando um par de treliças triangulares para o meu jardim. Observo por um momento seus dedos largos se movendo com confiança pelo cedro, suavizando as bordas irregulares. Dou um passo à frente e entro no domínio dele, inspirando o cheiro de serragem e o aroma forte do óleo de motor.

— Não quero falar disso, Soph — diz ele antes de eu conseguir abrir a boca.

Ele fica de costas para mim, indo para o outro lado das treliças. A lixa raspa contra a madeira e partículas de serragem flutuam no ar.

— Ele era pai dela também. Ela tem direito de escrever sobre ele.

Os ombros de Trev ficam tensos sob o fino algodão preto da camiseta.

— Ela pode escrever o que quiser. Só não... sobre isso.

— Eu não sabia. Ela nunca me contou — falo, hesitante. — Que vocês dois estavam com ele quando ele morreu.

— É, bem, pois é. — Odeio como a voz dele está sem emoção, como se fosse o único jeito de ele conseguir admitir de fato. — Foi rápido.

Não sei mais o que dizer. Sinto dor só de pensar em Trev, com dez anos, jogando bola com o pai e o vendo cair morto de um aneurisma cerebral entre um lançamento e outro.

— Eu não sabia que ela se lembrava de tanta coisa — diz Trev, rouco. Ele está de costas para mim, o que talvez seja o único motivo para continuar falando. — Eu disse para ela não olhar. Ela me obedecia quando éramos pequenos. E nunca falou do assunto depois. Achei que tivesse bloqueado a memória, ou algo do tipo... eu esperava que sim.

— Ela não bloqueou. Então, vocês precisam conversar sobre o assunto.

— Não.
— Sim. — Sei que estou passando dos limites. Estimulada por Mina, descuidada, à sombra dela.

Ele enfim se vira, segurando a lixa como se fosse uma boia salva-vidas.

— Trev — digo baixinho. — Faz anos. Se vocês nunca fizeram isso antes... precisam fazer.

Ele balança a cabeça, mas, quando o abraço, ele desaba em mim como se eu tivesse cortado suas pernas. Seguro forte, aperto as mãos abertas nos ombros dele, dois pontos de calor atravessando sua camiseta.

Quando levanto os olhos por cima do ombro dele, vejo Mina parada na porta, nos olhando.

Estendo a mão, chamando-a, suplicando, e ela dá um passo hesitante, sai do alpendre, um passo, dois, agora mais estável, até estar na minha frente, passando os braços pela cintura de Trev enquanto eu o solto.

— Desculpa — sussurra ele, ou talvez seja ela, ou os dois que dizem, e me afasto, saindo do galpão na direção da casa.

Como uma guarda silenciosa, eu me sento no alpendre desejando que as coisas fossem fáceis, o murmúrio indistinto das vozes deles se mesclando com os grilos e os barulhos noturnos.

45

AGORA (JUNHO)

Era para eu descansar depois de tomar minhas injeções, mas, quando meu pai volta ao trabalho, dirijo até o escritório do *Harper Beacon*, no centro da cidade. O jornal fica em um prédio amarelo-mostarda com telhado de ardósia, dos anos 1970, perto do melhor e único restaurante mexicano da cidade. O ar tem cheiro de coentro e carne assada enquanto eu empurro as portas de vaivém.

O cara da recepção aponta para a direita quando lhe pergunto sobre estágios, e desço por um corredor sinuoso com primeiras páginas emolduradas nas paredes, as manchetes gritando. O corredor leva a uma sala bem dividida em uma dúzia de cubículos cinza, as luzes acima banhando tudo em um brilho azul enjoativo.

Abro caminho através do labirinto de cubículos. A cada poucos segundos, um telefone toca ou a impressora de alguém guincha. Há um zumbido baixo de computadores e vozes. Consigo imaginá-la no centro de tudo isso, com aquele sorriso no rosto enquanto o zumbido caía sobre ela.

Esse tinha sido o primeiro passo de Mina em direção ao que ela sempre quis. Tornar-se parte do mundo fora de nossa cidadezinha poeirenta, "contribuir", como ela costumava dizer. Em vez disso, ela fora reduzida a um punhado de matérias escritas *sobre* ela, em vez de *por* ela.

— Sr. Wells? — Bato na parede do cubículo com o nome dele.

— Só um instante — diz ele, antes que eu possa entrar no cubículo. Todo o seu foco está na tela do computador enquanto ele digita, o que me dá tempo para analisá-lo.

Ele é mais jovem do que eu achava que seria. Apenas um pouco mais velho do que Trev, então, talvez com uns vinte e três ou vinte e quatro anos. Sua camisa social está meio para fora da calça jeans e ele está usando All Star preto de cano alto. É bonitinho de um jeito meio desmazelado, como se gastasse tempo demais passando as mãos pelo cabelo castanho, considerando pensamentos importantes.

Mina gostava dele. Muito, na verdade. Metade de nossas conversas quando eu estava em Portland tinha sido sobre o estágio, o sr. Wells, o quanto ele lhe estava ensinando sobre mídias digitais e como ele era um grande jornalista.

Ela não havia mencionado que ele era bonitinho.

Provavelmente de propósito.

— Ok, oi — diz ele. Gira em sua cadeira e me olha de cima a baixo. — Inscrições para estágio, certo? É com a Jenny, ela fica logo...

— Não estou aqui procurando um estágio — interrompo. — Estou aqui por causa da Mina Bishop.

A alegria fácil em seus olhos castanhos escurece.

— Mina — ele repete com tristeza, e suspira.

— Eu sou Sophie Winters — digo, e depois não digo mais nada. Só espero a compreensão se instalar em seu rosto.

Ela chega instantaneamente. Ele é repórter, afinal. Mesmo que a polícia não tivesse sido autorizada a divulgar meu nome à imprensa por eu ser menor, todos sabiam.

— No que posso ajudar, Sophie?

— Posso sentar?

Ele faz que sim com a cabeça, gesticulando para o banco no canto do cubículo. Eu me equilibro o melhor que posso, minha lombar, ainda vermelha e sensível das injeções, queimando de dor.

— Encontrei umas anotações de Mina. — Abro minha bolsa, pego as impressões que fiz dos trechos da linha do tempo de Mina e as entrego a ele. — Queria saber se ela chegou a mencionar alguma vez que estava investigando o desaparecimento de Jackie Dennings.

Os lábios do sr. Wells se apertam e depois desaparecem enquanto ele passa os olhos pelas três páginas que eu lhe dei.

— Isto é... — Ele olha para cima. — É trabalho de Mina?

Confirmo com a cabeça.

— Tem mais? — pergunta ele.

— Não — falo.

A palavra deixa a minha boca por puro instinto. Eu escorrego para aquela parte de mim capaz de mentir com toda a facilidade. Fica perto demais das partes viciadas, aquelas que eu surrei até controlar, e eu consigo senti-las se agitando.

Ele faz que não com a cabeça.

— Sinto muito, mas Mina nunca mencionou Jackie antes. E mencionaria se estivesse interessada no caso. Foi uma das primeiras histórias que eu cobri para o jornal. Será que ela só não teve tempo de fazer isso?

Penso em Mina salvando as reportagens sobre o desaparecimento de Jackie. Não tinha como ela não ter notado que Wells havia escrito muitas delas.

— Talvez — falo. — De qualquer forma, era isso que eu queria saber. — Eu me levanto do banco, apoiando-me na mesa para manter o equilíbrio. — Você tinha alguma teoria?

— Sobre Jackie? — O sr. Wells se recosta na cadeira, segurando a cabeça com as mãos enquanto pensa. — O investigador responsável estava convencido de que tinha sido o namorado.

— E você?

O sr. Wells sorri, seu entusiasmo por uma velha história é quase contagiante. Me lembra Mina, a fome que ela tinha de *saber*... de *contar*.

— Sam James é um bom investigador... — ele começa.

— O investigador James estava encarregado do caso de Jackie? — interrompo.

— Sim — confirma o sr. Wells, franzindo as sobrancelhas.

— Certo — falo rapidamente. — Enfim, desculpa. Você estava dizendo? Sobre Jackie?

— Matthew Clarke é um bom suspeito — continua o sr. Wells.

— Mas você não acha que foi ele.

— Não sei dizer. É uma teoria decente, considerando a falta de qualquer outro motivo, mas a evidência simplesmente não existe.

— Matt tinha um motivo?

— Você está bem interessada nisso — comenta o sr. Wells.

Dou de ombros.

— Acho que só pensei... que era importante para Mina, sabe? Trabalhar aqui, para você. Ela vivia falando do quanto aprendeu. Achei que talvez, se eu fizesse alguma pesquisa sobre as coisas que Mina estava fazendo, isso me ajudaria, sei lá, a seguir em frente. Tem sido difícil desde que, sabe... — Não completo, resistindo ao impulso de arregalar meus olhos, porque seria forçar a barra um pouco demais.

O sr. Wells coloca a cópia das anotações de Mina sobre a mesa, sua expressão se suavizando.

— Eu entendo — diz ele. — Olha, o caso Dennings é passado. O que quer que tenha acontecido com aquela garota, duvido que, depois de todo esse tempo, um dia vamos descobrir. É a natureza das coisas. É melhor deixar para lá.

Assinto como se estivesse concordando com ele em vez de procurando uma maneira de reabrir os dois casos.

— É melhor eu ir para casa — digo. — Obrigada por tirar um tempo para falar comigo. Agradeço pela conversa.

Estou quase fora do cubículo quando ele me para.

— Sophie, o que aconteceu em Booker's Point naquela noite?

Olho para ele por cima do ombro e está lá novamente, o brilho em seus olhos que me lembra de Mina. Ela estava com esse olhar naquela noite. Estava praticamente vibrando, a excitação zumbindo sob sua pele, perto o suficiente para sentir o gosto da verdade.

— Em off? — pergunto, porque não sou idiota.

Ele sorri com aprovação. Todas as estagiárias desse cara devem estar querendo pular em cima dele. Provavelmente alguns dos estagiários também.

— Eu preferiria um comentário oficial.

— Claro que sim — digo. — Obrigada de novo pelo seu tempo.

Não me viro para confirmar, mas sei que ele está me observando o tempo todo enquanto me afasto.

46

DOIS ANOS ATRÁS (QUINZE ANOS)

Cavo na terra, formando pequenos buracos.

— Pode me dar isso?

Aponto para as mudas que cultivei por semanas sob luz fluorescente, esperando ficarem fortes o bastante para transplantar. Eu estava bem orgulhosa delas; eram as primeiras que eu cultivava sob as luzes que meu pai me deu de aniversário.

Mina solta o livro e se levanta da cadeira de vime para chegar mais perto de mim. Ela se equilibra delicadamente na beirada do canteiro de sequoia, espiando o solo, desconfiada.

— O que isso aí vai virar, mesmo?

— Tomates.

— Parece trabalho demais por tomates — diz Mina. — Não dava só para comprar as plantas no centro de jardinagem? Ou uma daquelas floreiras de plástico que são penduradas de cabeça para baixo para colocar?

— Estes são diferentes. São roxos.

— Sério?

— Sim, eu encomendei as sementes.

Mina abre um sorriso.

— Você podia ter me comprado flores.

Coloco uma muda com cuidado na terra.

— E isso lá seria divertido?

— Podemos fazer molho de macarrão roxo — sugere ela.

— Desde que você cozinhe.

— Ah, qual é. Lembra aquela sopa de legumes que você tentou fazer? Daquela vez só teve um incendiozinho de nada. Você está melhorando.

— Acho que vou continuar nas coisas em que sou boa.

Cavo um terceiro buraco, levanto outra muda da bandeja e coloco as raízes frágeis em sua nova casa.

— Não foi ótimo eu ter te obrigado a começar um hobby? — pergunta Mina, sorrindo. — Quando você virar uma botânica famosa, posso dizer que sou responsável, sempre que for falar bem de você.

— Acho que, entre nós duas, quem vai acabar sendo mundialmente famosa é você — respondo, rindo.

— Bom, isso nem precisa dizer — responde Mina. — Quando eu ganhar meu Pulitzer, vou te agradecer com certeza.

— Que honra.

Mina volta à cadeira e ao livro, e eu volto aos meus tomates. Ela sacode sem parar a gola da regata.

— Está muito quente — reclama.

Enfio o joelho bom na terra, espaçando direitinho as mudas em fileiras organizadas de três na horizontal e quatro na vertical.

— Está chegando o dia vinte — falo, enfim. — Você está bem?

Mina dá de ombros, os olhos grudados na página. O sol bate forte em minhas costas, e me pergunto se fui longe demais.

Por um momento, acho que é só isso que vou conseguir arrancar dela. Mas, aí, ela me olha.

— Vou passar o dia com minha mãe e Trev. Ela quer ir de manhã ao túmulo do meu pai.

— Você... você vai muito lá? — pergunto.

De repente, estou curiosa, e ela parece disposta a de fato falar do assunto, para variar. Eu sei que o sr. Bishop está enterrado em Harper's Bluff, que ele foi criado lá e esse foi o principal motivo para eles terem se mudado depois da morte dele. E o único motivo para eu saber disso é que, da primeira vez em que eu e Mina ficamos bêbadas, ela falou enrolado apoiada no meu ombro e chorou, mas não lembrou na manhã seguinte — ou talvez tenha se recusado a lembrar.

— Às vezes — diz Mina. — Gosto de ir conversar com ele. Eu me sinto mais próxima. Tipo, não sei, como se lá fosse mais fácil de ele ver como eu estou.

— Ver como você está, do céu? — pergunto, e não queria, mas há ceticismo em minha voz.

Mina franze a testa, endireitando-se na cadeira.

— Claro que do céu — responde. — Por quê? Você não acredita?

Desvio o olhar, tímida sob o escrutínio dela. Nunca conversamos sobre isso. Eu evitei o assunto. Mina não é devota como a mãe, mas ela crê. Vai à missa quando a mãe pede e usa o pequeno crucifixo dourado que ganhou do pai.

E eu sou eu. Teria perdido a fé depois do acidente, se tivesse alguma.

— Na verdade, não.

Não vou mentir sobre isso quando já estou escondendo coisas mais urgentes dela: os comprimidos triturados e os canudos sujos, a necessidade de entorpecimento que me engole cada dia mais. Mina está começando a notar quantas vezes pego no sono na aula. Dou desculpas, mas ela está me observando com mais atenção.

Bato as mãos para limpar a terra, me levantando, e a vejo me olhando como se eu tivesse declarado que o céu é verde.

— Soph, você *tem* que acreditar no céu.
— Por quê? — questiono.
— Você só... você *tem* que acreditar. Senão, o que você acha que acontece quando a gente morre?
— Acho que não acontece nada. Acho que é só isso. A gente só tem isto aqui. E, quando se vai, acaba.
Ela se mexe na cadeira, e a curva infeliz dos lábios dela me faz desejar nunca ter respondido assim.
— Que jeito péssimo de pensar. Por que você ia querer acreditar numa coisa dessas?
Fico quieta por um momento, esfregando os dedos no joelho, traçando a cicatriz de memória. Através do tecido, sinto as elevações dos pinos que estão embaixo da pele.
— Não sei. É só o que eu acho.
— É horrível — diz Mina.
— Que importância tem? Eu não sou especialista no assunto.
— Tem importância, sim — fala ela.
— Por quê? Você está preocupada de ter um céu e eu não acabar indo para lá? — pergunto.
— Sim!
Não consigo segurar o sorriso que se estende em meu rosto.
— Não me olha assim — diz Mina, com raiva. — Como se você achasse fofo ou coisa do tipo. Meu pai perdeu tudo, toda a minha vida e a do Trev. A ideia de que ele ainda está aqui, de que está de olho em nós? Não é fofo. É fé.
— Ei. — Estendo o braço e seguro as mãos dela. Ela não as puxa, embora meus dedos ainda estejam sujos. — Eu não quis... Que bom que isso faz com que você se sinta melhor. Mas eu não tenho isso em mim. Não quer dizer que estou certa e você, errada, é só o jeito que as coisas são.

— Você tem que acreditar em alguma coisa — protesta Mina.

Aperto as mãos dela e ela aperta as minhas de volta, como se eu fosse desaparecer a qualquer segundo.

— Eu acredito em você — digo.

47

AGORA (JUNHO)

Trev está quase vinte minutos atrasado. Já estou perdendo a esperança de que ele vá aparecer, quando a campainha toca. Meus pais saíram para seu encontro semanal, então eu o deixo entrar e ficamos desconfortáveis no hall de entrada por um momento. Não sei o que dizer a ele agora que ele sabe.

— Vamos subir — falo.

Ele me segue escada acima, e faço uma pausa no topo. Minhas costas doem nos pontos das injeções. Quando chegamos ao meu quarto, ele hesita na porta enquanto eu vou até a mesa e me sento.

Trev fecha a porta após entrar e fica na beirada da minha cama, esperando.

— Kyle te falou das anotações de Mina? — pergunto.

Ele assente.

— Olhamos a linha do tempo e alguns dos artigos que ela salvou.

— Tem três entrevistas — explico. — Mina conversou com Matt Clarke, com o avô de Jackie, e com a irmã mais nova dela, Amy, tudo em dezembro. Desistiu do caso depois de falar com Amy, porque recebeu as ameaças. Algo fez com que ela voltasse a correr atrás em fevereiro, mas não tenho certeza do quê.

— Ela nunca conseguiu deixar nada para lá — murmura ele.
— Provavelmente achou que o risco valia a pena.

A frustração dele é quase um alívio. Faz com que eu me sinta menos culpada pela minha.

— Ela alguma vez mencionou Jackie para você? — pergunto.
— Mesmo que de passagem?
— Não desde que vocês estavam no primeiro ano do ensino médio. Ela estava muito interessada em descobrir tudo na época. Lembra? Foi meio bizarro.
— Ela queria saber o que aconteceu. As pessoas ainda estavam falando sobre isso quando eu saí do hospital e voltei para a escola. Ela estava curiosa — digo.
— Estava curiosa até demais — contrapõe Trev, e sua voz falha. — Ela era muito inconsequente.
— A culpa não é dela — falo, e minha voz sai baixa e trêmula.
— Sim, ela foi idiota de não contar pra ninguém o que estava acontecendo. Mas não é culpa dela. É *dele*. Foi ele que matou Mina, seja lá quem for. E vai pagar.

Trev me olha com olhos brilhantes, e vejo acontecendo, a maneira como ele se recompõe, parecendo crescer trinta centímetros, e endireita os ombros.

— Dá play no de Matt primeiro. Eu era amigo dele. Talvez eu pegue alguma coisa.

Eu clico na entrevista, aumentando o volume dos alto-falantes. Há um pouco de estática, e então:

— *Muito bem. Está pronto, Matt?*

No momento em que a voz dela enche a sala, sou inundada por Mina, pela dor e pelo alívio de ouvi-la outra vez. Trev afunda na beirada da cama, com os punhos cerrados e os olhos fechados.

Ouvi-la não é a mesma coisa.

Mas é tudo o que temos.

— *Como você e Jackie se conheceram?* — pergunta Mina.

Eu me obrigo a me concentrar na resposta de Matt. Ele tem uma voz grave e lenta, e pausa entre as frases como se estivesse pensando cuidadosamente em cada palavra.

— *Nossas mães eram amigas* — diz ele. — *Ela estava sempre por perto, sabe? A garota da casa ao lado. Eu chamei ela para sair no oitavo ano e foi isso.*

— *É muito tempo juntos* — diz Mina, e quase consigo ouvir o sorriso encorajador em sua voz.

— *Sim* — concorda Matt. — *Ela era especial.*

— *Deve ter sido muito difícil para você quando ela desapareceu.*

Há um longo silêncio, quebrado só por ruídos e um som de tilintar.

— *Sim. Foi horrível para todos. Todo mundo adorava a Jackie.*

Olho para qualquer lugar, menos para Trev, enquanto a gravação continua.

Mina pergunta a Matt sobre a escola, sobre os amigos dele e de Jackie, sobre o envolvimento de Jackie no grupo de jovens e no futebol; perguntas comuns e despretensiosas para ele não ficar desconfiado. Pouco a pouco, ela consegue que ele se abra com ela, até perguntar sobre as semanas anteriores ao desaparecimento de Jackie, sobre o investigador James e como ele havia tratado Matt durante o interrogatório.

— *Aquele cara é um babaca* — Matt escarnece, com a voz mais afiada. — *Ele achou que tinha resolvido tudo. Eu queria deixar ele revistar minha caminhonete, mas meu tio Rob ficava dizendo que eles tinham que conseguir um mandado. O investigador James passou tanto tempo pensando que fui eu que não procurou em nenhum outro lugar e o caso esfriou. Todo mundo sempre fala que os primeiros três dias são os mais importantes quando alguém desaparece.*

— *Mas ele te liberou.*

— Ele não tinha nada que pudesse usar contra mim — diz Matt. Na gravação, um telefone toca.

— Só mais uma pergunta antes de você atender. Você e Jackie... vocês tinham, sabe, intimidade, certo?

Há outra longa pausa enquanto o telefone toca sem parar. Posso imaginar Mina sentada ali, perguntando ousadamente a Matt se ele transava com a namorada, aquele sorriso calmo no rosto, como se ela não estivesse ultrapassando nenhum limite.

— Não acho que seja da sua conta — responde Matt. — E acho que já terminamos.

— Claro — diz Mina.

Há um barulho estridente, e então a gravação é cortada abruptamente.

Olho para Trev, e meu coração bate forte com o brilho em seus olhos.

— Não precisamos ouvir mais — digo rapidamente.

Seu rosto endurece e ele diz baixo:

— Pode colocar.

Eu aperto o play.

A entrevista com o avô de Jackie é focada na infância dela. Mina não faz nenhuma pergunta sobre o caso, mas, quando Jack Dennings começa a falar sobre a adolescência de Jackie, Mina conduz a entrevista de volta à relação com Matt.

Ouço o apito do trem das seis horas no centro da cidade enquanto aperto meus dentes e clico na entrevista final — com a irmã de Jackie, Amy. Quando começa a tocar, percebo que o arquivo tem menos de um minuto de duração. Tanto a entrevista de Matt como a de Jack tinham mais de quinze.

— O que é isso? — pergunta a voz de uma garota.

— Eu ia gravar a entrevista — responde Mina. — Tudo bem?

— Não — diz Amy. — Eu já te disse, eu nem devia falar com você. Desliga isso.

— *Tudo bem* — diz Mina. Há um som de farfalhar, e então a gravação é cortada abruptamente.

Trev franze a testa.

— É só isso?

— Acho que sim.

Faço uma rápida pesquisa do nome de Amy para ver se Mina transcreveu a entrevista em algum lugar, em vez de gravá-la, mas só o que aparece é o documento da linha do tempo.

— Ela não colocou a entrevista aqui.

— Do que você acha que elas falaram?

— Bom, quando eu falar com Amy, vou perguntar para ela. Ela é amiga do irmão mais novo de Kyle; vou tentar descobrir a rotina dela.

— Você faz isso, e eu vou ligar para Matt — diz Trev.

— Vocês ainda se falam?

Trev nunca havia passado muito tempo com Mina ou comigo na escola. Eu sabia quem eram seus amigos, mas não tinha convivido muito com eles.

— A gente se viu algumas vezes desde que fui para a faculdade. Jogando futebol com o time antigo.

— Quanto Matt estava afundado nas drogas? — pergunto. — Estamos falando de um pouco de maconha, ou comprimidos, ou...

— Metanfetamina — diz Trev.

— Caralho.

— Sim. Mas isso foi só depois que Jackie desapareceu. Ou, pelo menos, ninguém do nosso grupo sabia antes. Ele definitivamente estava chegando a um ponto em que as pessoas estavam se preocupando. O pai dele foi embora quando a gente estava no primeiro ano, e Matt se meteu em um monte de brigas depois. A coisa toda com Jackie o levou até o limite.

— Você acha que ele poderia ter matado ela?

Trev se levanta da minha cama, andando até a janela e abrindo minhas cortinas azuis para olhar para o pátio da frente.

— Naquela época, eu teria dito que jamais.

— E agora?

Trev não fala nada por um tempo, apenas olha pela minha janela, com o maxilar tenso.

— Não tenho ideia — diz. — Talvez eles estivessem apaixonados. Talvez ela o odiasse. Talvez ele tenha matado ela. Não estou confiando muito na minha capacidade de julgar as pessoas no momento.

Olho para o lado.

— É melhor eu ir — continua Trev. — Vou ligar para Matt.

— Vê se a gente pode encontrar com ele amanhã — peço. — Talvez ele tenha contado algo em off a Mina ou falado com outra pessoa sobre o interesse de Mina em Jackie. Ou talvez tenha sido ele o culpado.

Enquanto eu falo, me inclino para a frente na minha escrivaninha para poder me empurrar para cima e me levantar da cadeira. Minhas costas estão me matando. Depois das injeções, sempre piora por um dia ou dois antes de melhorar, e não consigo disfarçar minha respiração árdua quando fico de pé rápido demais.

O som faz Trev se virar, mas consigo chegar à cama e me deito devagar de barriga para baixo antes que ele possa se mover para me ajudar.

— Você está bem? — pergunta ele.

— Vou encontrar o endereço de Jack Dennings — digo, ignorando a pergunta. — Podemos falar com ele também.

Estou começando a me sentir desesperada com tudo isso. Não sei nem como resolver o assassinato que testemunhei, muito menos um caso frio de três anos atrás.

Fecho os olhos. Tenho ficado acordada até tarde relendo reportagens sobre o assassinato de Mina e o desaparecimento de

Jackie. Sempre que faço um esforço para dormir, estou de volta a Booker's Point com ela, e não posso pensar nisso. Então, não durmo. Não quando posso evitar.

Mas não consigo lutar contra o sono por muito mais tempo. Sinto a mão de alguém. Quente no meu ombro.

A mão de Trev.

Viro a cabeça para o lado para poder vê-lo. Ele está me observando, sentado ao meu lado, e eu não desvio o olhar.

Há uma percepção que está se instalando nele, algo que acho que ele suspeita, mas tentou negar durante meses, se não anos. Uma aceitação que não é rancorosa, mas hesitante. Posso vê-la em seu rosto, senti-la quando ele me toca.

— Suas costas estão doendo? — pergunta ele.

Coloco as mãos embaixo do queixo e assinto. Ele apoia a mão no meu ombro, e aquela pressão constante, aquele calor que desabrocha, é outro lembrete de como ele está presente. De como ela se foi.

— Precisa de alguma coisa antes de eu ir?

Faço que não com a cabeça. Tenho medo de falar. Tenho medo de fazer algo idiota, como me apoiar contra o seu toque.

Não posso fazer isso com ele — comigo mesma, com ela.

Não vou fazer.

— Você acha que ela está lá em cima? — murmuro. As palavras ficam meio perdidas no travesseiro e ele tem que se inclinar para a frente para ouvi-las. — Vendo a gente lá do céu?

— Acho.

Ele tira os cabelos da minha testa com a mão livre, e as costas dos dedos roçam minha têmpora.

— Deve ser bom.

— Às vezes. — Trev continua acariciando meu cabelo, um toque leve que se espalha por mim como um cobertor quente. —

Às vezes é um inferno pensar nela observando tudo e não participando.

Ficamos assim por um tempo, com a memória dela nos envolvendo. Estou meio adormecida, de olhos fechados, quando ele se inclina e pressiona os lábios em minha testa.

Seus passos ecoam quando ele sai do quarto, e digo a mim mesma que estou chorando por causa da dor.

48

UM ANO ATRÁS (DEZESSEIS ANOS)

— Sabe, o motivo todo de estar em um veleiro é velejar — diz Trev.

Mina ri, e sinto a vibração em minha pele. Ela está com a mão apoiada na minha barriga, e nós duas estamos deitadas no deque do *Doce lamento*, com Trev no leme. Os dois estão lendo. Trev, um livro barato de mistério que ele enfia no bolso quando precisa se levantar e cuidar das velas. Mina está absorta no mesmo livro de capa dura sobre Watergate há uma semana, fazendo anotações precisas em seu diário. Ela o apoia nos joelhos, grifando as passagens enquanto lê.

Eu estou satisfeita em só ficar aqui e ouvir os dois gritarem um para o outro, suas provocações familiares e bem-humoradas mais tranquilizantes do que qualquer coisa poderia ser. Estamos parados na água há uma hora, Trev envolvido demais no livro para perseguir o pouco vento que há.

— Não estou te vendo puxando as coisinhas das cordas para a gente se mexer — diz Mina.

— Chama massame, Mina. E estou numa parte muito boa. — Trev segura o livro no alto.

Ela aperta os olhos para o título.

— Eu terminei semana passada. Quer saber quem é o assassino?

— Não estraga a história pra mim — protesto.

— Viu, Soph está do meu lado. Dois contra um.

Mina revira os olhos e vira uma página.

Acabo pegando no sono, embalada pelo sol e pelo balanço do barco — e pelos comprimidos que tomei antes de entrar no carro hoje de manhã. Quando acordo, o sol está se pondo rápido, e Mina foi se sentar com Trev. Eu os observo por um momento, as cabeças escuras meio abaixadas uma perto da outra, as pernas penduradas na lateral do barco. E pego uma fala de Trev no fim, ainda meio adormecida e zonza.

— ... Preocupada com ela?

— São aqueles comprimidos idiotas que dão para ela.

Fico paralisada. Estão falando de mim.

— Ela precisa deles. Está com dor.

— Eu sei, mas ultimamente... Deixa pra lá. É bobeira.

— Ei, não. — Trev coloca o braço ao redor dos ombros dela, puxando-a para si. Ela descansa a cabeça no ombro dele. — Eu entendo. Você está preocupada. Todos nós nos preocupamos com ela.

— *Você* se preocupa com ela — diz Mina, incisiva. A voz dela tem ressentimento e resignação.

Um longo silêncio. Trev se afasta dela, e os dois ficam se olhando.

— Isso te incomoda? É um problema? — pergunta ele.

Meu coração bate forte. Eu devia tossir, chamar o nome de um deles, qualquer coisa para chamar atenção ao fato de que estou acordada. Seria o correto.

Mas fico onde estou, bisbilhotando do pior jeito as duas pessoas que mais amo. Espero que ela responda. Uma parte de mim não consegue evitar a esperança de que este seja o momento — o momento em que ela finalmente vai contar a Trev, em que ele finalmente vai perceber a verdade.

— Claro que não — diz Mina, e é tão suave a forma como ela diz, como se não houvesse anos de negação e pilhas de mentiras e garotos que tocaram nosso corpo, mas nunca tiveram chance com nosso coração.

— Tem certeza? — pergunta Trev. — Sei que ela é sua melhor amiga. Se for estranho...

— Ah, tanto faz — diz Mina, com leveza. — Você nunca conseguiu esconder nada. É por isso que você é péssimo em pôquer. Todo mundo sabe. Até...

— Sophie — fala Trev. Ele olhou por cima do ombro e me viu. — Você está acordada.

Estou olhando para a água, não para os dois, mas minhas bochechas esquentam. Ainda não tenho certeza do que fiz para inspirar essa necessidade, esse amor em ambos. Não sou sincera e estável como Trev nem brilhante e ardente como Mina. Sou só eu, com terra embaixo das unhas e um fraco por amor e drogas. Por algum motivo, porém, consegui embolar todos nós e não sei como podemos nos livrar.

— É melhor a gente voltar.

Trev está de pé puxando o massame enquanto Mina fica onde está.

Eu a sinto me observando.

Mas, quando a olho, ela se virou para as docas, me bloqueando. Covardes, nós duas.

49

AGORA (JUNHO)

Na manhã seguinte, minha mãe está na cozinha me esperando.
— Aonde você vai? — pergunta ela, com sua xícara de café.
— Tomar café da manhã com uns amigos.

Eu mandei uma mensagem para Kyle e Rachel na noite anterior, e eles vão se encontrar comigo e com Trev no Gold Street Diner antes de irmos falar com Matt.

— Esses amigos incluem Trev? — pergunta minha mãe. Suas sobrancelhas praticamente desaparecem de tanto que ela as ergue. — Seu pai mencionou que ele esteve aqui ontem.

Pego a cafeteira e coloco um pouco de café num copo para viagem. O caminho até a lanchonete só leva dez minutos, mas dormi mal.

— Sim.
— A mãe dele sabe?

Jogo açúcar demais na bebida e fecho a tampa do copo.
— A mãe dele está em Santa Barbara. Enfim, Trev tem vinte anos. Não acho que precise da permissão dela para sair com ninguém.

— Sophie. — Minha mãe está com uma expressão preocupada. — Você e aquela família...

Minha mãe não os perdoa. Depois do acidente, tinha tentado me separar tanto de Mina quanto dele, e na época também não funcionou.

— O que tem eu e "aquela família"? — questiono. — Eu cresci com Trev. Não vou jogar isso fora.

— Eu sei o que aquele menino sente por você — diz ela. — Você continua tomando a pílula?

A raiva cresce em mim. Não é da conta dela. Odeio ela automaticamente pressupor que tem a ver com sexo; como se, comigo, só pudesse ser isso.

— Não estou transando com ele — falo. E espero até o alívio se espalhar pelo rosto dela. Espero, porque quero machucá-la como ela me machucou. — Não mais, pelo menos.

Minha mãe se encolhe. Digo a mim mesma que não estou nem aí, que é o que eu queria, mas me arrependo quase instantaneamente.

— Volto mais tarde.

Passo por ela e saio da cozinha antes de ela conseguir dizer qualquer coisa.

Tranco a porta da frente ao sair e penduro a bolsa no ombro, carregando o café na mão livre. Trev está saindo da caminhonete enquanto ando pela entrada de carros.

— Vamos nos encontrar no apartamento de Matt daqui a uma hora — anuncia ele. Ele pausa, olhando para o carro. — Quer dirigir até a lanchonete?

Sei que ele fica nervoso de dirigir comigo, então concordo:

— Claro.

Pego as chaves que ele joga e subo ao volante. Trev entra ao meu lado, colocando o cinto antes de eu girar a chave na ignição.

— Esqueci de te falar ontem à noite: eu conversei com o sr. Wells, o repórter responsável pelo estágio de Mina.

Trev está olhando atentamente pela janela, concentrado nas cercas vivas aparadas e nas casas antigas arrumadinhas que enchem meu bairro. Mas a menção ao sr. Wells o faz virar para mim tão rápido que tenho medo de ele distender algum músculo.

— Tom Wells? — quer saber ele.

— É.

Dobro a esquina da minha rua na direção da linha férrea.

— Não fala com ele — diz Trev, e parece uma ordem.

— Por quê? Qual o problema dele?

— Ele ficou importunando minha mãe depois que Mina... depois que aconteceu. Aparecendo na missa, tentando fazer ela falar, querendo escrever um perfil de Mina. Eu mandei ele deixar a gente em paz, mas ele começou a ligar em casa, falar que tinha umas coisas que Mina tinha deixado na mesa dela depois da busca dos policiais. Só parou quando eu fui buscar.

— Eu só fui lá perguntar se Mina tinha falado com ele sobre Jackie — explico. — Ele disse que não. Mas tentou me fazer falar de Mina oficialmente.

Trev aperta e relaxa as mãos ritmicamente; vejo pelo canto do olho enquanto a caminhonete estronda por cima da linha férrea e eu viro em uma rua lateral cercada por prédios industriais soturnos. Aqui, a estrada é malcuidada, é de asfalto ruim, que o condado nunca se deu ao trabalho de substituir, e o veículo dá solavancos para a frente e para trás quando passo pelos buracos.

— Eu não falei com Wells sobre nada importante — garanto a ele.

— Eu sei que não — diz ele, e um alívio se abre em mim por ele pelo menos ainda saber que isso não mudou. Por ele ainda confiar em mim para algumas coisas.

— O que ele te entregou? — pergunto enquanto estaciono.

A lanchonete à nossa frente é um predinho atarracado composto de dois grandes salões com os banheiros do lado de fora em vez de lá dentro. É pintado de um tom de amarelo que machuca os olhos, com sinos dos ventos, feitos de antigas louças, pendurados na varanda.

— Eram só uns cadernos preenchidos pela metade, umas canetas e umas fotos. Não olhei com muita atenção — admite Trev.

— Eu não... Foi logo depois, e minha mãe ainda estava... — Ele para, desviando o olhar de mim. — Foi difícil — completa, enfim.

— Depois. Você tinha ido embora, e eu estava com tanta raiva de você, e minha mãe estava... Eu não tinha ninguém. E eu só... não consegui. Deixei a porta do quarto de Mina fechada, deixei o pacote na garagem e tentei esquecer.

Quero estender o braço e segurar a mão dele, ou levantar a minha e apertar seu ombro, como ele faria por mim. Mas eu provavelmente pioraria tudo.

A única coisa que fazemos sempre é segurar. É o único jeito de continuar em frente.

— Kyle e Rachel estão esperando — digo.

Trev assente com a cabeça. Saímos da caminhonete e entramos na lanchonete. Está barulhento lá dentro, o balcão cheio dos clientes usuais em suas banquetas, tomando café preto e lendo o jornal local. O salão é apertado, com mesas e cadeiras de modelos diferentes, com poucos centímetros para a garçonete navegar. Rachel e Kyle estão sentados no canto ao lado da janela panorâmica.

— Você deve ser Trev. — Rachel sorri. — Rachel.

— O que aconteceu com o seu olho? — pergunto a Kyle enquanto Rachel e Trev apertam as mãos. Ele levanta os olhos do café, o direito inchado e roxo.

— Eu dei um soco nele — explica Trev.

— Quê?

Rachel ri.

— Sério? — pergunta ela a Kyle.

— Não é nada — murmura Kyle.

Trev dá de ombros e se senta.

— Ele mereceu.

— Tá bom, chega de socos — falo, balançando a cabeça. Socar não vai resolver nada. — Vamos todos nos dar bem, tá? Nós queremos a mesma coisa.

Depois de pedirmos a comida, vamos direto ao ponto.

— Perguntei sobre Amy para Tanner — diz Kyle. — Ele me contou que ela tem treino de futebol amanhã das cinco às seis. Imaginei que dá para você falar com ela lá.

— Tomara que ela colabore com a gente — respondo. — Se não queria que Mina gravasse as entrevistas, não sei por que se deu ao trabalho de falar, para começo de conversa.

— Provavelmente a família dela não gosta de repórteres — comenta Trev, com uma careta.

— Quer que eu vá ver Matt com você? — me pergunta Kyle.

— Ele me conhece bem por causa do Adam.

— O Trev vai — respondo. — Mas valeu. Acho que a gente tem outra missão para você. — Cutuco Trev com o cotovelo. — Acha que tudo bem Kyle e Rachel passarem na sua casa? Eles podem dar uma olhada no pacote do *Beacon*. Quem sabe tem alguma coisa nos cadernos de Mina?

— Boa ideia — diz Trev. — Se quiserem fuçar na garagem, tudo bem. É o único lugar que ainda não terminei de revistar. Ainda tem bastante coisa para olhar.

— Eu tenho tempo — fala Rachel. — Vamos, Kyle?

Com a boca cheia de café, Kyle faz que sim.

O resto do nosso pedido chega, e nossa conversa é trocada pelos talheres tilintando e umas batatas fritas caseiras realmente excelentes sendo devoradas. Quando Trev vai até o balcão pagar, eu pergunto a Kyle:

— O que você acha de Matt?

— Como assim, como suspeito?

— Suspeito, pessoa, qualquer coisa. Ele e Trev eram amigos; quero outra perspectiva sobre ele.

Kyle se reclina na cadeira de vime azul.

— Matt é viciado em metanfetamina — diz ele. — E ele recaiu duas vezes. Ele está limpo agora, há uns seis meses. Pelo visto, Adam acha que desta vez é diferente, mas ele sempre quer achar isso. O tio deles teve que intervir, impor mesmo a lei. Alguém da família tem que ir com Matt às reuniões, para ele não abandonar.

— Você não gosta de Matt — observa Rachel.

As bochechas de Kyle ficam avermelhadas.

— Ele era um merda com Adam quando a gente era criança. Mas família é muito importante, então, Adam sempre acaba perdoando Matt, não importa o quanto ele se comporte mal. Matt é mais velho, deveria ter assumido as rédeas quando o pai deles foi embora, mas só causou mais problemas.

— Ser uma pessoa de merda não se traduz necessariamente em ser um assassino a sangue-frio — diz Rachel.

Trev volta para a mesa.

— Vamos — diz, colocando algumas notas embaixo da minha xícara de café para a gorjeta. Ele pega as chaves do carro na mesa e solta uma do chaveiro, entregando a Kyle. — Na geladeira, tem refrigerante e outras coisas. Podem pegar o que quiserem. Só não se esqueçam de trancar a porta e deixar a chave debaixo da pedra, na entrada, depois de sair.

— E liguem para a gente se encontrarem alguma coisa — acrescento.

— Aqui. — Rachel desengata sua pulseira de pingentes do Batman e a prende no meu pulso. — Para dar sorte.

Ela se levanta e coloca sua bolsa carteiro no ombro.

Nós nos separamos na porta, Rachel e Kyle indo em direção ao outro lado da rua. Trev me atira as chaves novamente e se aproxima para ligar o rádio quando estamos de volta à caminhonete.

— Acho que é melhor a gente não contar a Matt que encontramos as entrevistas de Mina — digo enquanto passamos pelo campo de futebol, onde garotas de uniforme azul estão perseguindo a bola pela grama.

— Então o que você quer falar?

— Só que encontramos uma lista no quarto dela com o nome dele. Quero ver como ele reage.

— Tá bom, mas deixa que eu conduzo a conversa.

Faço que sim com a cabeça enquanto estaciono em frente ao endereço que Trev me passou, um prédio residencial marrom baixo com telhas lascadas e uma placa de ALUGA-SE no gramado. Saímos do caminhão e subimos a pé até o 2B.

Trev bate e alguns minutos se passam antes de a porta abrir. Matt parece uma versão mais velha e desgastada de Adam. Sua pele não tem o brilho saudável da de Adam, suas bochechas são fundas e há marcas vermelhas desbotadas no maxilar. Mas ele ganhou um pouco de peso e seus olhos estão despertos. É possível que ele esteja limpo.

— Trev, e aí, cara? — Ele e Trev fazem aquela coisa de abraçar com um braço só que os caras fazem, e ele sorri para mim. — Quem é essa?

— É a Sophie.

— Oi. — Estendo a mão, e Matt a pega.

— Eu te conheço? — pergunta ele.

— Eu sou amiga do seu irmão. E de Kyle Miller.

— Ah, sim. — O sorriso de Matt se alarga. — Entra aí.

O apartamento de Matt é limpo e arrumado. Dois pitbulls malhados saltam e vêm abanando o rabo para mim, tentando lamber meu rosto enquanto entramos. Ele os afasta e abre a porta de trás para os cachorros saírem. Procuro o mais sutilmente possível qualquer sinal de que Matt teve uma recaída. A casa cheira a fumaça e há uma tigela de porcelana com marcas de queimadura quase transbordando com bitucas de cigarro, mas, quando olho para baixo, não vejo nenhuma ponta, só filtros amarelos. Não tem garrafas nem tampas de cerveja, nenhum saquinho misterioso à vista nem mesmo um frasco de colírio ou xarope para tosse.

Tudo isso pode estar escondido em algum lugar. Quando ficar chapado é a única coisa em que a pessoa consegue pensar, ela fica bem esperta para manter o segredo.

— Como anda sua mãe? — pergunta Matt a Trev.

— Daquele jeito. — Trev dá de ombros. — Para ela é melhor ficar com a minha tia, acho.

— Que bom. E você?

Trev dá de ombros outra vez. Matt estende a mão, segurando o ombro de Trev.

— Sinto muito, cara. — Ele me olha. — Ei, querem beber alguma coisa? Tem refrigerante e água.

— Estou bem — falo.

— Então, o que está rolando? — pergunta Matt depois de nos acomodarmos no sofá de vinil descascando. Ele se senta à nossa frente em uma poltrona.

— Bom, é meio estranho — diz Trev. — Estou vasculhando as coisas de Mina; quero estar com tudo encaixotado quando minha mãe chegar em casa. Encontrei uma lista de nomes na mesa dela, e tinha o seu. Eu estava me perguntando sobre o que era a lista. Eu não sabia que vocês eram amigos.

— Não éramos — responde Matt. — Não de verdade. Ela não te contou da reportagem que estava fazendo sobre Jackie?

— Não — fala Trev.

— Era para o *Beacon*. Mina disse que estava fazendo um perfil para o aniversário da Jackie e me pediu uma entrevista. Eu concordei e conversei com ela. Quando não vi nada sair no jornal, só achei que ela não tinha terminado antes... — Matt deixa sem completar, desconfortável.

— O que ela queria saber? — pergunta Trev.

— Nada de mais. Como Jackie e eu tínhamos começado a namorar, quais eram nossos planos na época.

— Ela perguntou sobre o caso? — questiono.

— Não — diz Matt. — Mina sabia que eu não tinha nada a ver com isso. O investigador James é um idiota que se acha demais.

Mantenho a expressão neutra, pensando em como Mina tinha colocado Matt como o principal suspeito em sua lista.

— Do que mais vocês falaram? — pergunto.

— Hum, ela perguntou há quanto tempo estávamos juntos. Falamos de futebol, da candidatura de Jackie para presidente do corpo estudantil no segundo ano do ensino médio. Ela deve ter comprado uma caixa inteira de cola com glitter para todos aqueles cartazes que colocamos.

Trev sorri.

— Eu tinha esquecido. Ela surtou quando ficou sem cola cor-de-rosa.

Preso à memória, Matt ri, depois fica sério de repente, passando a mão pelo cabelo preto.

— Às vezes é como se ela estivesse aqui ainda ontem — diz ele.

— Ela sempre me fazia rir, mesmo quando todo o resto estava uma porcaria.

Distraído, ele tira algo do bolso, virando nos dedos, e noto que é uma ficha de sobriedade de seis meses.

— Seis meses é fantástico. — Indico a ficha com um gesto.

Seus dedos se apertam em torno do objeto.

— Você está no programa?

— Estou com pouco mais de dez meses.

— Que bom — diz ele. — As reuniões ajudam muito, mas às vezes ainda é difícil.

— Sim, é difícil. Mas você sabe, é só um...

— "Um dia de cada vez." — Ele termina o slogan e olha para mim com um sorriso de pesar. — É só o que temos, né?

— Tipo isso.

Sorrio de volta, deixando que essa seja minha desculpa para olhar nos olhos dele. Será que tinha sido ele naquela noite? É tão difícil lembrar com clareza a voz do assassino, lembrar exatamente o formato de seus olhos por trás daquela máscara. Três palavrinhas pontuadas por tiros, e eu... não consigo ter certeza. Mas tenho certeza de uma coisa: viciados mentem.

Matt esfrega os dedos na borda da ficha, como se tirasse forças dali.

— Por acaso você mencionou a alguém que Mina estava fazendo uma reportagem sobre Jackie? — pergunta Trev.

— Acho que contei para minha mãe — diz Matt. — Ela achou legal o *Beacon* estar fazendo uma reportagem sobre ela. Minha mãe a amava. — Seus olhos verdes brilham, e ele agarra a ficha com força, engolindo em seco. — É difícil pensar nela. Sem saber o que aconteceu.

— Você acha que ela fugiu? — pergunto.

Matt faz que não com a cabeça, seus olhos ainda úmidos.

— Não, Jackie amava a família, ela nunca abandonaria eles, especialmente Amy. Jackie estava animada com a faculdade. Até conversamos sobre pegar um apartamento perto de Stanford e eu fazer a faculdade comunitária. Ela não teria fugido; não tinha por quê. Ela foi levada por alguém. — Ele respira fundo, agarrando a ficha com firmeza. — E só posso rezar para ela estar por aí em algum lugar, para ela escapar se tiver sido sequestrada, para que ela volte.

— Você acha que ela ainda está viva?

— No instante em que sai da minha boca, sei que errei. Ele parece prestes a estourar em lágrimas; pressioná-lo dessa maneira não vai adiantar nada.

— Espero que sim — diz Matt. — Mais do que tudo.

Há um silêncio incômodo, porque não sei o que dizer. Ele pode estar mentindo, exagerando para nos enganar. Pode estar dizendo a verdade — talvez realmente acredite que ela esteja viva, depois de todos esses anos, porque não suporta imaginar a alternativa.

— É melhor a gente ir — falo. — Não quero tomar mais o seu tempo.

— Você está bem, Matt? — pergunta Trev. — Eu posso ficar.

— Não, não, está tudo bem. — Ele faz um gesto abanando a mão. — Só... lembranças ruins.

— Obrigada por falar com a gente.

Matt assente com a cabeça e nos acompanha até a porta.

— A gente se vê.

Ele sorri, mas não chega aos olhos. A porta se fecha atrás de nós, e escuto o som da tranca deslizando quando vamos para as escadas.

— E aí, o que você acha? — Trev pergunta quando chegamos à caminhonete.

— Ele é alto o suficiente para ser o assassino — digo, entrando na cabine. Coloco o cinto de segurança e giro a chave na ignição.

— Eu sei que tem armas. Adam vive saindo para caçar com ele.

— Quase todo mundo tem uma arma por aqui — lembra Trev enquanto eu volto para a rua. — Eu tenho uma arma.

— Você tem um revólver velho do seu pai. Você já atirou com ele?

— Claro. Seria idiota ter uma arma que não soubesse usar. Ensinei Mina também.

— Quando foi isso? — Eu não me lembro de Mina ter mencionado.

— Quando você estava em Portland. Ela me pediu. Ela... — Trev não completa. — Ela me pediu perto do Natal.

— Quando ela estava recebendo as ameaças.

— Então, por que não levou a arma com ela naquela noite? — pergunta Trev, e há um tom de raiva em sua voz que me faz vacilar. — Ela sabia onde ficava, como usar. Poderia ter se protegido.

— Ela não trouxe a arma porque não suspeitava da pessoa com quem ia se encontrar — declaro.

Paramos no semáforo no final da rua e, pelo canto do olho, vejo um músculo do maxilar de Trev se contraindo. Isso o está corroendo, o fato de que Mina sabia que estava em perigo suficiente para querer aprender a atirar, mas tinha escondido seus segredos por tempo demais.

— Matt não gosta muito do investigador James — comento, porque odeio como Trev se culpa. Preciso afastá-lo desse pensamento.

— Nem você — aponta Trev.

Reviro os olhos.

— Porque o investigador James põe uma ideia na cabeça e não tira mais. Quanto progresso ele fez durante todos esses meses perseguindo pistas inexistentes sobre drogas? Se tivesse feito o trabalho dele da primeira vez, Mina não teria precisado ir atrás do cara que levou Jackie. Ele falhou em pegar o mesmo assassino duas vezes. A culpa também é dele.

— Olha, estou chateado como você, mas, em algum momento, vamos levar tudo isso até ele. Vamos ter que trabalhar juntos.

— Ele é um idiota.

— Bem, vamos dizer que Matt seja o culpado — diz Trev. — Qual é a motivação dele para se livrar de Jackie?

Dou a seta na placa de pare, olhando para os dois lados.

— Eles brigavam?

— Às vezes. Acho que ela estava chateada por Matt estar fumando tanta maconha. Ela estava tentando conseguir uma bolsa de estudos, para os pais não terem que pagar a faculdade dela. Passava muito tempo malhando, treinando jogadas, estudando para suas notas serem boas o suficiente. Ela queria que ele acompanhasse.

Levanto uma sobrancelha.

— Então, como é... Ele mata a menina porque ela está reclamando da erva?

— Pode ter sido um acidente — diz Trev. — Ela desapareceu em Clear Creek; já é entrando na floresta. Talvez tenham ido fazer trekking ou estivessem brigando e ela caiu...

— Então por que ele não ligou para os guardas-florestais e disse que foi um acidente? Acidentes acontecem o tempo todo nas Siskiyou. Não, alguém sequestrou e matou Jackie, e provavelmente largou o corpo dela em algum lugar. É por isso que ninguém nunca encontrou.

— Que coisa doentia — diz Trev baixinho.

— Eu sei — digo. Ficamos em silêncio por um longo momento. — Você ainda está disposto a falar com Jack Dennings?

— Não posso deixar você ir sozinha — diz ele, o que não é realmente uma resposta, mas aceito.

— Então pega meu celular. As instruções estão nele.

Ficamos em silêncio na viagem até a casa de Jack Dennings, em Irving Falls. Trev mexe no rádio, encontrando uma estação country da velha guarda, e a voz desgastada de Merle Haggard enche a cabine da caminhonete enquanto eu me concentro na estrada.

Não sei o que dizer a ele quando se trata de coisas normais. Então, fico quieta e abro a janela, tentando encontrar algum alívio do calor, mas o ar quente explode em mim, soprando meu cabelo no rosto. O ar-condicionado da caminhonete está quebrado desde que me lembro, e, embora não seja nem meio-dia, já faz quase quarenta graus. O suor se acumula na minha lombar, e tiro o cabelo do pescoço com uma das mãos, passando-o por cima do ombro. Trev me observa pelo canto do olho. Eu finjo não notar. É mais fácil.

O ar fica mais fresco conforme continuamos dirigindo. Subindo e saindo do vale, estamos rodeados de montanhas de ambos os lados, espessas de pinheiros, as casas dispostas nos confins da floresta, onde a privacidade é primordial. Cerca de trinta quilômetros adiante está a cachoeira que dá nome à cidade, mas Jack Dennings vive nos entornos, um homem bem do interior mesmo.

— É aqui — anuncio, diminuindo a velocidade ao passar pelo peru de ferro em tamanho real pregado em cima da caixa de correio de madeira.

Abrimos caminho através da mata de pinheiros e cercas de arame farpado que ladeiam a estrada de terra, que se retorce e serpenteia por alguns quilômetros, antes de encontrarmos a casa, que fica bem no fundo, junto às árvores mais altas. É um rancho térreo simples, estendido pelo terreno montanhoso.

Trev e eu saímos do carro e caminhamos até a entrada para bater à porta. Os cães ladram freneticamente lá dentro, mas ninguém atende. Depois de um minuto, Trev se afasta e protege os olhos contra o sol, com a mão. Ele gesticula para o velho Ford bicolor estacionado embaixo de um carvalho.

— Talvez ele esteja lá atrás?

Eu o sigo, mantendo uma distância de uns trinta centímetros, enquanto contornamos a casa. Há uma horta bem-cuidada com girassóis plantados ao redor e, mais pro fundo, um enorme cercado de arame repleto de plantas verdes exuberantes.

Então eu escuto.

Um clique.

É familiar.

O pavor me atravessa. Estou bloqueando Trev. Talvez eu possa salvá-lo, como deveria ter feito por ela.

Giro instintivamente em direção ao barulho e, pela segunda vez na minha vida, estou de frente para o cano de uma arma.

50

QUATRO MESES ATRÁS (DEZESSETE ANOS)

O investigador James é alto, pelo menos um e noventa e cinco, com cabelo escuro liso e uma camisa xadrez gasta. Ele se senta no sofá vermelho da minha mãe, e a xícara de café parece minúscula em suas mãos grandes.

Minha mãe apoia a mão no meu ombro.

— Sophie, este é o investigador James. Ele quer te fazer algumas perguntas.

Estou pronta para respondê-las. Ele é de confiança. Ele é da polícia. Se eu só disser a verdade, tudo ficará bem. Ele vai encontrar o assassino dela.

Tenho que repetir isso algumas vezes na minha cabeça antes de conseguir me aventurar a entrar mais na sala.

— Oi — digo. — Você quer que eu me sente? — pergunto.

— Olá, Sophie.

Ele se levanta brevemente para apertar minha mão e acena com a cabeça, curto e grosso. Seu rosto é sombrio, como se ele tivesse visto tudo e mais um pouco. Eu me sento na poltrona do meu pai, do outro lado do sofá, dobrando a perna boa embaixo do corpo. Estico a perna ruim, a cinta flexível no joelho não me deixando fazer o movimento completo. Minha mãe paira na porta de braços cruzados, os olhos no investigador. Ouço meu pai se movendo na cozinha, ficando perto para poder escutar.

O investigador James puxa um bloco de notas para fora.

— Sophie, você pode me dizer quem atacou você e Mina?

— Não. Ele estava usando uma máscara.

— Você nunca o tinha visto antes?

Franzo o cenho. Será que ele não me ouviu?

— Não sei. Ele estava usando uma máscara de esqui.

— Mas era um homem?

— Sim. Ele era alto. Tinha mais de um metro e oitenta. É só o que posso dizer sobre ele. Estava usando um casaco grande; não sei se ele era gordo ou magro.

— Ele falou alguma coisa?

— No início, não. Ele... — Sinto meu rosto se enrugando enquanto tento pensar, e isso puxa com firmeza os pontos que fazem uma espiral na minha testa, terminando na linha do cabelo. — Ele disse alguma coisa. Depois de me bater. Logo antes de eu desmaiar, eu ouvi. Ele disse algo para Mina.

— E o que foi? — pergunta o investigador James.

Eu tenho que pensar sobre isso, separar em meio ao tumulto do medo, da dor e do pânico que me atravessara naquele momento.

— Ele disse: "Eu te avisei."

O detetive rabisca algo em seu bloco de notas.

— Alguém estava ameaçando Mina? Ela andava brigando com alguém? Tinha problemas com alguém?

— Eu não sei... Acho que não. Eu...

— Por que não me conta o que vocês estavam fazendo em Booker's Point? — ele interrompe. — Sua mãe diz que você falou que estava indo para a casa de uma amiga, Amber Vernon, mas Booker's Point fica a uns bons cinquenta quilômetros da casa dela.

— A gente ia para a casa da Amber — explico. — Mas Mina precisou fazer um desvio para o Point. Ela ia encontrar alguém para uma reportagem.

— Uma reportagem?

— Ela é estagiária no *Beacon*. — Eu paro, meus lábios apertando forte. — Era — me corrijo. — Ela *era* estagiária lá.

— Ela não te disse com quem ia se encontrar?

O tom cético em sua voz faz com que minha mãe fique arisca, toda com cara de advogada.

— Não. Ela não quis me contar, disse que não queria dar azar. Mas ela estava animada. Era importante para ela.

— Certo — diz o investigador James. Por quase um minuto, ele fica em silêncio, escrevendo em seu bloco de notas. Então olha para cima, e minha boca fica seca com sua expressão de quem está se preparando para o bote. — Booker's Point é bem conhecido como o lugar certo para comprar drogas — diz ele. — Seria compreensível alguém com o seu histórico voltar aos maus hábitos.

— Nós não estávamos lá para comprar drogas — digo. — Pode me testar de novo. Pode buscar um copo agora mesmo para eu fazer xixi. Não me importa o que estão dizendo. Kyle está mentindo. Mina ia se encontrar com alguém para uma reportagem. Pergunta para o supervisor dela, no jornal, no que ela estava trabalhando. Pergunta para o pessoal da redação. Olha o computador dela. É lá que você vai encontrar o assassino.

— E as drogas na sua jaqueta? — pergunta o investigador. — Isso também fazia parte da reportagem de Mina? Ou simplesmente apareceram do nada?

Abro a boca, as lágrimas inundando meus olhos, mas, antes que eu possa dizer alguma coisa, lá está minha mãe, caminhando para o centro da sala.

— Acho que já chega por hoje, investigador — diz ela com firmeza. — Minha filha passou por muita coisa e recusou a medicação para dor. Ela precisa descansar.

Ele abre a boca para protestar, mas minha mãe já o está empurrando para fora com o poder de seu olhar fixo e o clique autoritário de seus calcanhares.

Sou deixada sozinha na sala de estar, meus pais cochichando na cozinha, então vou discretamente lá para cima antes que eles percebam.

Eu me enrolo na cama e, alguns minutos depois, minha mãe entra no quarto. Meu colchão se afunda quando ela se senta ao meu lado.

— Você se saiu bem — diz ela. — Não se incriminou. Mas é só a primeira entrevista. Faremos outras à medida que a investigação prosseguir.

Olho em frente, incapaz de encontrar seus olhos.

— Eu não tive uma recaída — falo. — Sei que você não acredita em mim, mas eu não tive.

— Não importa o que eu penso — diz ela. — Importa o que a polícia pensa. Você pode estar metida em muitos problemas, Sophie. Você precisa estar atenta a isso.

Eu me viro de barriga para cima e finalmente olho para ela.

— O que importa é eles encontrarem o assassino de Mina. Eles não podem fazer isso se acharem que foi uma venda de drogas que deu errado. Porque não foi isso que aconteceu. Não me importo se eles me acusarem de posse, só me importo em encontrar a pessoa que fez isso.

Minha mãe hesita.

— Bem, *eu* me importo com o que acontece com você — diz ela bruscamente. — Estou fazendo tudo o que posso para te manter fora de problemas, Sophie. Você tem dezessete anos;

pode ser julgada como adulta. Chega de se oferecer para fazer testes de drogas, entendeu?

— Eu estou limpa — falo entre os dentes.

— Me promete.

O medo dela entrou no quarto com a gente, grosso e pesado. Sua boca, vermelha como uma mordida de tubarão, treme, e seus dedos se torcem. Minha mãe sempre vai me proteger, mesmo quando eu estiver destruindo sua vida.

— Eu prometo.

É a única maneira, porque eu conheço minha mãe. Ela nunca vai acreditar em mim, mas vai fazer o que for necessário para evitar que isso arruíne minha vida.

É a primeira coisa que faço que não é por Mina.

É por mim, e pela minha mãe, que lutaria até os dedos sangrarem por mim.

Parece uma traição.

51

AGORA (JUNHO)

Está acontecendo de novo.

Todos os dias me perguntei como poderia ter sido diferente: se eu tivesse sido mais rápida, mais corajosa, se ele não tivesse atacado minha perna ruim primeiro, talvez eu tivesse sido capaz de detê-lo.

E agora tem outra arma na minha cara, e eu quero ser corajosa desta vez. Mais do que tudo, quero ser corajosa.

Mas não posso impedir que a perna ruim se dobre sob meu corpo. Caio com força. Meus joelhos gritam em protesto. Sinto sangue na boca; mordi a bochecha. Não consigo olhar para nenhum lugar a não ser o cano da espingarda. Não consigo nem me concentrar o suficiente para discernir a figura desfocada que a segura. Só sei que está acontecendo de novo e não posso fazer nada para detê-lo. Não estou mais bloqueando Trev, e o pânico me faz avançar em direção à arma. Eu não posso ser responsável pela morte dele também.

Alguém está gritando. Algo roça meu ombro, forçando-me a sair daquela noite e voltar à realidade.

Trev passa por mim.

— Que porra é essa?

É Trev. Trev está gritando. Com raiva e alto, de uma maneira chocante, porque ele tem o pavio mais longo do universo. As coisas ao redor começam a ganhar contornos, meu coração bate mais devagar nos ouvidos enquanto meus olhos se focam.

Ele dá mais um passo até estar completamente à minha frente. Quero agarrar suas pernas, puxá-lo para longe.

— Tira isso da cara dela! — grita ele.

— Quem são vocês?

Tento me concentrar na voz, no homem de cabelo branco que segura a arma.

— Eu mandei *abaixar* a arma!

Trev paira sobre o homem, usando sua altura, seus ombros largos e a força que não vai usar até que seja absolutamente necessário. Não há medo em sua voz, que soa clara, uma ordem inconfundível.

É uma loucura.

É uma estupidez. E eu o amo por isso.

O homem, curvado, esquelético, com pele curtida e boca de lâmina, abaixa o cano alguns centímetros.

— Que droga vocês dois estão fazendo aqui?

— Eu sou irmão de Mina Bishop. Queríamos falar sobre uma entrevista que ela fez com vocês há alguns meses.

A suspeita some do rosto do homem, e ele abaixa a arma.

— Desculpe por isso — ele resmunga, secando a testa. — Por aqui, nunca se sabe. — Ele acena em direção à gaiola das plantas. — Os jovens vêm o tempo todo tentar roubar meus remédios.

— Não estamos aqui para roubar sua maconha — diz Trev enquanto se ajoelha no chão ao meu lado. — Soph — chama gentilmente, e percebo em seu rosto como devo estar parecendo mal agora. Ele estende a mão, esperando que eu a pegue.

Minhas pernas tremem quando me levanto, e esfrego as bochechas na manga da blusa.

— Eu não queria te assustar tanto assim, garota — diz Jack Dennings.

— Queria, sim.

Ele sorri, como se eu estivesse fazendo uma piada.

— Sinto muito pela sua irmã — fala ele, acenando com a cabeça para Trev. Trev assente de volta, seus ombros ainda tensos. — O que você queria saber sobre o que falei com Mina?

— Só o que vocês dois conversaram — explica Trev.

— A infância de Jackie. Mostrei para Mina os troféus que ela ganhou. — Jack sorri, e desta vez há tristeza nos cantos de sua boca. — O talento dela era natural. Ganhou uma bolsa de estudos para jogar futebol e tudo. Ia ser a primeira da família a fazer faculdade. — Ele bate com a espingarda na perna, os olhos amolecendo. — Ela foi minha primeira neta... Uma menina tão boa.

— E você contou a alguém que Mina estava entrevistando pessoas próximas a Jackie?

— Não. Hoje em dia não vou muito à cidade. Mas acho que Matt Clarke sabia, porque Mina disse que conseguiu meu telefone com ele.

— Você é próximo de Matt?

Jack Dennings cospe no chão.

— Até parece. O menino não era bom o suficiente para minha neta. Tomou um caminho ruim quando o pai foi embora. Deixou os esportes, começou a brigar, usar droga demais. Eu não queria isso para ela e falei, mas ela era cabeça-dura, minha Jackie.

— Você achou que ele era responsável pelo desaparecimento de Jack? — pergunta Trev.

Jack estreita os olhos.

— Você fala que nem sua irmã — diz ele.

— Mina achava que Matt era culpado?

— Não sei, não perguntei.

— *Você* acha que foi ele? — questiono.

— Vou dizer o seguinte — começa Jack. — É preciso ter certeza, e eu não tenho. Então, Matt pode seguir vivendo a vida dele.

— E o que acontece quando você *tiver* certeza? — não consigo evitar a pergunta.

Jack Dennings abre um sorriso largo. Tem um buraco no sorriso onde faltam alguns molares.

— Quando esse dia chegar, aquele garoto já vai ser comida de urso na floresta antes mesmo de a mãe dar falta dele.

Estremeço, nervosa demais para segurar, porque vejo o quanto ele está falando sério.

— Tá bom, obrigado — diz Trev. — A gente já vai.

— E vê se não volta, tá? — ordena Jack. — Não vá ter nenhuma ideia.

— Suas plantas estão seguras, senhor — responde Trev, com ironia.

Ele senta no banco do motorista sem pedir, e eu lhe entrego as chaves, respirando fundo quando estamos em movimento, dirigindo pela rodovia. Trev desliga o rádio e me observa de canto de olho, uma das mãos no volante, a outra apoiada para fora da janela.

Um quilômetro. Dois.

Estou me afogando no silêncio.

Não falamos durante os quarenta minutos inteiros que leva para voltar para minha casa. E, quando ele encosta na calçada e eu saio, ele vem atrás. Trev me segue pela entrada, pelo portão dos fundos, ao longo dos canteiros elevados que ele construiu para mim, até a casa da árvore que ele consertou inúmeras vezes.

Eu me encolho no canto, e ele se senta ao meu lado. O silêncio machuca como uma chuva de granizo. Penso na última vez em que estive aqui em cima com ele, em como não me arrependo, embora provavelmente devesse.

Ainda há as cortinas de guingão, costuradas grosseiramente, penduradas em uma das janelas. Elas esvoaçam suavemente na brisa do meio da tarde, as rendas amareladas e puídas nas pontas.

— Você lembra quando a gente se conheceu? — pergunto.

Ele levanta os olhos, assustado. Esfrega os polegares sobre os joelhos dobrados, endireitando uma perna devagar. A bainha de seu jeans roça minha panturrilha.

— Lembro — diz ele. — Mina estava falando de você fazia semanas. Lembro que fiquei feliz por ela ter feito uma amiga, por estar falando e rindo e não chorando. Você era tão quieta no começo, ficava tão paralisada, quase o oposto de Mina. — Ele ri. — Mas você estava sempre de olho nela. Eu sabia que podia contar com você, que ajudaria ela. Olhando para trás, eu me sinto um idiota por não perceber que vocês duas... — Ele solta um sopro de fôlego, não exatamente uma risada nem um suspiro. — É estranho pensar que ela e eu gostávamos do mesmo tipo de garota. É por isso que ela nunca me contou? — Trev entrelaça as mãos.

— Por sua causa?

Ambos sabemos a resposta, mas eu não posso confirmar.

— Eu queria te contar sobre mim — digo em vez disso. — Mas não podia, não sem contar a respeito dela. Eu estava envolvida por ela, Trev. Nunca aprendi a amar mais ninguém porque ela estava lá e nós éramos *nós*. Éramos sempre só nós, e eu não conseguia quebrar isso sem me quebrar. Sem quebrar ela.

— Ela queria se esconder — fala ele. — E você aceitou, como sempre.

— Ela estava assustada — respondo, como se eu precisasse defendê-la.

Mas sei que não preciso, não para ele. Ele também está falando a verdade. Mina liderava, eu a seguia. Ela se escondia, eu era seu abrigo. Ela tinha segredos, e eu os guardava. Mina mentia e eu também. Às vezes, éramos cruéis uma com a outra. Desta vez, não é uma ideia romantizada sobre ela; é quem ela era, em toda a sua verdade enlouquecedora e dolorosa.

— E você? — pergunta Trev abruptamente. — *Você* tinha medo?

— Amar Mina nunca me deu medo. Nunca foi errado. Era onde eu me encaixava. Mas eu não fui criada como vocês dois, e ela achava que eu tinha escolha. Porque eu não gostava só de garotas. Porque eu tinha... — Não consigo terminar a frase.

Mas ele faz isso por mim.

— Porque você tinha a mim.

Assinto, a única coisa que consigo fazer.

E ele tem razão — eu tinha. Trev passou todo esse tempo esperando por mim. Entre namorados, separações, brigas e mais de dois anos de vício que eu consegui esconder até me consumir, ele esteve lá, esperando. Eu sei exatamente o que esse tipo de amor requer.

Porque eu também tinha esperado.

Mas não por ele.

Passo os braços em torno de seus ombros, encosto a testa na sua têmpora.

As mãos dele encostam na minha nuca; nossas testas se juntam deslizando, um nariz roçando no outro. Sei que ele não vai me beijar, sei que nunca mais vai dar o primeiro passo. Isso depende de mim e só de mim.

Sei que não posso beijá-lo, sei que tenho que traçar o limite aqui e agora, porque nunca poderei amá-lo como a amei, e ele merece isso. Merece mais do que eu e a imitação vazia de um sentimento que é tudo que posso oferecer.

Por isso, engulo de volta as lágrimas e as palavras na minha garganta, aquelas que não posso dizer, que gostaria de poder.

Se não tivesse sido ela, teria sido você.

52

DEZ MESES ATRÁS (DEZESSEIS ANOS)

Não consigo parar de chorar ao entrar pela porta dos fundos da casa dos Bishop.

— Mina? Mina, você está aqui?

Quando ela não responde, abro a porta do quarto dela sem bater. Ela está sentada de pernas cruzadas na cama de dossel.

Ela não me pergunta o que aconteceu.

Estava me esperando.

Olhamos uma para a outra, em silêncio, e de repente entendo por que ela parece tão culpada. Por que ela tem que se forçar a me olhar nos olhos.

Ela *sabe*.

Foi ela quem disse aos meus pais onde encontrar as drogas. E a receita em três vias que eu havia roubado do consultório do meu pai.

A traição me assola. Quero dar um soco nela. Agarrar um punhado do cabelo dela e puxar até arrancar com a minha mão. Castigá-la do jeito que ela tem me castigado o tempo todo. Esta é a nova solução dela, me mandar embora para eu não ser mais uma tentação?

— Eu tive que contar para eles, Sophie — diz ela.

— Não.
— Eu tive que contar. — Ela se levanta da cama quando começo a me afastar dela andando de costas. — Você não me escuta. Você não fala comigo. Você precisa de ajuda.
— Não acredito que você fez isso! — Estou quase saindo do quarto dela, horrorizada.
— Eu tive que fazer!
Ela me persegue e me puxa de volta para o quarto, batendo a porta atrás de mim, nos trancando lá dentro.
Meu equilíbrio, sempre precário, é abalado, e eu tropeço, esbarrando nela.
— Você me disse que ia parar com aqueles comprimidos — sibila Mina, todos os indícios de desculpa ou de culpa agora apagados.
Seus dedos apertam meu braço, e eu torço o pulso dela onde estou segurando, porque é nisto que somos boas: em machucar uma à outra.
— Eu menti — respondo devagar bem na cara dela.
Ela fica pálida e me solta tão rápido que cambaleio.
— Como você pôde fazer isso? — ela exige. — Roubar do seu pai? Você não é assim. Você poderia ter se matado tomando tanto remédio.
— Talvez fosse isso que eu queria.
Mina solta um grunhido inarticulado e feroz. Então, ela me empurra.
Ela põe todo o peso do corpo, me empurra como se fosse uma pessoa estável. Não há mais toques cuidadosos, não há mais braços enlaçados nos meus. Agora é a hora de me fazer cair, me desestabilizar, me arruinar de vez.
Eu tombo, mas a puxo comigo, estendendo a mão no último segundo, e a arrasto para o carpete. Minhas mãos estão no cabelo dela, e eu puxo. Ela enfia as unhas no meu ombro.

— Não se atreva a dizer isso. — Ela arfa. — Retira.
— Não.

Resisto embaixo dela; ela está quase jogada em cima de mim. A sensação me impede de respirar. Suas mãos pressionam meus ombros, prendendo-me ao chão. Minhas costas doem, minha perna está torcida em um ângulo ruim, mas seus olhos ardem nos meus. Ela não vai desviar o olhar agora. E eu não posso, porque nunca a vi assim antes, como se isto fosse a coisa mais perigosa que ela já fez. Mina se inclina para baixo, chega tão perto que consigo sentir a respiração dela contra a minha pele. O cabelo dela cai sobre meus ombros, roçando meu pescoço.

— Retira agora — diz ela novamente.

Molho os lábios com a língua e faço que não com a cabeça. Minha ousadia final.

Mina cede, e o espaço entre nós finalmente se acaba.

Ela me beija, e mesmo hoje me surpreende que tenha sido ela e não eu a entregar os pontos.

— Retira — ela sussurra em minha boca, e minha respiração vacila, meu corpo todo vacila, se levanta para encontrar o dela quando as palmas de suas mãos escorregam debaixo da minha blusa, tocando a pele frágil ao redor do meu umbigo.

Desço as mãos pelas laterais do rosto dela, beijo-a com força, língua e dentes. Nunca foi suave ou doce; sempre fomos além disso, afiadas pelo tempo e pela vontade, nossa guerra secreta finalmente vencida.

Começo a pedir *por favor*, mas o que quero mesmo é dizer o nome dela, pressioná-lo contra seus lábios, falá-lo sem som ao longo de sua clavícula, então faço isso, murmurando-o como um mantra, como um agradecimento, como uma bênção.

A mão dela sobe mais para dentro da minha blusa. Ela roça os nós dos dedos embaixo do meu sutiã, e eu deixo meu corpo arquear para o dela.

Levamos uma eternidade nos beijando, minuto a minuto, peça de roupa a peça de roupa, pedaço a pedaço, até que finalmente seus dedos escorregam para dentro da minha calcinha e eu gemo contra o pescoço dela, me mexo embaixo da mão dela enquanto a sensação me faz estremecer, enquanto seus dedos giram e buscam e eu não consigo respirar, não consigo respirar de jeito nenhum enquanto fico tensa e tremendo e pulsando ao redor dela.

Depois, quando é a vez dela, quando ela tremula embaixo de mim, pele macia, escorregadia e mãos quentes, seus seios pressionados contra os meus, minha boca arrastando-se para baixo, para baixo, para baixo, sal e seda, e ela sussurrando meu nome, fico maravilhada.

Quero me lembrar de tudo porque é a primeira vez.

Depois, vou me lembrar de tudo porque é a única vez.

53

AGORA (JUNHO)

No momento em que Trev sai, eu me sinto exausta. Saio para meu jardim, mas acabo deitada na grama entre os dois canteiros, seguindo o caminho do sol enquanto ele desaparece por trás das Trinity.

Estou quase cochilando quando alguém bate no portão dos fundos. Meus olhos se abrem e luto para me apoiar nos cotovelos enquanto Rachel chama:

— Sophie, você está aqui?

— Oi, estou indo.

Fico de pé devagar, minhas costas doem por eu ter ficado deitada no chão por tanto tempo.

Quando finalmente consigo destrancar e abrir o portão, encontro Rachel agarrando um saco plástico junto ao peito. Há manchas de poeira na testa e nos braços dela e um arranhão na perna. Ela avança rápido, acenando o saco.

— Eu encontrei — diz. — Demorou uma eternidade. Kyle me largou para ir trabalhar por volta das duas, mas eu continuei. Mina tinha escondido em uma caixa grande cheia de Barbies debaixo de uma montanha de lixo. Quase fui enterrada por uma avalanche de bugigangas de Natal.

— Ela escondeu em uma caixa de Barbies?

— Na verdade, ela escondeu no carro da Barbie, no porta-malas. Mina era traiçoeira. Eu quase não olhei lá.

Minhas mãos tremem enquanto pego o saco de plástico transparente. Lá dentro, há dois pedaços de papel sulfite dobrados, então, não consigo discernir o texto.

— Você leu? — pergunto. — Tocou neles? E as impressões digitais?

— Já pensei em tudo. — Rachel vasculha sua mala e tira um par de luvas de lavar louça cor-de-rosa com margaridas no punho. — Usei isto. Duvido que tenha impressões digitais de alguém além de Mina, mas é bom ter cuidado.

São necessárias algumas tentativas para calçar as luvas em minhas mãos trêmulas.

— Você mostrou para o Trev?

— Ele ainda não tinha voltado quando eu encontrei. Trouxe direto para cá.

— Sério? Ele já foi embora há, tipo, uma hora.

Rachel dá de ombros.

— Ele não estava lá. Talvez tenha chegado em casa logo depois de eu sair.

— Provavelmente — digo enquanto abro o saco e pego o primeiro bilhete, dobrado em quartos. Eu abro quadrado por quadrado até a tinta preta aparecer, suas palavras de advertência:

SE CONTINUAR BISBILHOTANDO,
VOCÊ TAMBÉM VAI SUMIR.

Leio as palavras repetidamente e pressiono o polegar com força no papel — tão forte que ele se amarrota.

Quero rasgar o papel.

Quero rasgar *ele*.

Respiro fundo, inspirando e expirando, inspirando e expirando, antes de passar ao segundo bilhete. Desdobro-o e abro ao lado do primeiro:

> ÚLTIMO AVISO. SE VOCÊ NÃO QUER QUE NINGUÉM SE MACHUQUE, VAI PARAR.

Franzo o cenho ao ver quatro endereços digitados abaixo da ameaça do assassino: o apartamento de Trev, em Chico, a casa dos Bishop, em Sacramento, a casa de Kyle, na Girvan Street — e meu endereço, o único que está circulado de vermelho várias vezes.

O papel se amassa na minha mão; sinto como se não conseguisse abrir o punho. Meus dedos estão suando em sua prisão de borracha rosa, e meu coração bate rápido. Eu me viro para olhar por cima do ombro. Meu pai está na cozinha, lavando a louça; consigo ver o topo da cabeça dele através da janelinha acima da pia. Não posso deixar de pensar por um segundo nele e em minha mãe tendo que abrir a porta para a polícia pela terceira vez.

Pela última vez.

Eu não quero isso para eles. Eu os fiz passar por um inferno igual àquele em que eles me colocaram. Provavelmente pior. Mas isso não pode importar agora. Eu não posso deixar que importe. O que importa é encontrar o assassino de Mina.

— Ei, que tal relaxar aí? — pergunta Rachel. Ela dá uma olhada no bilhete amassado na minha mão até eu afrouxar os dedos. — Isso é evidência! Enfim, tem mais uma coisa.

Rachel faz um gesto para o saco. Enfio a mão lá dentro e puxo um cartão de visita.

MARGARET CHASE
CLÍNICA DE SAÚDE DA MULHER
(531) 555-3421

— Ah, você só pode estar de sacanagem — digo. — Você ligou?

— Estava esperando você — fala Rachel. — Mas, olha, não precisa ser neurocirurgião para fazer a suposição lógica aqui. Você sabe por que as meninas vão à Clínica de Saúde da Mulher por aqui.

Digito o número no meu celular. Minha mente está acelerada enquanto toca e toca. Finalmente, cai na caixa postal.

— Você ligou para Margaret Chase, coordenadora de adoção da Clínica de Saúde da Mulher. Estou de férias e estarei de volta à minha mesa no dia 8 de julho. Se você deixar seu nome e número, entro em contato quando voltar. Obrigada e tenha um ótimo dia.

Desligo, olhando fixamente para o telefone, minha suspeita confirmada.

— Eu estava certa, não é? — pergunta Rachel. — Jackie estava grávida.

— Margaret Chase é conselheira de adoção — respondo. — E, na entrevista com Matt, Mina perguntou sobre a vida sexual dele e de Jackie. Ele ficou todo ofendido.

— Certo... — Rachel diz, sentando-se na beira de um dos canteiros elevados e gesticulando para eu me juntar a ela. Pego o canteiro em frente a ela e me sento no chão, de costas contra a madeira, para me apoiar em vez de tentar me equilibrar.

— Vamos pensar. Digamos que Jackie engravidou...

— E ela quer dar o bebê para adoção — continuo, olhando para o cartão de Margaret Chase. — Ela está na faculdade. Não pode jogar futebol com um bebê. Então, ela conta para Matt... E aí?

— Algumas possibilidades — começa Rachel. — Matt talvez quisesse que ela fizesse um aborto. Ela se recusa, então ele mata ela. Se bem que isso parece um pouco extremo, principalmente se ela ia abrir mão do bebê. Mas um cara de dezessete anos com um problema cada vez pior com drogas provavelmente não quer um bebê por perto. E provavelmente também não está tomando as decisões mais racionais.

— Mas e se ele quisesse o bebê? — Olho para os dois bilhetes que estão no saco à minha frente. Para a forma como as pessoas mais importantes da vida de Mina estão lá, em preto e branco, uma ameaça direto no coração dela. O único tipo de coisa que a teria feito recuar de verdade. — Família é importante. E o pai de Matt abandonou os dois. Talvez ele tenha surtado com a ideia de dar o bebê para estranhos. Matar Jackie pode não ter sido planejado. Pode ter sido um acidente. Eles podem ter brigado por causa do bebê e as coisas saíram do controle. Ele empurrou e ela bateu com a cabeça ou algo do tipo.

— Ele é um cara raivoso? Como ele estava quando você falou com ele hoje? — pergunta Rachel.

— Ele parecia... cansado — digo. — Triste. Falou que acredita que Jackie ainda está viva.

Rachel levanta uma sobrancelha.

— Gostaria de ter sabido tudo isso antes de falar com ele.

Olho para o meu celular. São quase seis e meia. Penso em Matt em seu apartamento, hoje de manhã, agarrado à ficha de seis meses como uma boia salva-vidas. David tinha me dado uma relação de reuniões dos Narcóticos Anônimos, e eu relutantemente coloquei na agenda do celular. Abro o calendário. A reunião de quarta-feira é na igreja metodista e vai terminar já, já. Aposto qualquer coisa que ele está lá neste momento. Mesmo que tenha voltado a usar, ele pode ir apenas para manter as aparências.

— Ei — digo a Rachel. — Quer dar um passeio de carro?

As pessoas estão saindo da reunião quando Rachel e eu entramos no estacionamento da igreja. Elas descem os degraus, parando ao pé da escada para conversar mais, algumas puxando um cigarro enquanto batem papo.

— Fica por perto, tá? — peço a ela. — Se a coisa ficar feia, vou precisar de reforços.

— Fica em algum lugar em que eu consiga te ver — diz Rachel.

— Combinado. Volto já.

— Lembra: seja *sutil*! — ela diz atrás de mim.

Um homem alto está de costas para mim falando com Matt enquanto me aproximo. Quando chego aos degraus, percebo que é o tio dele. Lembro-me do que Adam havia dito sobre a família ter que se certificar de que Matt fosse às reuniões. Não consigo imaginar me abrir assim, deixando a família ouvir.

— Sophie. — O técnico sorri para mim. — Seu pai está muito feliz por você ter voltado. Como está se sentindo?

— Oi, Professor; oi, Matt. — Olho para a igreja. — Estou indo bem. Mas me sentindo meio idiota agora. Devo ter lido errado a hora da reunião. Pensei que fosse às sete.

— Não, começa às seis — diz Matt.

O telefone celular do Professor toca.

— Preciso atender — anuncia ele, apertando o ombro de Matt.

— Bom trabalho hoje — diz ele baixinho. — Sophie, foi ótimo te ver. Avisa pro seu pai que eu falo com ele sobre o jogo na próxima quinta-feira.

— Aviso sim — prometo enquanto ele se afasta em direção ao estacionamento para atender sua ligação.

Matt sorri para mim.

— Que pena que você perdeu a reunião, mas tem outra amanhã no Elks Lodge.

Se eu fosse Mina, sorriria de volta e enrolaria o cabelo. Faria perguntas inócuas, para ele se sentir confortável, o traria para minha rede.

Mas minhas bordas são afiadas demais. Quero acabar logo com isso.

— Na verdade, não estou aqui para a reunião. Estou aqui para te perguntar se você engravidou a Jackie.

O sorriso de Matt desaparece, junto com a maior parte da cor do rosto dele.

— De que porra você está falando?

— Olha, eu poderia ser toda simpática que nem antes, pisar em ovos com as perguntas, mas você é um viciado. Mentir é o que você faz. Então... Jackie. Ela estava grávida?

Olho fixamente para o rosto dele, tentando ler sua reação, porque sei que suas palavras não vão me dizer a verdade. Mas só há fúria pulsando ali. Ele olha por cima do ombro, para onde seu tio está parado, exatamente em um ponto em que não consegue nos ouvir.

— Você precisa ir embora agora. — Ele se aproxima de mim ao dizer isso, e ouço uma buzina de carro soando no estacionamento: Rachel me avisando que está de olho em mim.

— O investigador James estava certo? — questiono, sem tirar os olhos dele. Ele se recusa a me olhar, e seus ombros tremem debaixo da camisa polo folgada que ele está usando. — Foi você que fez isso? Você levou ela? Matou? Foi por causa do bebê, foi?

— Você ultrapassou muito os limites — diz ele. — Vai embora.

— Se eu não for, você vai fazer o quê? — pergunto. — Me bater na cabeça com um pedaço de ferro de novo? Acabar comigo desta vez?

Ele se afasta apressadamente de mim, qualquer sinal de luta de repente desaparecendo.

— Você é uma louca do caralho — diz. — E precisa me deixar em paz.

Ele desce os degraus em direção ao Professor Rob, e fico olhando-o se afastar, a linha de seus ombros, tentando, *tentando* reconhecer algo daquela noite — alguma coisa, qualquer coisa na forma como ele anda ou fala. Rachel vem correndo até mim, ofegante.

— Você está bem? O que aconteceu? — pergunta ela.

Eu fico olhando as costas de Matt até ele dobrar a esquina.

— Eu não fui nada sutil.

54

UM ANO ATRÁS (DEZESSEIS ANOS)

— Por que você está tão atrasada? — Mina quer saber assim que saio do carro.

Ela está empoleirada na traseira da caminhonete de Trev, em cima de uma colcha xadrez que abriu cuidadosamente por cima da tinta descascando. Suas pernas balançam na beirada do bagageiro, um chinelo de margaridas pendurado no pé. À nossa frente, o lago se estende por quilômetros, água azul refletindo o céu e as montanhas. O sol está começando a esmaecer e temos pelo menos meia hora antes de os fogos de artifício começarem.

Pego a sacola plástica que guardei no banco de trás do carro.

— Trânsito de quatro de julho — digo. — Trev está por aqui?

— Não, peguei a caminhonete emprestada — responde Mina.

— O que tem na sacola? — Ela tenta alcançar e dou um passo para trás para ela não conseguir. Ela faz um biquinho, os lábios vermelho-morango se esticando. — Que maldade.

Só sorrio e coloco a sacola fora do alcance dela antes de me impulsionar para subir ao seu lado.

Mina afunda, deitando-se de costas na caçamba da caminhonete, e sigo o exemplo. Passamos uma garrafa de sidra Boone's Farm de uma para outra, a doçura da maçã se agarrando ao fundo da minha garganta enquanto Mina traça nuvens com os dedos, os anéis reluzindo ao sol poente. Ela me descreve formas, cada uma mais fantástica do que a outra.

— Soph, você às vezes pensa no que vai acontecer quando formos embora? — pergunta ela.

Inclino a cabeça para a direita para poder olhá-la. Meu cabelo e o dela, loiro e castanho, estão entrelaçados na colcha, e Mina toma o cuidado de não me olhar nos olhos.

— Tipo para a faculdade e tal?

Mina faz que sim, ainda olhando o céu que escurece. Os grilos estão começando a cantar, e seus estrídulos ecoam pela água, se misturando com o coaxar dos sapos e com risadas distantes vindas de uma casa flutuante para lá do porto.

— Vai ser estranho, né? — pergunta Mina. — A gente não se ver mais? — Quando não respondo, ela se vira para me olhar, rolando para ficar de lado, o rosto a centímetros do meu. — Não vai?

— Não gosto de pensar nisso — respondo.

Mina morde o lábio; estou tão perto que consigo sentir o cheiro do gloss de morango.

— Às vezes é a única coisa em que eu consigo pensar — admite ela, tão baixo que quase não escuto.

Ela suspira e estende a mão, prendendo uma mecha de cabelo atrás da minha orelha. A mão dela se demora por um momento na minha pele, acomodando-se na curvinha sob a mandíbula onde meu pulso bate.

Um *pop-pop-pop* no ar quebra o encanto. Faíscas iluminam o céu noturno numa cascata deslumbrante vermelha, branca e azul. O reflexo dos fogos na água se estende até parecer que estamos cercadas de luz.

— Está começando! — Mina se senta e pula da caminhonete, batendo palmas como uma criancinha, e sorrio enquanto ela assiste ao show, tão hipnotizada pelo espetáculo quanto eu por ela.

Depois da última explosão dos fogos de artifício, a noite se acomodando em traços de fumaça e cinzas, Mina fica lá, parada, com os olhos fixos no céu, esperando, como se fosse estourar mais um só para ela.

Enquanto sua atenção está no céu, estendo o braço e puxo a sacola plástica que escondi antes. Quando ela se vira, estou sentada na beirada do bagageiro, com uma vela estrelinha acesa na mão, oferecendo a ela.

Ela abre um sorriso enorme, e sorrio de volta.

Em vez de pegar, ela põe as duas mãos em cima das minhas e ficamos lá, eu sentada na caminhonete e ela parada na minha frente, a vela explodindo em faíscas entre nós, estourando e sibilando no ar. Sombras brincam no rosto dela, a luz iluminando-a de forma intermitente, e nunca tive tanta certeza, e ela nunca esteve tão linda.

Bem depois de a vela se apagar, as mãos sujas de cinza de Mina seguram as minhas entre as palmas.

— Não sei o que eu faria sem você — sussurra ela.

Engancho meu polegar no dela, e nossos anéis iguais clicam um contra o outro, a promessa tácita de para sempre... um dia.

55

AGORA (JUNHO)

Quando chego em casa, folheio as anotações de Mina, tentando encontrar qualquer menção da possível gravidez de Jackie. Mas ou ela não teve tempo de escrever ou não tinha terminado de descobrir essa parte, porque não tem nada na linha do tempo nem nas anotações que sugira que ela suspeitava.

Fecho meu notebook depois de procurar em todos os arquivos. Tenho quase certeza de que uma gravidez não planejada foi o motivo do desaparecimento de Jackie. Queria que fosse julho para Margaret Chase ter voltado de férias. Não tenho muita esperança de que ela vá confirmar minhas suspeitas — existem leis contra compartilhar esse tipo de coisa —, mas, talvez, se eu for à clínica conversar com ela, eu consiga saber pela reação. Só para ter certeza.

— Sophie? — Minha mãe bate na porta antes de abrir.

Dou um solavanco de surpresa e o caderno em meu colo cai no chão.

— Oi?

— Só queria dar uma olhada em você. Fiz o jantar, se quiser.

— Obrigada, mas eu já comi.

— Com Trev? — pergunta ela.

— Não, eu fui ao Angry Burger com Rachel.

— Seu pai falou que Trev passou aqui mais cedo.

— Ele me deixou aqui em casa depois de a gente dar uma volta — explico, e ela aperta os lábios.

— Entendi. Bem, boa noite, então.

— Boa noite.

Quando a porta se fecha atrás dela, abro de novo o caderno em meu colo. O saco plástico com os bilhetes de advertência está pressionado entre as páginas.

Estou arranhando a beirada de alguma coisa... Alguma coisa que vai esclarecer tudo isso. Está zumbindo sob minha pele, me fazendo querer marchar, continuar me movendo, indo em frente, para cima, independentemente de qualquer coisa.

Era assim que ela se sentia? Essa busca sedutora por respostas que a deixou quase viciada e imprudente?

Quase consigo entender. É só mais um tipo de onda.

Aperto os bilhetes, seguros dentro do plástico. O que o investigador James faria se eu levasse isso agora para ele? Será que acharia que fui eu que os escrevi? Será que ia rir da minha cara?

Preciso perguntar ao Trev o que vamos fazer amanhã. Depois de falarmos com Amy Dennings. Talvez as ameaças, junto com as anotações de Mina sobre o caso, sejam suficientes. O investigador James terá que escutar Trev. Ele vai ter que prestar atenção a novas evidências, mesmo que estrague sua teoria sobre tráfico de drogas. E ele tinha trabalhado no caso de Jackie — talvez pudesse fazer conexões que nenhum de nós enxerga.

Fecho o caderno e guardo com cuidado na gaveta da escrivaninha antes de apagar a luz.

Durmo, mas só sonho com estar perseguindo Mina, ela rindo e eu nunca conseguindo chegar perto o suficiente.

* * *

No dia seguinte, vou até o campo de futebol às quinze para as seis e me sento no capô do carro, esperando Trev. Ele aparece cinco minutos depois e atravessamos o amplo gramado verde com o sol de verão batendo em nossos ombros. As garotas ainda estão em campo, alguns dos pais assistindo na lateral enquanto o Professor anda de um lado para o outro, gritando para encorajá-las ou corrigi-las.

— Você sabe como ela é? — pergunta Trev. — Tem cabelo escuro, acho.

Protejo os olhos do sol com a mão, procurando por morenas no mar de cabeças. Ficamos de lado até o treino terminar e as garotas dispersarem. Uma menina de cabelo bem curto se aproxima de nós correndo para pegar a bolsa, então sorrio e pergunto:

— Oi, estou procurando a Amy. Ela está aqui?

— Está, ali com a Casey.

A garota aponta para duas meninas juntas. A morena está rindo, e a outra, uma ruiva baixinha, esguicha água de uma garrafa enquanto Amy dá um gritinho e desvia com um passo para trás.

— Valeu.

— Ei, você é filha do Professor Bill, não é? — pergunta a menina. — Você jogava.

— Jogava, sim — confirmo.

— Seu pai é legal. Bem mais tranquilo que o Professor Rob.

Não consigo deixar de sorrir.

— Vou dizer para ele que você falou isso — digo a ela. — Obrigada de novo.

Quando Trev e eu atravessamos o gramado, a ruiva saiu andando e deixou Amy sozinha colocando o equipamento na bolsa.

— Amy? — chamo.

Ela se vira, o rabo de cavalo castanho comprido balançando por cima do ombro. Vejo a semelhança com Jackie: o nariz empinado, a expressão doce nos olhos azuis.

— Oi?
— Eu sou a Sophie — me apresento. — Este é o Trev. A gente pode conversar com você um minutinho?
— Sobre o quê? — Ela lança um olhar de soslaio para Trev, que dura um pouco demais. — Eu te conheço? — pergunta a ele.
— Eu era amigo da sua irmã — responde Trev. — Acho que nos vimos uma ou duas vezes quando você era pequena.
— Ah. — Ela cruza os braços, nos olhando de cima a baixo. — É sobre Jackie? Porque eu não falo dela. Principalmente com estranhos.
— Você falou dela com a minha irmã — diz Trev. — Mina Bishop?
Ela arregala os olhos.
— Você é irmão da Mina?
Ele faz que sim.
— Olha, sinto muito pelo que aconteceu com ela — fala Amy.
— Obrigado — responde Trev, e há algo mecânico.
De repente, me pergunto quantas vezes ele ouviu isso. Pêsames e silêncios desconfortáveis agora devem ser a realidade dele. Fico pensando se ele está tão desesperado quanto eu para ir embora desta cidade, mesmo sabendo que nunca vai abandonar a mãe. Não agora.
— Mas independentemente de qual for o assunto... — Ela olha por cima do ombro. — Minha mãe está bem ali. Eu tenho mesmo que ir.
— Mina te entrevistou, não foi? — pergunto. — Sobre o desaparecimento da sua irmã? Ela estava escrevendo uma reportagem.
— Não — diz Amy, mas ela mente mal. Suas bochechas ficam vermelhas antes mesmo de a mentira deixar os lábios.
— Amy, eu estou com as anotações de Mina — falo. — Ela pode não ter gravado a entrevista, mas tenho o primeiro minuto. Sei que vocês conversaram.

Amy levanta o queixo, com uma expressão teimosa.

— Não conversamos. Eu percebi que era um erro, então, fui embora depois de pedir para ela desligar o gravador. — Ela espia de novo por cima do ombro, olhando para os carros que estão entrando no estacionamento enquanto suas companheiras de time guardam o equipamento e se juntam aos pais. — Preciso ir.

— Desculpa por te incomodar — diz Trev e sorri para ela com gentileza, aquele seu sorriso reconfortante e seguro. E, como quase todas as outras garotas do mundo, ela reage bem.

— Não tem problema — fala Amy. — Mas tenho que ir.

— Eu sei — diz Trev. — Só preciso te perguntar mais uma coisa, depois não vou mais te incomodar. Você contou para alguém que Mina estava fazendo entrevistas sobre Jackie?

— Não — responde Amy. — Não contei para ninguém. Que importância tem isso? Era só uma reportagem idiota.

— Só estou tentando entender algumas coisas — explica Trev.

— Bom, não posso te ajudar com isso. — Amy pendura a mochila em um ombro só. — Tchau.

Ela se afasta de nós com passos longos e galopantes.

Está escondendo alguma coisa.

— Me dá um minuto — peço a Trev. Aí, vou atrás dela. — Amy! — chamo. — Espera um segundo.

— Sério, isso é, tipo, assédio — diz ela, se virando. — O que você quer?

— Jackie estava grávida?

Estou parada bem na frente dela, mas podia estar a um quilômetro de distância e enxergar a verdade. Amy prende o fôlego, depressa e com força, o que faz seu peito se levantar.

— Não sei do que você está falando — responde ela, depois de conseguir desacelerar um pouco a respiração.

— Até parece. Ela estava grávida, não é? E você sabia.

Amy olha por cima do ombro como se tivesse medo de que o grupo de garotas a dez metros de distância nos ouça. Aí, agarra meu braço e aperta com força suficiente para deixar roxo.

— Cala a boca.

— Você sabia esse tempo todo? — pergunto, sacudindo o braço para me soltar da mão dela. — Você escondeu isso da polícia? Por que faria uma coisa dessas?

Amy fica vermelha de novo. A cor desce das bochechas para o pescoço e sobe até as orelhas.

— Sério, cala a boca. Você quer que alguém te escute?

Mas sou implacável. Preciso ser.

— Como você descobriu que ela estava grávida? Jackie te contou?

— Vou começar a gritar a qualquer segundo — ameaça Amy.

— Minha mãe está bem ali me esperando. — Ela aponta o grupo de adultos conversando com o Professor e algumas das garotas no estacionamento.

— Não vai, não. Se sua mãe vier até aqui, vai ouvir o que estou falando, e tenho quase certeza de que você não quer isso. Porque tenho quase certeza de que ela não sabe, né? Responde a minha pergunta: como você sabia que sua irmã estava grávida?

— Meu Deus, achei que Mina fosse ruim — fala Amy, cuspindo as palavras. Ela chega mais perto e abaixa a voz. — Qual é a de vocês? Não dá para deixar a gente em paz? Você acha que eu gosto disso? Eu tinha onze anos quando Jackie desapareceu. Mal sabia o que era um teste de gravidez ou como era um. Quando encontrei, não achei que fosse importante. Quando entendi o que significava, Jackie já tinha desaparecido havia dois anos. Meus pais... Eles não precisam ficar pensando no neto que perderam também, tá? Eles já têm perguntas sem resposta suficientes.

— Você contou para a Mina que Jackie estava grávida?

— Por que isso é...? — Amy para. Ela endurece a boca; quando endireita os ombros, vejo determinação nela. — Olha, Mina era legal, tá? Eu me recusei por muito tempo a falar com ela, fui insuportável, e mesmo assim ela era legal comigo. Ela me venceu pelo cansaço. — Amy enfia a ponta da chuteira na grama, evitando meu olhar. — Ela me prometeu que não ia contar para ninguém. Que isso era em off.

— Mina guardou o seu segredo. Ela era boa nisso.

— Você vai guardar? — pergunta ela, o tremor em sua voz quase sob controle.

— Não — digo, porque não vou mentir para ela.

Ela me olha com raiva.

— Por que não? — exige.

— Porque quem quer que tenha levado Jackie matou Mina — respondo. — Ela não estava só fazendo uma reportagem, Amy. Estava tentando entender quem pegou sua irmã, tentando resolver o caso, e morreu por causa disso. Na minha frente. Então, não posso ficar quieta, tá? Porque isso... não é uma coisinha pequena. É um *motivo*.

Amy fica boquiaberta.

— Quer dizer... Você acha... Matt. Você acha que foi Matt que sumiu com ela. Que ele matou Jackie por causa de um bebê?

— Ainda não tenho certeza — falo. — Mas é uma possibilidade.

— E você vai... O quê? Pegar ele? Como caralhos você vai fazer isso? Se o que você está dizendo for verdade, a polícia não encontrou prova suficiente para prender o cara por causa da minha irmã. Ele já matou alguém na sua frente, e a polícia também não pegou ele. O que você pode fazer que eles não conseguiram?

— Pelo menos estou na direção certa — digo. — O investigador James ferrou com o caso do homicídio de Mina. Ele também era responsável pelo caso de Jackie. Vai saber o que ele deixou passar na época? Ninguém está procurando nos lugares certos. Eu posso tentar, pelo menos.

— Se for Matt... — Ela para, como se não conseguisse nem falar. Como se torcer por respostas fosse demais. — Se for Matt — ela repete, agora com mais força —, você acha que ele contaria? Acha que conseguiriam obrigar ele a contar onde colocou ela? Para a gente poder fazer o enterro?

A voz dela falha na última palavra, e percebo que ela não tem nem um pouco da esperança que Matt alegou ter. Que existe algo pior do que ter um túmulo para visitar.

— Vou tentar — garanto, porque eu não estava mentindo para David naquele dia na terapia. Eu quero conseguir manter minhas promessas.

Uma buzina prolongada soa no estacionamento, e Amy dá um solavanco, olhando por cima do ombro. O grupo de pais se dispersou, e uma mulher loira está com o corpo para fora de um SUV, acenando para Amy.

— É minha mãe. Preciso ir. — Ela pega a mochila e pendura no ombro. — Você não é só uma drogada maluca, né? — pergunta ela. — Porque até a galera do primeiro ano já ouviu histórias sobre você.

Solto uma respiração, meio risada, meio vergonha.

— Eu sou viciada — respondo. — Estou em recuperação. Mas não estou louca. Não com isso. Juro.

— Tá — diz ela. — Só... toma cuidado, então.

— Obrigada — falo. — Por me contar a verdade.

— Não faça eu me arrepender.

Ela sai correndo pelo campo antes que eu possa responder. Fico observando por um momento antes de Trev parar atrás de mim.

— O que rolou? — pergunta ele.

— Jackie estava grávida — falo. — Amy acabou de confirmar.

— Sério? *Jackie*? — Trev parece chocado. — Quer dizer que Matt...

— É, eu sei. — Trev franze a sobrancelha, me seguindo enquanto vou na direção do estacionamento. Paro e me viro para ele.

— O que foi?

— Como você descobriu?

Procuro na bolsa e tiro o saquinho plástico contendo as ameaças, que entrego a ele.

— Não tira aí de dentro. Rachel encontrou na sua garagem. E tinha mais outra coisa junto: um cartão de visitas de uma conselheira de adoção da Clínica de Saúde da Mulher.

Trev fica em silêncio enquanto voltamos aos nossos carros, as ameaças dentro de suas mãos. Eu me pergunto se ele está bravo por eu não ter ligado assim que Rachel me mostrou, mas, antes de eu conseguir perguntar, chegamos ao estacionamento.

A caminhonete de Trev está estacionada antes da minha, então, chegamos ali primeiro. Tem um pedaço de papel preso sob o limpador, mas noto que os para-brisas dos outros carros estão limpos.

— O que é isso?

Estendo a mão para pegar o papel e paro.

Não é um anúncio nem um cupom, como eu achei.

É um pedaço de papel sulfite, com uma foto colada e algumas palavras abaixo.

— Trev.

Fico olhando a imagem. As palavras.

PARE OU VAI ACONTECER COM ELA TAMBÉM.

A foto é uma impressão a jato de tinta, granulada, de má qualidade, tirada a distância. Somos Trev e eu, parados em frente à caminhonete, como estamos agora. Estou protegendo os olhos do sol; Trev está inclinado para a maçaneta. Estou com a camiseta preta que estava vestindo ontem e vejo uma ponta do prédio de Matt no canto da foto.

— Merda — diz Trev.

Ele olha ao redor, como se esperasse que quem deixou o papel ainda estivesse por ali, nos observando. As únicas pessoas no estacionamento são as garotas carregando equipamentos para a caminhonete do Professor.

— Ele está seguindo a gente — falo, e minhas unhas se enfiam nas palmas quando fecho os punhos, o pensamento pesando em meu estômago. — Isso... isso é bom. É uma prova. — Trev tenta pegar o papel. Eu o impeço. — Não, não toca. Precisamos de um guardanapo ou algo do tipo.

Procuro na caçamba da caminhonete até achar um pano e pego cuidadosamente o bilhete pela ponta, meus dedos protegidos pelo tecido.

— Peguei. — Levanto os olhos para ele com um sorrisão. — Agora, só precisamos...

Trev faz que não com a cabeça.

— O que foi? — pergunto.

— É hora de chamar a polícia, Sophie — diz ele. — Agora.

Solto um longo suspiro.

— Tá bom — respondo. — Você tem razão.

— Por que você não me disse ontem à noite que encontrou os bilhetes? — pergunta ele.

— Porque eu sabia que você ia procurar a polícia, e eu queria falar com Amy antes.

— Você podia ter se machucado. Ele está observando a gente! Por que você está tão calma?

— Eu precisava confirmar que estava certa sobre a gravidez de Jackie. E, enfim, você estava aqui o tempo todo. Eu sabia que você não ia deixar nada me acontecer.

Trev ri, um som rancoroso que retorce meu estômago e dá um nó.

— Você acredita mesmo nisso, né?

— Sim — falo.

É uma das duas verdades universais da minha vida. Uma certeza que eu sempre tive, desde aquela noite no hospital, quando ele implorou pelo meu perdão.

— Eu devia ser a última pessoa sobre quem você pensa uma coisa dessas.

— Eu te conheço. Você não comete o mesmo erro duas vezes.

— Meu Deus, Sophie — sibila ele, como se eu tivesse dito uma coisa horrível. Ele me olha com raiva. — Vamos procurar a polícia.

— Não.

— Sophie, juro por Deus...

— Não estou negando procurar a polícia. Estou negando ir *com* você. Se eu estiver lá, o investigador James não vai escutar uma palavra de nenhum de nós.

Pensei muito sobre isso. Mas não tinha demorado para eu perceber que Trev precisaria fazer isso sozinho.

— Você é da família. Se aparecer sozinho, ele tem que ouvir. Diz que foi você que achou aqueles bilhetes de advertência e o pen-drive no quarto de Mina, começou a investigar e recebeu *este* bilhete no seu carro ontem. Ele vai acreditar em você, mas não se eu estiver junto. Se eu estiver lá, vai estragar tudo. Ele não confia em mim. Precisa ser você.

Trev trinca os dentes.

— Tá — diz. — Então eu vou. E você fica em casa e espera eu te ligar.

— Não posso. Prometi para Rachel que iria numa festa com ela.

— Uma festa? Sério?

— Kyle convidou Rachel, mas ela não quer ir sem mim. Se você correr até o investigador James, pode me encontrar no lago. A gente discute tudo que os policiais disserem. Se quiser, você pode até desafiar Kyle a uma partida de *beer pong* lá na mesa de piquenique.

Isso tira dele um sorriso relutante.

— Tá bom — diz Trev. Ele pega as chaves no bolso e vai para o lado do motorista da caminhonete. — Mas sem essa história de jogo.

— Obrigada.

Ele levanta os olhos, tristemente.

— Pode me agradecer quando tudo isso acabar.

Ele me segue até em casa a poucos metros do meu carro.

56

QUATRO MESES ATRÁS (DEZESSETE ANOS)

— Temos que fazer isso agora? — pergunto, mexendo no iPod conectado ao meu carro. — A gente vai se atrasar.

— Eu sei, eu sei, eu sou uma bosta — diz Mina ao pegar a saída para a Old 99. — Vai ser rápido. Meia hora. Aí a gente vai pra Amber.

Choveu forte a semana toda, mas agora está limpo e dá para ver as estrelas bem melhor, longe das luzes da cidade. Penso em abrir a janela e colocar a cabeça para fora, mas está frio demais.

— Você ainda não vai me contar do que se trata? — Acho a playlist marcada *Sophie* e passo as músicas.

— Ainda não — Mina cantarola.

— Você e suas superstições estranhas — falo, revirando os olhos e sorrindo.

Mina mostra a língua.

— Não são estranhas. Mas isso vai ser *gigante*. Não vou agourar agora, quando estou tão perto.

— Você é doida.

— Ei, não sou eu que tenho o contato do psiquiatra nas últimas ligações.

O silêncio preenche o carro. A sua boca se retorce para lá e para cá.

— Cedo demais? — pergunta.

— Não.

Ela me lança um olhar desconfiado.

— Tá, talvez um pouco — admito.

— Eu sou uma filha da puta. Desculpa.

— Não, está tudo bem. É a verdade. Não é uma filha da putice tão grande, né?

— É bem considerável.

Cheguei de Portland há duas semanas. Após quase seis meses com Macy, brigando e cavando para sair do fundo do poço e ficar limpa, finalmente tive certeza suficiente de que podia voltar para casa.

Mas encontrar uma base estável tem sido difícil. Há seis meses, eu teria alegremente queimado todas as pontes possíveis em troca de alguns comprimidos, mas agora entendo a realidade dos danos que causei — a mim mesma, a Mina, a Trev, aos meus pais.

Mina e eu não somos mais o que éramos. Há uma tensão subjacente em todas as nossas conversas. De canto de olho, pego-a me observando, mas, toda vez que a encaro, ela finge que não estava olhando para mim.

Queria que ela dissesse alguma coisa. Qualquer coisa para parar esse jogo angustiante de puxa e empurra ao qual voltamos.

O telefone dela toca. Ela olha, suspira e joga na bolsa. É a terceira vez que faz isso nos últimos vinte minutos.

Levanto uma sobrancelha.

— Não quero falar sobre isso — diz ela.

— Tá.

Ficamos quietas por um tempo. As músicas da *playlist* vão passando, e Mina batuca com os dedos no volante enquanto os faróis cortam a escuridão.

— Soph, sabe aquela briga que a gente teve semana passada, quando jantamos com Trev e Kyle? — A voz de Mina permanece estável; ela mantém os olhos na estrada, mas suas bochechas ficam com uma cor rosa uniforme.

— Lembro — respondo, e sinto estar pisando ao mesmo tempo em ovos e carvão quente. Ela vai mesmo falar desse assunto?

Mina torce uma mecha de cabelo escuro no dedo, ainda sem me olhar, embora eu a esteja encarando com tanta força que, com certeza, ela pode sentir.

— Lembra o que você disse? Sobre escolhas?

— Eu lembro — digo com cuidado. Tenho medo de dizer algo mais.

— Vamos conversar sobre isso.

— Agora?

Ela faz que não.

— Ainda não. Mas logo. Tá bem?

— Tá.

— Promete?

Ela desvia o olhar da estrada e fico surpresa de ver um raro traço de vulnerabilidade em seu rosto.

— Prometo.

Sem dúvida Mina ouve o quanto estou sendo sincera.

É a primeira (última, única) promessa que faço a ela e quebro.

57

AGORA (JUNHO)

— A caligrafia é igual à dos bilhetes que encontrei na garagem? — pergunta Rachel enquanto dirigimos no meu carro em direção ao lago, com Kyle no banco de trás.

— Sim — respondo. — Olha no meu telefone. Eu tirei uma foto dele. E vê se Trev já me mandou alguma mensagem.

— Nadica — diz Rachel quando abre minhas fotos, apertando os olhos para a imagem do bilhete. — Ele tirou uma foto de vocês?

— Que coisa assustadora — fala Kyle, pegando o telefone da mão dela para ver. — Ele está seguindo vocês. Você tem certeza de que não viu ninguém?

— Todos os pais estavam buscando as meninas do time de futebol. Eu não me atentei para o que rolava no estacionamento. Ele poderia facilmente ter parado ao lado da caminhonete de Trev, deixado o bilhete e saído de perto enquanto conversávamos com Amy.

— Talvez ele tenha deixado impressões digitais — sugere Kyle.

— A polícia vai procurar em todos os bilhetes, mas duvido que encontre alguma coisa. Eles não encontraram nenhuma impressão digital no local do crime.

— Então, achamos que é o Matt, certo? — pergunta Rachel. — A menos que Jackie estivesse transando com outros caras, ele é o pai do bebê. E o bebê só pode ser a razão de ela ter desaparecido.

— Faz sentido — digo. — Ele ficou com raiva depois da reunião, quando eu levantei a possibilidade de uma gravidez.

— Ele parecia que ia bater em você — comenta Rachel.

— Bom, mas não bateu — falo.

— Meu Deus do céu — diz Kyle.

— O que foi? — pergunta Rachel.

Kyle só abana a cabeça.

— Eu conheço o cara desde sempre — diz ele. — Desde que eu conheci Adam. Ele comprou as nossas primeiras cervejas quando a gente estava no primeiro ano do médio. É que... é foda ter que pensar assim sobre as pessoas que a gente conhece.

Rachel e eu trocamos um olhar.

— Não é certo — diz Rachel.

— Sim — responde Kyle, mas parece longe de convencido.

— Tá, precisamos de um assunto mais animado — insiste Rachel.

— Bom, esta é provavelmente minha última noite de liberdade — digo. — Assim que a polícia ligar para os meus pais para contar sobre as ameaças, eles vão surtar e me trancar em casa.

— Não foi lá muito animado — fala Rachel. — Mas você não é lá muito pra cima, então, nota dez pelo esforço.

— Eu sugeriria fazer algo louco, mas deve ser contra as regras da reabilitação, né? — pergunta Kyle.

— Podemos nadar pelados — sugere Rachel, e, embora eu veja que ela está meio que brincando, Kyle se anima com a ideia.

Agora, sorrio abertamente, porque ele não consegue tirar os olhos de Rachel.

— Claro. Vamos — digo. — Kyle, você não pode vir. Eu não quero ver suas partes.

— E eu lá quero ver as suas? — Kyle devolve enquanto Rachel ri.

Olho para o celular no meu colo quando encostamos no estacionamento de Brandy Creek. Ainda não há nenhuma mensagem de Trev.

Por que ele está demorando tanto? Já se passaram três horas.

Sinto uma onda de nervosismo ao ver toda aquela gente na praia. A fogueira já está crepitando, os **coolers** estão a postos, a música está explodindo. Desligo o carro e saio. A relutância deve surgir no meu rosto, porque Rachel me cutuca com o cotovelo.

— Não temos que ir — diz ela.

Faço que não com a cabeça.

— Não, vamos — eu me obrigo a dizer.

Tenho que descobrir como sair disto com algum tipo de normalidade. Caso contrário, vou retroceder. Vou cair tão rápido e com tanta força que não vou conseguir me puxar novamente para cima.

Dez meses. Cinco dias.

Largo o celular na bolsa e ando pela praia com Rachel e Kyle.

Há alguns momentos de silêncio tenso enquanto atravessamos o grupo de rostos familiares. Kyle está abraçando pessoas e sorrindo para as meninas, apresentando Rachel enquanto eu sigo atrás, de olhos abaixados. Uma timidez que não sinto há muito tempo me sufoca.

— Vou pegar uma água — digo a Rachel, de olho em um dos **coolers** posicionados mais abaixo na praia. Ali está menos cheio.

Ela assente e se despede de mim com um olhar de compreensão, embora eu a sinta me seguindo, certificando-se de que estou bem enquanto me separo da multidão. Olho por cima do ombro e a observo por um segundo, vejo a maneira como ela sorri para

Kyle na luz da fogueira. Ele já tirou a camisa, agora enfiada no seu bolso de trás.

— Cuidado — diz uma voz cortante.

Esbarro em alguém e tropeço para trás, com meu pé instável na areia.

Amber nem estende a mão para tentar me ajudar. Ela fica parada, com os braços cruzados, enquanto eu vacilo, tentando manter o equilíbrio. Quando finalmente estou firme, ela fica ali, irradiando desaprovação.

— Oi, Amber.

— Sophie — diz ela, e fico impressionada: ela poderia congelar alguém com aquela voz. — Não acredito que você achou que podia aparecer aqui.

De repente, me sinto cansada. Não quero fazer isso. Não aqui. Nem nunca.

— Vamos só nos evitar. — Começo a passar por ela.

— Sabe, eu nunca entendi o que ela viu em você. Você se acabou. E aí puxou ela para baixo.

Eu paro. Estamos chamando atenção agora, e minha pele se arrepia com todos os olhos sobre mim.

— Não vamos falar disso agora. Eu não quero brigar.

— Não me diga o que eu devo fazer — diz Amber. — Eu não tenho que te obedecer. Você não deveria estar aqui. Deveria estar na cadeia.

— Ei! — Rachel aparece, espalhando areia por toda parte, os ombros tensos. — Deixa ela em paz.

A boca de Amber se torce em desaprovação para a saia de bolhas excêntrica de Rachel e o colar que ela fez com peças de Scrabble.

— Você é bizarra — ela murmura.

O rosto de Rachel se ilumina; seus olhos percorrem o corpo de Amber, observando seu cabelo perfeitamente despenteado e a maquiagem brilhante nos olhos.

— Vou tomar como um elogio — diz ela.

Kyle se aproxima por trás de Rachel, pairando sobre ela como se fosse nosso guarda-costas pessoal. Ele cruza os braços, estreitando os olhos castanhos.

— Sophie e Rachel vieram comigo. Não fala do que você não sabe, Amber. Deixa a gente em paz.

Os olhos de Amber se arregalam quando Kyle me defende, então ela murcha.

— Nossa. Se você quer pisar no túmulo de Mina com a responsável pela morte dela, Kyle, vai fundo.

Com outro olhar enojado para mim, ela joga o cabelo por cima dos ombros e sai andando.

Suspiro profundamente.

— Obrigada.

Kyle passa a mão pelo cabelo, os olhos na areia.

— Ela estava sendo uma idiota.

— Vem, ignora essa garota — diz Rachel. — Vamos pegar alguma coisa para beber.

— É melhor eu checar meu celular. Deixei no carro.

É mentira, mas quero ficar sozinha.

— Eu vou com você — Rachel oferece, mas faço que não com a mão.

— Não precisa. Trev provavelmente me mandou mensagem. Só quero dar uma olhada. Já volto.

Preciso de alguns minutos sozinha. Há muitos rostos familiares aqui.

Antes que qualquer um dos dois possa protestar, estou me afastando o mais rápido que minha perna ruim permite. Estou a meio caminho da praia, concentrada em atravessar a faixa de areia e em tirar o celular da bolsa quando ouço alguém chamar meu nome.

— Sophie! Oi! — Adam vem correndo até mim. Há manchas molhadas em sua camiseta desbotada, e seu cabelo está caindo nos olhos. — Kyle me mandou atrás de você. Ele não queria que você fosse a lugar nenhum sozinha.

Ele olha para o celular na minha mão.

— Pensei que você tinha ido pegar seu telefone. — Fico corada de vergonha com a mentira, mas Adam sorri. — Ei, tudo bem. Amber estava sendo má. Eu também ia querer fugir. Posso ir com você, pelo menos, para Kyle não ficar bravo comigo?

— Eu só vou até o carro; nada muito emocionante.

— Eu vou junto. Ei, quer uma? — Ele me oferece uma garrafa de Coca-Cola, que aceito. Tiro a tampa e tomo um gole enquanto Adam faz um gesto para eu continuar. Ele me segue, as mãos nos bolsos dos shorts de surf. Não olho para o meu celular, embora queira fazer isso para ter certeza de que não perdi nenhuma mensagem. — Como vai seu jardim? — pergunta ele quando a praia é substituída pelo asfalto.

— Ótimo. Valeu de novo por me ajudar com aquela terra. E você? Como está o seu verão?

A única luz no estacionamento está prestes a se apagar. É mais calmo aqui em cima, o barulho da praia desvanecendo à medida que nos afastamos mais. Destranco o carro e despejo a bolsa no banco da frente. Viro meu celular para poder ver a tela. Tem uma chamada perdida de um número que não reconheço. Meu coração quase para antes de começar a bater nos meus ouvidos.

É agora?

— Eu já volto — digo a Adam.

Ando alguns passos pelo caminho antes de digitar a senha da minha caixa postal. Tomo outro gole, esperando a voz de Trev na mensagem, mas não é ele.

— Oi, Sophie, aqui é Tom Wells, do *Harper Beacon*. Estive pensando sobre a nossa conversa na semana passada. Espero que você possa me retornar; eu gostaria muito de conversar sobre seu lado dessa história. Oficialmente. Me liga.

Franzo o cenho e apago a mensagem.

Você ainda está falando com o investigador? Envio a mensagem a Trev antes de pôr meu celular para vibrar e colocar no bolso para poder sentir. Não consigo parar o fio de preocupação que se desenrola através do meu cérebro. Repito a mim mesma que Trev não ter tempo para me mandar uma mensagem é um bom sinal.

— Você se importa de a gente ficar por aqui por um segundo? — pergunto enquanto caminho de volta para Adam. Ele está esparramado contra o porta-malas do meu carro, seu refrigerante na mão. — As coisas lá estão meio...

— Eu entendo — diz Adam.

Subo cuidadosamente no porta-malas, com as pernas balançando. Adam se impulsiona ao meu lado.

— Quem era no telefone? — pergunta.

— Ah, estou só esperando Trev me mandar uma mensagem. Era para ele passar aqui mais tarde.

Adam levanta uma sobrancelha.

— Vocês finalmente estão juntos? — Ele ri quando vê a minha cara. — Que foi? Todo mundo vivia falando de vocês dois como se fosse uma coisa predestinada. Por que acha que eu nunca te chamei para sair?

Ele ergue as sobrancelhas para mim, me fazendo rir.

— *Você* queria me convidar para sair? — Sorrio e tomo um gole de refrigerante. — Quando foi isso? Antes ou depois da Amber?

— Antes. — Adam dá de ombros, sorrindo. — Eu tinha um crush enorme em você no segundo ano. O Trev tem sorte. Não me dou ao trabalho de esconder meu sorriso.

— Bem, eu não estou namorando Trev — digo. — Trev é... — Tento descobrir uma forma de explicar. Esse sentimento que vai além de amigos, além de família, mas não é o tipo certo de amor. — Trev é Trev — completo, finalmente. — E namorar... não é para mim. Não agora, pelo menos.

— Eu entendo. Tem muita coisa rolando na sua vida — diz Adam. — É importante se concentrar em ficar saudável. Você está indo às reuniões, né? O tio Rob disse que você estava na igreja outro dia.

— Andei falando disso com meu terapeuta — respondo. — Ele acha que pode ser bom para mim.

— É interessante — fala Adam. — Eu às vezes vou com Matt, para ele não parar. Sei lá, ouvir todas aquelas histórias... É como se as pessoas fizessem merda o tempo todo, mas acho que admitir ajuda, sabe? Pedir perdão. Na maioria das vezes, você é perdoado. As pessoas são muito boas em perdoar, se você pedir.

— Mas tem coisa que não dá para perdoar — digo. — Às vezes você faz ou vê coisas que são tão ruins... — Dou um longo gole de refrigerante, pensando em Matt, em como ele provavelmente matou Mina, Jackie e o bebê dela. Penso em Trev e em como tudo o que ele queria tinha sido atrapalhado por causa dos segredos. Penso em Rachel, me encontrando naquela estrada, destruída e ensanguentada, sem nunca demonstrar medo. Afasto os pensamentos, colando um sorriso no rosto. — Enfim, Matt está indo bem com as reuniões agora, certo? Ele parecia bem saudável quando a gente se viu.

— Com certeza — fala Adam. — E, assim, ele fez muita coisa ruim. Cometeu muitos erros. Minha mãe não falou com ele por seis meses. Mas o tio Rob obrigou ele a ficar limpo, trabalhar no programa, provar para ela que estava levando a sério.

— É bom ele estar cuidando de vocês — digo. Tateio no telefone no bolso de trás, distraída. Trev já deveria ter me mandado uma mensagem. Será que ele ainda estava na delegacia?

— É — concorda Adam. — Ele assumiu a responsabilidade quando nosso pai foi embora. Ajudou a minha mãe com dinheiro e outras coisas. Ele fez muito por mim também. Não ia ter nem metade dos recrutadores de faculdade que vêm me ver jogar se não fosse por ele.

— Deve ser uma loucura pensar nisso — comento. — Todas aquelas pessoas indo te ver. Eu ia surtar.

— É. — Adam sorri nervoso. — Mas de um jeito bom, sabe?

— Você se esforçou muito — falo. — Você merece.

Gostaria que Trev me mandasse uma mensagem. Dou outro longo gole no refrigerante. Minha boca está seca. De repente, estou sentindo calor demais. Balanço minha perna boa para a frente e para trás e franzo o cenho quando ela bate no para-choque.

— Você está animada com o último ano? — pergunta Adam.

— Mais ou menos.

Pisco, esfregando os olhos. Tenho dificuldade de engolir e, quando tento tomar um gole, erro a boca, derramando refrigerante por todo lado. Meu braço está esquisito e pesado.

— Cuidado — diz Adam, tirando a garrafa da minha mão flácida e escorregando do porta-malas.

Pisco de novo, tentando clarear minha cabeça latejante.

— Desculpa, Sophie — diz ele baixinho. — Eu gosto de você. Sempre gostei. Você é uma boa garota.

As palavras demoram um segundo para se encaixar no meu cérebro. Não consigo me concentrar; meus olhos se fecham. Sinto como se tivesse acabado de tomar seis shots de tequila seguidos.

— Você... Quê? Eu não...

Tento me apoiar nos cotovelos, mas meus braços e pernas são como gelatina. Eu mal consigo senti-los.

Drogada. A palavra me inunda, uma percepção tardia demais que rompe com a letargia.

— Ah, meu Deus — murmuro com os lábios dormentes. — Não.

Tento me levantar outra vez e escorregar para fora do porta-malas, mas ele está lá, me segurando. O rosto dele está a centímetros do meu; consigo ver no maxilar dele um ponto que ele não raspou na hora de fazer a barba.

— *Não!*

Eu o empurro, uma parede sólida de músculos, enquanto ele me prende contra o carro. Eu preciso de alguma coisa. O spray contra ursos. Está na minha bolsa. Eu preciso pegar... Se eu conseguir alcançar...

— Sophie, não resista — diz Adam, e ele é tão gentil quando segura meus pulsos que me assusta mais do que se ele tivesse me dado um soco na cara. Chuto com a perna boa, mas a perna ruim está tão mole que não aguenta o meu peso, e eu cedo ainda mais embaixo dele. — Sinto muito, mesmo. Eu não queria fazer isto da primeira vez. Eu tentei te avisar, mas você simplesmente se recusa a parar — continua ele. Eu o empurro de novo, tentando me inclinar para o lado, enquanto Adam prende um plástico duro ao redor de minhas mãos, puxando no final do fecho, amarrando meus pulsos. — Você colocou aquele repórter para fazer perguntas, foi falar com Matt, com Jack, com Amy. Você é muito intrometida, Sophie. Igualzinha à Mina.

Eu abro a boca, que parece cheia de algodão e seca por causa da droga, para gritar, mas ele é rápido demais para mim. Põe a mão sobre a minha boca e me empurra enquanto eu luto contra ele —

quando ele abriu a porta? — e caio no banco de trás do meu carro, zonza, enquanto ele solta minha boca para arrancar as chaves do meu bolso.

— Foi você — consigo falar, com esforço. Preciso dizer. Preciso ouvir.

Debruçando-se sobre mim, ele diz:

— Fui eu.

Uma confirmação silenciosa, uma revelação quase aliviada, as últimas palavras que ouço antes que ele feche a porta do carro e eu desmaie.

58

QUATRO MESES ATRÁS (DEZESSETE ANOS)

— Sério, isso é assustador. O que a gente está fazendo aqui?

Mina deixa as chaves no meu carro para as luzes ficarem acesas. Eu saio, fechando a porta enquanto Mina se apoia no capô. O cabelo dela está iluminado pelos faróis. Ela parece sobrenatural, quase resplandecente, e fico impressionada por um momento, até esquecendo que fiz uma pergunta.

— Eu já te disse, é para o *Beacon*.

— Mina, só quem vem aqui são viciados em metanfetamina e casais que não se importam de foder no banco traseiro do carro.

Passo perto da beira do penhasco. A queda é uma escuridão sem fim. Minha perna está dura de ficar dentro do carro tanto tempo. Eu a alongo e quase me desequilibro.

— Vai levar só alguns minutos. Sai de perto da borda, Soph.

— Estou a metros da borda. — Certo, talvez centímetros, mas, mesmo assim, é bastante. — O que tem de tão importante nessa reportagem? Amber vai ficar chateada de a gente se atrasar.

— Eu te conto depois. Depois que eu descobrir... Depois que eu escrever. Sério, sai daí. Acabei de ter você de volta de sua tia; não vou deixar você cair de um penhasco. Vem pra cá.

Ela estala os dedos, e eu mostro a língua, mas me afasto da borda para ficar mais perto do carro.

— Você devia pelo menos me entreter até o seu Garganta Profunda ou quem quer que seja aparecer.

— Estou tão orgulhosa de você por essa referência.

Mina coloca uma das mãos contra o peito dramaticamente, enxugando lágrimas falsas com a outra.

Chuto um pouco de terra em cima dela e ela guincha, subindo mais no capô até estar pressionada contra o para-brisa.

— Tá bom, eu te conto — diz ela solenemente. — Mas você tem que prometer que não vai falar nada. — Ela olha para a esquerda, depois para a direita, antes de inclinar-se para a frente e sussurrar: — A tomada do poder por alienígenas é iminente.

— Ah, não! Os homenzinhos verdes estão chegando! — Finjo um arquejo, e ela abre um sorriso por eu entrar na onda.

Ouço os passos antes dela, naquele último breve momento em que tudo ainda está bem.

Mina está sentada no capô, então, de costas para ele. Eu estou de frente e, a princípio, está escuro demais para ver que algo está errado.

Então ele entra no facho dos faróis e percebo duas coisas em rápida sucessão: a pessoa — um homem — que vem em nossa direção está usando uma máscara de esqui.

E está com uma arma apontada para Mina.

— Mina. — Eu me engasgo com o nome dela.

Estou sem ar; foi todo sugado de meus pulmões. Agarro o braço dela, arrasto-a para sair de cima do capô do carro.

Temos que fugir, mas eu não posso correr, não vou ser rápida o suficiente. Ele vai me pegar. Mina precisa me deixar. Precisa correr e não olhar para trás, mas eu não sei como dizer isso a ela; esqueci como falar.

Quase caio quando seus ombros batem nos meus. Nossas mãos se agarram e ela abre a boca em o, seus olhos fixos no homem enquanto ele avança sobre nós.

Isso está acontecendo. Está mesmo acontecendo.

Ai, meu Deus, ai, meu Deus, ai, meu Deus.

Ele para a apenas alguns metros de distância, sem dizer uma palavra. Mas aponta para mim e gesticula com a arma, com um significado claro: *afaste-se dela*.

As unhas de Mina afundam na minha pele. Minha perna treme; eu me encosto nela, que apoia um pouco do meu peso.

— Ai, meu Deus, ai, meu Deus, ai, meu Deus — Mina sussurra entre respirações rápidas, staccato.

— Tem dinheiro nas nossas bolsas — minhas palavras vacilam. — As chaves estão no carro. Pode levar. Por favor.

Ele sacode a arma para mim de novo, rápido e zangado.

Quando não me mexo, ele avança. Parece impossivelmente grande naquele momento, vindo em nossa direção. O terror me agarra tão rapidamente, tão duramente, tão diferente de tudo que eu já conheci que, se pudesse, eu murcharia com o peso dele. Mina geme e nós tropeçamos para trás, ainda agarradas uma à outra, mas o homem é rápido demais. Estou tão distraída com a arma que não vejo o que ele tem na outra mão antes que seja tarde demais.

O ferro atinge minha perna ruim, batendo no osso torcido. Eu grito, um som infeliz e cortante, e caio de barriga para baixo na terra. Meus dedos raspam no chão, escavam. Preciso me levantar... Eu preciso...

— Sophie!

Mina começa a vir na minha direção, e então grita conforme o ferro balança na minha linha de visão e ricocheteia na minha testa. Minha visão fica embaçada, minha pele se abre. A dor, calor incandescente, é como uma facada no crânio, a umidade escorre pelo meu rosto, e a última coisa que vejo, ouço, sinto, é ele levantando aquela arma, falando palavras abafadas atrás de uma máscara, depois o som de dois tiros, disparados um após o outro, e um respingo quente: o sangue dela. É o sangue dela no meu braço.

Então não há nada. Não há atirador. Não há sangue. Não há Mina.

Apenas escuridão.

59

AGORA (JUNHO)

Meus olhos estão pesados. É preciso um esforço enorme para abri-los. Pisco, tentando me concentrar no borrão cinza que está na minha frente.

Estofado.

Nós estamos dirigindo.

Adam está dirigindo. Acelerando pela estrada tortuosa que contorna o lago.

Adam matou Mina.

E vai me matar.

Eu preciso ficar acordada. Pisco rápido, lutando para me sentar. Tudo gira loucamente, me deixando zonza, mas talvez, se eu ficar de pé, não tenha vontade de vomitar.

Dez meses. Cinco dias.

Dez meses. Cinco dias.

Eu consigo. Sou viciada em drogas. Devo ser boa nisso. Só tenho que lutar contra a onda. Isto não é nada.

Não pode ser nada. Eu preciso pensar — preciso sair viva. Eles nunca vão saber que foi ele, nunca vão pegá-lo, se eu não estiver viva.

— *Anda* — diz Adam com raiva.

Respirando baixo, dou uma olhada discreta no banco da frente. O suor escorre na testa de Adam enquanto ele dá um soco no celular. Ninguém atende, e, na terceira vez, ele finalmente deixa uma mensagem de voz:

— Eu preciso que você venha, tá? Sem perguntas. Me encontra em Pioneer Rock. Agora. Por favor.

Com quem ele está falando? Quem vai vir aqui? Matt. Eles estão juntos.

Balanço as pernas para encostar no tapete do chão com os pés. Estou começando a me sentir menos tonta agora que sei que estou drogada — o que quer que ele tenha colocado na minha bebida já está começando a perder a força. Eu não bebi o suficiente.

Adam está concentrado na estrada, e eu me arrasto até ficar sentada, perto da porta. Não sei dizer a que distância estamos da praia; o lago tem quilômetros de extensão, aninhado em centenas de hectares de floresta densa.

Eles poderiam desovar meu corpo em qualquer lugar. Ninguém me encontraria.

Quanto tempo teria se passado? Certamente Rachel já sentiu minha falta a essa altura.

Ele faz uma curva muito fechada, e o carro dá um solavanco, derrapando contra a estrada, me jogando dolorosamente contra a porta. Passamos por uma placa que diz MIRADOURO DE PIONEER ROCK (CINCO QUILÔMETROS).

Merda. Já estamos do outro lado do lago.

Não posso pular. A porta está destrancada, mas ele está indo rápido demais. Eu morreria assim que caísse na estrada — mas meu telefone ainda está no bolso. Consigo senti-lo, e deslizo a bunda no banco até ele sair e cair nas minhas costas.

— O que você está fazendo? — Adam explode, e congelo, nossos olhos se encontram pelo espelho retrovisor. Sinto a náusea subindo no fundo da garganta e engulo em seco. Meus olhos vão para a porta e depois de volta para o espelho.

— Nem pensa nisso — diz Adam. Ele levanta a mão que não está segurando o volante. A mão que está com a arma. — Fica sentada quietinha — ordena.

Eu me recosto no banco de trás, empurrando o celular para o lado com o quadril.

Adam abaixa a mão que segura a arma no colo, a outra mão no volante. Só metade da sua atenção está na estrada, mas ainda é melhor do que nada.

Eu estico um pouco as mãos atadas para o lado, roçando na tela do celular. Ele acende, e suspiro em alívio, destravando-o com um deslize, um olho ainda em Adam. Meu ombro não para de bater na janela porque ele está fazendo as curvas muito rápido.

Desligo a tela de novo, selecionando a última pessoa para quem enviei uma mensagem: Trev.

O telefone de Adam toca. Meus dedos deslizam pela tela do celular. Ele se surpreende, xinga e depois grita em seu telefone.

— Por que você não estava atendendo? — Ele hesita. — Não, não, desculpa, desculpa. Eu só... — Ele para, ouve. Está completamente concentrado na conversa.

Agarro a oportunidade; é a única que eu vou ter. Digito desajeitada, com as mãos atadas: *addam pionerock socorro*. Pressiono enviar e coloco as mãos no colo de novo.

— Você tem que vir! — Adam implora ao telefone. — Me encontra na pedra. Eu preciso da sua ajuda.

Se eu me inclinar para a direita, posso ver a arma descansando em seu colo, deitada ali.

— Tá bom, tá bom. Estou a caminho agora mesmo. — Ele faz uma pausa e me olha no banco de trás. — Aí eu te explico.

Ele desliga, jogando o celular no banco do passageiro, a mão livre voltando para a arma. O carro acelera, descendo a estrada da montanha. Estamos quase em Pioneer Rock. Vejo a luz do posto do guarda-florestal do outro lado do lago pela janela traseira.

— Você sabe que isto é loucura — falo. — Você roubou meu carro. As pessoas na festa vão notar que nós dois desaparecemos. Kyle mandou você para me vigiar; ele vai perceber.

— Você acha mesmo que Kyle me mandou atrás de você? — diz Adam. — Fala sério, Sophie. Você é mais esperta do que isso. Agora, vai me dizer quem está te ajudando. Eu sei sobre Trev. Qual é o nome da ruiva? Você enfiou ela e Kyle nisto? E o repórter? O que você contou para ele?

Preciso respirar fundo para evitar o pânico. Lembrar que Trev provavelmente ainda está com a polícia. Que Rachel e Kyle estão a salvo em uma multidão. Só eu é que estou morta.

— O que você vai fazer, Adam? Matar todos eles também? — pergunto trêmula. — Você não está pensando direito. Você pensou antes. Eu sei que pensou. Você estava preparado da última vez. Trouxe o ferro e os comprimidos para não ter que me matar. Foi inteligente. Funcionou, né? Mas você não está pronto agora, então que tal pensar por um segundo?

— Cala a boca. — Adam limpa o suor fresco da cara com a mão trêmula. Mas, assim que ele toca a arma novamente, seus dedos ficam firmes, como se a sensação dela o confortasse. —

Você vai me contar tudo o que sabe. Sobre Jackie. Sobre Mina. E sobre quem sabe o que você sabe. Eu vou te obrigar. Não tem como argumentar contra ele. Ele vai me matar, não importa o que aconteça.

Fazemos uma curva, passando por outra placa: MIRADOURO PIONEER ROCK (1 QUILÔMETRO).

Não posso desperdiçar outro segundo — preciso de um plano. Agora.

Se eu não conseguir acalmá-lo, vale mais deixá-lo com raiva. Fazê-lo perder o controle, cometer um deslize. Preciso de uma janela de oportunidade.

— Não vou contar merda nenhuma — respondo, com muito mais força do que tenho. — Você é a porra de um assassino, e seu irmão também. Toda a sua família, tem algo errado com vocês.

De perfil, consigo ver o rostinho bonito de Adam se contorcer, o brilho maligno em seus olhos criando um contraste muito forte. Sua mão se aperta na arma.

— Vai se foder — ele rosna entre os dentes cerrados. — Você não sabe nada da minha família. Nós cuidamos uns dos outros. Confiamos uns nos outros. Nós mataríamos uns pelos outros. É isso que uma família faz.

A raiva me preenche, soterrando todos os outros sentimentos. Ele matou a pessoa mais importante da minha vida e está ali sentado com uma arma, pronto para me assassinar também, me passando um sermão sobre *família*. Eu quero me atirar nele. Quero que ele se contorça no chão, quero que ele sinta o que ela sentiu. Quero que ele sangre enquanto eu olho e dou risada e me recuso a chamar a ambulância até ser tarde demais.

Quero que ele morra. Mesmo que eu tenha que fazer isso com as próprias mãos.

A ideia me toma, me dando forças, e eu me ajoelho no banco de trás e me jogo para a frente, desastrada por causa da droga e da adrenalina. Consigo passar meus braços amarrados em torno do pescoço dele; a borda do plástico pressiona sua traqueia, e puxo para trás com toda a minha força. Seu arfar cortado, abafado instantaneamente pela fita dura, é o som mais perfeito para mim.

Adam puxa o volante de lá para cá, um movimento involuntário que quase nos faz descer em espiral montanha abaixo. Asfixiando, ele luta, arranhando para enfiar a mão livre entre meus pulsos enquanto nós deslizamos em zigue-zague pela estrada estreita de duas pistas. A qualquer instante vamos sair do asfalto, descendo o penhasco de barro vermelho de um lado ou caindo no lago do outro — e eu não estou nem aí. *Não estou nem aí.* Tomara que a gente bata. Vai valer a pena, desde que ele também morra.

— Soph... — Ele se agarra freneticamente a mim com a mão livre, as unhas arredondadas cravadas na minha pele.

Fecho os braços, os músculos se esforçando enquanto puxo para trás com toda a força que consigo. Ele conseguiu colocar a ponta de um dedo entre a fita e seu pescoço, e meus braços tremem com o esforço de resistir. Adam é muito mais forte do que eu, mas se eu conseguir simplesmente resistir...

Um tiro corta o ar, e o para-brisa implode em uma chuva de estilhaços. Recuo dos cacos de vidro voando, me jogando bruscamente para trás, e de repente as mãos de Adam não estão mais no volante. Uma está segurando a arma e a outra está prendendo meus pulsos, e o carro está girando muito rápido, muito perto da defensa metálica da estrada. Tenho um segundo, uma respiração histérica antes dos guinchos e faíscas do metal, e estamos atravessando a defesa e disparando encosta abaixo, árvores e pedregulhos passando como um borrão enquanto nossa velocidade aumenta, e eu sei que acabou.

Fim.

Na terceira vez, vai.

60

QUATRO MESES ATRÁS (DEZESSETE ANOS)

Acordo ao som da morte de Mina. Um guizo da morte.

— Mina, ai, meu Deus, *Mina*.

Eu rastejo até ela; é como se eu estivesse me movendo debaixo d'água.

Mina está deitada de costas a trinta centímetros de distância, banhada pela luz dos faróis do carro, e o sangue, o sangue dela, já manchou a terra ao redor. Suas mãos descansam contra o peito e seus olhos mal estão abertos.

Há sangue por toda parte. Não consigo nem ver onde as balas entraram.

— Tá bom, tá bom — digo, palavras que não têm significado algum, mas repito apenas para encher o ar, para afogar o som da respiração dela, a maneira como vem muito rápida e trêmula, molhada no final, como se seus pulmões já estivessem enchendo.

Arranco minha jaqueta e pressiono o peito dela, onde a umidade escura continua se espalhando. Tenho que estancar o sangue.

— Desculpa — ela arfa.

— Não, não, está tudo bem. Vai ficar tudo bem.

Olho por cima do ombro, meio convencida de que ele está à espreita em algum lugar, esperando para acabar com a gente de vez.

Mas ele se foi.

Ela tosse, e, quando o sangue escorre de sua boca, eu o limpo com a mão.

— Desculpa, Sophie — ela sussurra.

— Não precisa pedir desculpas. Está tudo bem. — Pressiono com mais força o peito dela com as duas mãos. — Tá tudo bem. Vai ficar tudo bem.

Mas o sangue borbulha entre meus dedos, através do jeans da minha jaqueta.

Como pode haver tanto sangue? Quanto ela pode perder antes de...

Mina engole, um movimento convulsivo e, quando expira, mais vermelho mancha sua boca.

— Dói — diz ela.

Quando estendo a mão para tirar o cabelo da testa dela, deixo um rastro de sangue. Só consigo pensar naquela vez em que estávamos no terceiro ano. Ela desmaiou quando eu cortei meu braço tão fundo que precisei levar pontos; Mina não gostava de sangue. Quero escondê-lo dela agora, mas não posso. Vejo em seus olhos que ela sabe o que está acontecendo, o que eu não posso aceitar.

— Está tudo bem — repito. Prometo, mesmo não tendo o direito de fazê-lo.

— Sophie...

Ela levanta a mão, arrasta-a desajeitadamente em direção à minha. Eu entrelaço nossos dedos, agarro com força.

Não vou soltá-la.

— Soph...

Seu peito se eleva com um último suspiro entrecortado e então ela exala suavemente, seu corpo fica parado, seus olhos perdem a luz, o foco em mim desaparecendo enquanto eu a observo.

A cabeça dela se inclina para o lado, o aperto dela na minha mão se afrouxa lentamente.

— Não, não, não! — Eu a sacudo, bato no peito dela. — Acorda, Mina. Anda, acorda — Inclino a cabeça dela para trás e respiro em sua boca. Sem parar, até ficar encharcada de suor e sangue.

— Não, Mina! *Acorda!*

Eu a seguro firmemente contra meu ombro e grito na escuridão, implorando por ajuda.

Acordaacordaacordaporfavorporfavorporfavor.

Não vem ajuda nenhuma.

Somos só eu e ela.

A pele de Mina fica mais fria a cada minuto.

Eu ainda não a solto.

61

AGORA (JUNHO)

Sinto o cheiro da fumaça primeiro. Depois, do metal queimado e da gasolina, a pungência preenchendo o ar, ardendo em meu nariz. Há um zumbido rítmico na minha cabeça, ficando cada vez mais alto. Pisco, mas algo escorre sobre meus olhos, uma umidade que limpo do rosto, fazendo sujeira.

Aperto os olhos para minhas mãos atadas, tentando me concentrar enquanto a umidade escorre pelo queixo, salpicando vermelho no meu braço.

Sangue.

Está doendo, percebo entre uma respiração trêmula e outra.

Tudo dói.

Ah, meu Deus.

Minhas pernas. Será que elas ainda funcionam?

Eu me empurro para a frente com a perna boa, e dói, *dói*, e nunca pensei que seria tão bom doer tanto, mas a dor é boa. A dor significa que eu não estou paraplégica. Que ainda estou viva.

E Adam? Tento me levantar para ver, mas o zumbido nos meus ouvidos fica mais alto quando me debruço para a frente através do espaço entre os bancos. Viro a cabeça para cima, tentando olhar bem para ele, caído sobre o volante. Seus cabelos escuros estão emaranhados de sangue de um lado, e seu peito sobe e desce com firmeza.

Preciso sair daqui antes que ele chegue.

Decido em um segundo. Prendo a borda da fita que me amarra ao redor da borda irregular da janela quebrada, serrando para a frente e para trás até que ela se estilhace. Com as mãos livres, agarro a maçaneta, tentando abrir a porta, mas está emperrada.

O som de campainha está ficando mais alto, como se alguém tivesse aumentado o volume em mim, e, debaixo dos tons insistentes, há um gemido.

Adam começa a se mexer no banco da frente, e tento girar a maçaneta da porta oposta, meu coração batendo forte enquanto mais sangue escorre pela bochecha. Esta porta também está amassada demais para abrir, então eu me iço e saio pela janela quebrada. O espaço é bem apertado, e o vidro se afunda em meu estômago enquanto me empurro para a frente, mas eu continuo, passando primeiro a cabeça, quase dando uma cambalhota para fora do carro. Bato no chão da floresta com um baque, meus ombros se tensionando enquanto a dor arde em minhas costas.

O carro desceu direto pelo barranco, o capô amassado como uma sanfona. Sobe fumaça do motor, me sufocando, e eu dou uma tosse fraca, algo afiado como uma faca atravessando minhas costelas.

Tropeço até ficar de pé, instável sobre as pernas trêmulas, e olho em volta. Acabamos em uma área mais plana, mas há árvores altas por toda parte. A floresta profunda se espalha à minha frente por todos os lados. Quero pegar a arma e meu celular, mas não vejo nenhum deles no carro e não tenho tempo para procurar — preciso fugir. Folhas e galhos crepitam debaixo dos meus pés. A lua cheia está subindo no céu, sua luz ilumina a floresta.

Preciso me mover. Avanço, minha perna ruim arrastando na terra, ficando presa em pedras e galhos, deixando um rastro de um quilômetro de largura salpicado de sangue. Mesmo com a luz da lua, é difícil enxergar. Tropeço, caindo de joelhos, as palmas das mãos raspando na terra enquanto me empurro de volta para cima.

Não vai dar para escalar o barranco. Não assim, não com minha perna ruim, e nem com a boa, que está tremendo quase tanto quanto a outra.

A única opção é me esconder.

As árvores engrossam conforme entro mancando na floresta o mais rápido que posso, ziguezagueando entre os pinheiros enquanto o cheiro fumegante do acidente começa a desvanecer-se nos aromas ricos de terra e água, um odor mais forte de cobre afiando a brisa. Minha barriga está molhada; minha blusa está pesada de sangue, batendo no meu tronco a cada movimento. Não preciso olhar para baixo para ver a escuridão do sangue se espalhando. Os cortes no meu estômago são superficiais, mas longos; ardem a cada respiração, e minhas costelas doem. Mas continuo me movendo. Tenho que seguir andando o mais rápido que posso.

Pelo que parece uma eternidade, somos só eu, minha respiração áspera e cada passo esmagadoramente barulhento nos ouvidos, doendo, doendo, doendo, me perguntando se vai ser meu último. Se eu vou cair.

Caio atrás de um grupo de pedras antes que minha perna ceda, ofegando com o esforço necessário para me abaixar até o chão. Meus olhos se fecham e eu os obrigo a abrir.

Preciso me manter consciente. Preciso me concentrar.

Preciso me manter viva.

Deito em posição fetal, joelhos aconchegados perto do queixo, tentando me fazer o menor possível, pressionando contra a pedra sólida. Isso dói, me faz morder o lábio com força, mas continuo, minhas costelas latejando a cada respiração.

Quando ouço os passos, rápidos e claros nos arbustos, meu coração pula, meus músculos se tensionam, e tudo em mim diz *fuja, fuja, fuja*. É uma sentença de morte, eu sei, mas meu cérebro é preparado para lutar ou fugir, mesmo que eu não consiga fazer nenhuma das duas coisas agora.

Acalmo minha respiração e me concentro nas pisadas — eles estão vindo na minha direção ou indo embora?

O som de folhas trituradas para de repente. Eu me dobro mais para dentro de mim mesma, cada músculo encolhendo, quando uma voz grave a distância, cheia de pânico, quebra o silêncio da floresta.

— Adam? Adam? Onde você está?

Mais passos, mais perto agora.

Em direção a mim.

Agora ouço um som de estalar, alguém arrastando a vegetação rasteira.

Dois conjuntos de passos, vindo de direções diferentes: um seguro e firme, o outro tropeçando, ferido.

Matt e Adam. Me encolho ainda mais, o medo instalado nos meus ossos.

— Adam!

Eles se encontraram. Ainda estão a uns bons seis metros de distância, mas consigo ouvi-los.

— Você viu ela por aí? — Adam está falando arrastado. Ele deve estar muito machucado.

Que bom. Espero que ele sangre até a morte.

— Vi quem? Que merda aconteceu? Aquele carro... Sua cabeça! Você precisa ir para o hospital! — A voz de Matt, urgente, quase zangada, parece estranha.

— *Não!* Precisamos encontrar ela! Ela sabe de tudo. Temos que fazer ela parar antes... antes...

— Do que você está falando? Vamos!
— Não, *me escuta*. Ela *sabe*.
— Sabe o quê? Quem? Vamos, anda!
Os passos recomeçam, e as vozes estão se aproximando. Tarde demais para que eu possa me mover agora. Eu me encolho contra a pedra, desejando que ela me engula.
— Eu não contei para ninguém — Adam está balbuciando, as palavras todas emboladas. — Todos esses anos, eu nunca contei. Mas eu vi ela entrar na sua caminhonete naquele dia. Eu sei o que você fez com Jackie. Mas não contei para ninguém; nem para minha mãe nem para o Matt. Pensei que fosse ficar tudo bem. Mas aí Mina começou a fazer perguntas. Tive que fazer ela parar, eu *precisei* fazer isso.
— Do que você está falando? — Matt rosna, incrédulo.
Espera.
Não.
Os passos estão se aproximando enquanto meu cérebro lento tropeça na confissão de Adam, recriando-a.
Mas não contei para ninguém; nem para minha mãe, nem para o Matt.
Não é Matt do outro lado da pedra.
Se não é Matt...
Se o bebê não era de Matt...
Nós mataríamos um pelo outro. É o que uma família faz.
Foi o que Adam fez. A compreensão se sacode pesada em meu estômago e não consigo impedir o forte arfar quando a ficha cai.
— O que foi isso?
Antes que Adam possa responder, há botas movendo-se no chão. Aqueles passos seguros e firmes que não podem ser de Adam.
As botas *dele*. Vindo na minha direção.

Ele é muito rápido. Tento ficar de pé, mas minha perna ruim desmorona sob o peso. Arranho a rocha. Preciso de um apoio para me puxar para cima. Preciso correr. Preciso tentar.

Mas é tarde demais.

Ele contorna as pedras atrás das quais estou agachada e, quando vira a cabeça e me vê, algo como alívio faísca em seus olhos.

— Sophie — diz ele, como se fosse um dia normal. Como se eu estivesse perdida na floresta e ele tivesse sido enviado para me encontrar. — Você está machucada.

Ele estende a mão e parece muito preocupado ao tocar o meu rosto.

Minha cabeça bate contra a pedra no esforço para fugir. Minha perna boa chuta, contorcendo-se enquanto cada músculo trava, gritando *fujafujafuja*. A dor palpita tão forte que perco o fôlego.

Ele sorri para mim. Aquele sorriso de você-consegue-fazer--melhor-do-que-isso que costumava nos dar quando perdíamos um gol.

— Está tudo bem, Sophie — diz o Professor Rob. — Acho que está na hora de termos uma conversinha.

62

QUATRO MESES ATRÁS (DEZESSETE ANOS)

Depois que Mina para de respirar, não consigo soltá-la. Sei que preciso. Preciso me levantar. Encontrar ajuda.

Preciso soltá-la.

Sussurro para mim mesma, me balançando, as costas dela pressionadas contra meu peito, a cabeça na curva do meu pescoço, meus braços ao redor do corpo dela.

— Vamos. Vamos.

Mas é quase impossível abrir os dedos. Pegar os ombros dela e deitá-la no chão. Coloco minha jaqueta sob a cabeça dela. Desejo, num momento frenético tão agudo que me deixa arquejando, ter algo para cobri-la. Está frio.

Tiro uma mecha de cabelo da testa dela, prendendo atrás da orelha. Os olhos de Mina continuam abertos, agora enevoados, olhando, mas sem ver o céu infinito.

Minha mão treme quando os fecho. Parece tão errado, como se eu estivesse tirando a última parte dela.

Cambaleio para me levantar e me arrasto, tropeçando, para o carro. A porta está aberta, mas a chave e nossos celulares foram levados.

Ajuda. Preciso de ajuda. Repito sem parar mentalmente. Preciso abafar a voz que grita *Mina, Mina, Mina* várias e várias e várias vezes.

Dou um passo incerto. Depois outro. E outro.

Eu me afasto dela.

É a coisa mais difícil que já fiz.

63

AGORA (JUNHO)

Sua mão desliza da minha bochecha para a garganta, aplicando uma pressão mínima.

Um aviso.

— Não se mexa — ele me diz calmamente. — Adam — ele chama, levantando a voz, e o garoto vem pelo canto da pedra para ficar de pé atrás dele.

O rosto de Adam está todo ensanguentado, e ele está segurando o braço direito como se estivesse quebrado.

Avanço, porque ainda arde dentro de mim o quanto quero Adam morto. Isso nunca vai embora. Provavelmente vai ser a última coisa que vou sentir.

O Professor me segura pela garganta e aperta, seus dedos agarrando no meu pescoço enquanto ele me empurra de volta contra a pedra, pairando perto do meu corpo de uma forma que faz um novo tipo de medo florescer dentro de mim.

— Eu disse para não se mexer — diz ele e, novamente, é sua voz de técnico. Como se ele estivesse decepcionado comigo por ter perdido um gol.

Solto um choramingo. Um som involuntário que quer ser um grito, mas não tem forças para isso.

— Por que você não matou essa daí naquela noite também? — pergunta o Professor a Adam. Nem sequer olha para ele; ele está me encarando, os olhos passando pelo meu rosto como se estivesse tentando memorizá-lo. Isso, junto com a pressão punitiva de seu corpo contra o meu, me mantém congelada e em silêncio. — Teria sido mais fácil.

Adam engole em seco, encarando os pés.

— Mas ela não fez nada. Eu não queria... Era Mina que era o problema.

— Você criou todo um conjunto de novos problemas deixando uma testemunha — diz o Professor. — Não foi inteligente, Adam.

— Desculpa — murmura Adam. — Eu estava só... Eu queria ajudar você. Pensei que eu tinha tudo sob controle.

O Professor suspira.

— Está tudo bem — diz ele. — Vamos resolver isso. Não precisa se preocupar. — Sua mão se aperta na minha garganta, e eu mal consigo respirar. Começo a tossir, fazendo minhas costelas se moverem umas contra as outras, uma sensação desagradável e dolorosa que me deixa tonta. — Eu cuido disso. Está com sua arma?

Tenho que morder a língua para segurar o pânico preso no fundo da minha garganta. Minha cabeça está girando; não estou inspirando ar suficiente.

— No carro, acho.

— Vá buscar. Depois volte logo.

— Mas...

— *Adam.* — O Professor se vira para olhar para ele com impaciência. — Meu trabalho é cuidar de você. Seu trabalho é me ouvir. O que dizemos?

— Família em primeiro lugar.

— Isso mesmo. Então, deixe que eu cuido disso. Vá buscar a arma.

Eu posso ouvir o barulho dos arbustos enquanto Adam se afasta. O Professor espera até que ele se vá, antes de voltar sua atenção para mim. Sua mão se afrouxa no meu pescoço, indo mais para baixo.

— Não. — A palavra rasga meus lábios, porque estou aterrorizada com o que ele possa fazer. Mas ele deixa a mão apoiada no meu ombro, prendendo-me à pedra. — Eles vão descobrir. — Eu ofego, tentando respirar e falhando. — Eles vão te pegar. Você pode me matar, mas eles vão te pegar. Acabou.

— Só acaba quando eu disser que acabou. — Os dedos dele se flexionam no meu ombro, cinco pontos de dor irradiando em mim. — Não vou deixar você acabar com a vida do meu sobrinho. Mas é isso que eu vou fazer.

E com esse entendimento, apesar do pânico, uma bela sensação de calma recai sobre mim. Provavelmente é mais choque ou trauma do que uma epifania, mas não ligo. É uma sensação muito boa depois de todo o medo que eu senti.

O sangue de Adam está por todo o meu carro. Mesmo que o Professor me mate, é o fim para eles. Trev e a polícia vão descobrir. Ele vai fazer com que os dois paguem.

Levanto a cabeça com algum esforço. Minha visão vacila; estou de pé só por causa da adrenalina e logo vou desmoronar, mas quero estar olhando nos olhos dele quando eu disser isso.

— Vou arruinar a vida de vocês dois. Eu não preciso estar viva. Muita gente sabe o que eu estava fazendo. A esta altura, a polícia está me procurando e procurando Adam também. Vão encontrar o meu carro. Vão encontrar o meu corpo, não importa onde você me desove. Você conhece minha mãe; acha que alguém como ela vai parar por qualquer coisa? Meu pai te considerava um amigo, mas ele vai ver quem você é. Minha tia caça caras como você; encontrar pessoas é o trabalho dela. Trev tem todas as provas e não vai descansar até que esteja feito. Até que você esteja acabado. Você tinha razão, Professor: família em primeiro lugar. E minha família vai acabar com a sua.

— Eu não vou discutir isso — diz o Professor, como se eu tivesse mencionado algo levemente irritante.

— Você é um assassino. Você matou Jackie e o bebê dela. Você provavelmente estuprou...

A mudança em seu comportamento — tão estável e normal, mesmo enquanto me segura — é rápida como um raio. Ele me bate contra a pedra e grito enquanto ele me pressiona. Minha coluna vertebral parece ser esmagada pelo peso dele.

— Nunca diga isso — ele sibila. — Eu deveria ter deixado Matt arrastá-la com ele? Eu vi o caminho que ele estava seguindo. Eu *amava* aquela garota. E ela me amava também.

Meus olhos se arregalam com as implicações.

— Você... você... você e Jackie estavam... *juntos*?

O nojo pinga de mim. Ele tem a idade do meu *pai*. É quase pior se ela o amava mesmo. Se ela confiava nele.

Ele não diz nada.

— Você nem precisou obrigar ela a ir com você, né? — Minha voz falha. Dói falar. Minha garganta está machucada por causa das mãos dele. — Aposto que foi fácil. Você só disse a ela que queria falar sobre o bebê e ela foi direto para a sua caminhonete.

Ele me olha fixamente, as mãos afrouxando em meus ombros, transfixado por minhas palavras, pela exposição do segredo que ele guardou por tantos anos. Reconheço o olhar, conheço até bem demais. Quando você está preso por um segredo, a primeira vez que o ouve em voz alta é hipnotizante.

Por cima do ombro do Professor, através da sombra das árvores, vejo um ponto de luz. Ele se move constantemente para a frente e para trás, como se alguém estivesse procurando por algo. Procurando por mim.

Trev.

O Professor não o vê; está perdido no passado.

— Eu disse para ela tirar, mas ela não quis. Ela não entendia o que a gravidez faria com a minha vida. Ela só... — Ele solta um suspiro duro, irritado com uma garota que só queria viver.

Suas mãos se apertam sobre meus ombros, prendendo meus braços e me levantando do chão. Arranho freneticamente, tentando agarrar alguma coisa, qualquer coisa. Meus dedos roçam em algumas pedras soltas, espalhando-as, e depois agarram um pedaço de ardósia maior e mais áspero, mas não consigo segurar com firmeza suficiente para levantá-lo.

Lambo meus lábios ensanguentados. A luz está se aproximando, e agora há mais delas — conto quatro, varrendo constantemente em nossa direção. Se o Professor perceber, ouvir os passos, ele vai me matar antes que possam impedir. Tenho que mantê-lo falando, mantê-lo distraído.

Ele me olha nos olhos, poças de escuridão grandes e frias, e meu estômago dá um salto ao ver as linhas suaves de seu rosto, o quanto ele parece aliviado.

Ele já tomou uma decisão.

— Ela ia entregar o bebê para adoção. — Eu ofego. — Você sabia disso? Que ela estava falando com uma orientadora de adoção? Ela ia fazer o que você queria.

É uma aposta, mas é a única carta que me resta.

O aperto do Professor vacila por uma fração de segundo. É o suficiente para que meus dedos alcancem o pedaço de ardósia solto, e o balanço bem alto, batendo na cabeça dele o mais forte que consigo.

Ele grunhe e me solta, e eu me abaixo sob seu braço estendido enquanto ele avança, tentando me agarrar.

Só consigo dar alguns passos antes que minha perna ceda e eu caia no chão. Grito o mais alto que posso, apesar de doer tanto que acho que meus olhos vão saltar das órbitas. Rastejo para a frente, esperando que meus amigos me alcancem antes dele. Consigo ouvir os gritos agora; estão perto, tão perto. Por favor, deixe eles me encontrarem...

O Professor me atinge por trás, me achatando no chão antes de me virar com força. Eu grito; meus ombros recebem o pior golpe. Minha cabeça bate no solo enquanto ele me prende novamente com o corpo, agarrando minhas mãos com uma das dele, forçando-as para o chão e acima da minha cabeça. Quero me afastar dele, da dor, quando sua outra mão se fecha em minha boca, roubando meu ar.

Consigo abrir a boca debaixo de sua mão e mordo com força a palma, sacudindo a cabeça para a frente e para trás que nem um cachorro. A carne entre meus dentes se rasga e ele grita, puxando a mão enquanto o sangue jorra em um arco.

— Filha da *puta*! — Ele estende as duas mãos, fecha os dedos ao redor da minha garganta e aperta.

Ajoelhando-se no meu estômago, ele expulsa o ar que sobra nos meus pulmões enquanto bloqueia o resto na minha garganta. Arfando por ar que não existe, tento me torcer para fora de seu aperto, mas ele é pesado demais e ainda estou puxando inutilmente seus braços enquanto minha vista vai ficando cinzenta nas bordas.

Meus pulmões queimam quando começo a desmaiar, minhas mãos caem e o mundo se desvanece.

A polícia está aqui. Acabou. Posso parar agora. E talvez... apenas talvez ela estivesse certa o tempo todo sobre a coisa do céu.

Bang.

O Professor dá um solavanco, e, quando ele cai de lado e sai de cima de mim, engulo o ar em goles enormes, me engasgando. De repente, a escuridão da floresta é obliterada — tudo é muito claro, como se alguém tivesse acabado de acender um holofote. Pisco, atordoada, para o céu. Há um som estridente acima da minha cabeça. Sinto uma brisa repentina no rosto e enxergo os pinheiros se curvando e balançando por causa do helicóptero pairando acima de nós.

— Sophie! — Alguém está me agarrando, me arrastando pela terra. Bato com punhos fechados, tentando lutar de novo. — Sophie! Está tudo bem! Você está bem!

— Cadê o Adam? — falo com dificuldade. — Ele tem uma arma.

— Está tudo bem — diz o homem de novo. Estou tendo problemas para me concentrar na pessoa desfocada na minha frente, de tanto que estou tremendo. — Nós o pegamos. Está tudo bem — ele repete, depois vira a cabeça e grita: — Dá para trazerem alguns paramédicos aqui embaixo?!

— Cadê o Professor? — murmuro. Minha garganta dói, como se alguém tivesse passado uma lâmina de barbear nela. Tudo dói. Empurro o policial que está me segurando, tentando me sentar. Há um galho fincado nas minhas costas. — Ele está morto?

— Sophie, você precisa ficar parada. Wilson! — Ele vê alguém a distância e o chama. Quando a figura desfocada tropeça, ele ladra: — Cadê os paramédicos?

Meus olhos se fecham. É tão gostoso fechá-los.

— Não, não, Sophie, fique acordada. — Dedos se afundam dolorosamente na minha mandíbula, puxando minha cabeça para cima. Luto para abrir os olhos, piscando, enfim focalizando o rosto na minha frente.

É o investigador James. Ele parece assustado. É estranho — não é para policiais parecerem assustados.

— É você — falo. — Eu te disse... disse que estava limpa.

— Sim, você disse — concorda ele. — Fique acordada, está bem? Continue falando comigo.

— Não deixe eles me darem nada — peço, meus olhos se fechando outra vez.

— Sophie! Fique acordada!

Mas não consigo. É muito difícil.

— Nada de drogas — digo. É importante. Eu não quero. Não como da última vez. — Não deixe eles...

Caio na escuridão entre uma respiração e outra, e nada é doloroso, tudo está bem e eu consigo senti-la, em algum lugar, de alguma forma... e não dói. Só parece certo.

O despertar no hospital é familiar. O apito das máquinas, o farfalhar dos lençóis, o cheiro de antisséptico e de morte.

— Mina — murmuro, ainda meio presa em um sonho.

Alguém está segurando minha mão com delicadeza e reverência. Sei que não é ela, mas, por um momento, mantenho os olhos fechados e finjo que é.

— Ei, você está aí?

Viro a cabeça para o lado. Trev está sentado ali.

— Ei.

Eu engulo e imediatamente me arrependo. Minha garganta está pegando fogo; engasgo em busca de ar. Trev me ajuda a sentar, esfregando minhas costas.

— Pelo jeito, você recebeu minha mensagem — digo quando consigo respirar novamente. Minha voz mal deixa um rastro de som.

— Recebi — responde ele. — Caralho, Soph, você me assustou pra caramba.

— Desculpa. — Encosto a cabeça ombro dele. Sua camiseta parece parece ridiculamente macia contra a minha pele machucada.

— Mas estou muito feliz que você tenha recebido.

Ele sufoca uma risada, apertando minha mão.

— Sim, eu também.

— Você está bem? — pergunto.

Ele olha para mim, depois para a minha mão, que ele ainda está segurando.

— Não — fala ele. — Não estou bem.

Quero puxar os cobertores para deixá-lo entrar na cama comigo, mas não faço isso. Ele vai manter a calma, porque é assim que ele é. É o que ele sempre faz. Mas tiramos um minuto, apenas um, de silêncio, em que seguro sua mão e espero que fique tudo bem, que ajude de alguma forma, porque nós dois temos que ser fortes por ela só um pouco mais.

— Cadê os meus pais? — pergunto, por fim, quando seu aperto se afrouxa.

Eu me afasto dele, encostada aos travesseiros, nossos dedos ainda entrelaçados.

— Estão conversando com os médicos. Eu entrei de fininho.

— Quanto tempo faz?

— Um dia e meio. Você deveria voltar a dormir. Todo o resto pode esperar até amanhã.

Eu não consigo descansar nem esperar, mesmo que todos os músculos do meu corpo doam e minha cabeça esteja me matando. Trev esfrega meus dedos suavemente com o polegar.

— Eles não vão soltar os dois com fiança, né? — pergunto de repente. É bobagem, mas, da última vez que acordei no hospital, ninguém acreditava em uma palavra do que eu dizia. Não posso deixar de ter medo de que aconteça de novo. — O investigador James atirou no Professor... ele ainda está vivo?

— O tiro pegou no ombro. Ele vai viver e vai ser acusado. Adam já confessou — diz Trev, com a mandíbula rígida. — Ele abriu a boca no segundo em que começou a ser interrogado. Você tinha razão: ele matou Mina e plantou a droga para todo mundo achar que a culpa era sua. O Professor Rob diz que não sabia que Adam estava fazendo nada disso. Já contratou um advogado. Não vai falar nada sobre Jackie. Mas isso não importa. Existem acusações suficientes para ele ser preso... pelas duas. Eles vão ficar na prisão por muito tempo. — A satisfação em sua voz é tão pesada que quase consigo sentir.

— Adam viu — digo. — Quando tinha catorze anos. Ele viu Jackie entrar na caminhonete do Professor naquele dia. E nunca contou para ninguém. Ai, meu Deus... Kyle. — Olho para Trev. — Adam é... era... o melhor amigo dele. Como ele está?

Trev sacode a cabeça.

— Kyle está em choque. A cidade inteira ficou em estado de choque. Acho que toda garota que já jogou futebol na vida está sendo interrogada pelos pais sobre o Professor e se ele se meteu com alguma delas. Ele tem sorte de estar sob custódia; não duraria um dia solto na cidade.

Tremo, me perguntando se há mais alguma garota que o técnico tenha "amado". Alguma que tenha tido a sorte de não engravidar.

— Minha mãe não para de me perguntar como isso pode ter acontecido — diz Trev. — Como ninguém sabia o que estava acontecendo entre ele e Jackie, e não sei o que falar para ela. — Ele me encara com tanta dor que desvio o olhar. — Ele mandou a porra de uma cesta de frutas para a gente depois da morte de Mina, Sophie. Eu me lembro de escrever o cartão de agradecimento e assinar o nome da minha mãe.

Engulo em seco, na esperança de me sentir menos enjoada. O que só faz minha garganta doer mais.

— Filhos da puta — digo.

Vejo a mesma raiva fervilhando de volta para mim nos olhos de Trev. Mas a palavra nem começa a abranger o que sentimos em relação a eles. Não tenho certeza de que quero examinar muito de perto como tudo estava claro naqueles momentos em que a fita estava enfiada no pescoço de Adam, cortando a respiração dele.

A prisão é suficiente. Os dois podem apodrecer lá.

Tenho que repetir para mim mesma, como se isso me convencesse de que é uma troca justa.

Não é.

Nunca será.

Mas temos que viver com a perda. Moldar nossa vida em torno dela.

A mão de Trev se aperta na minha, e eu aperto de volta, tentando reconfortá-lo. Mas não há tranquilidade suficiente no mundo para nós dois. Não há mais esconderijos. Mina se foi, e sobramos só ele e eu, quem nós somos, o que fizemos e o que temos pela frente.

Esse é o pensamento mais aterrorizante de todos.

— E Matt? — pergunto.

Eu me sinto horrível por ter confrontado Matt na igreja como fiz. Se fosse eu descobrindo que vim de uma família de assassinos, que eles tiraram o amor da minha vida, já estaria a meio caminho de uma overdose.

— Eu tentei ligar para ele. O telefone está desconectado. Ele deve ter desligado por causa dos repórteres. Fizemos a mesma coisa quando Mina... — Ele para, porque há uma batida na porta do meu quarto do hospital, e então minha mãe entra.

— Querida — diz ela quando vê que estou acordada. Trev solta a minha mão e se levanta. — Não, está tudo bem, Trev. Pode ficar, se quiser.

— Não tem problema. Tenho que avisar para Rachel e Kyle que Sophie está acordada — diz ele. — Falar com minha mãe. Volto mais tarde.

Minha mãe se senta na cama ao meu lado, me observando com os olhos vermelhos.

— Estou tão feliz por você estar acordada. Seu pai correu para casa por uns minutinhos — diz ela. — Ele disse que você ia querer a legging quando acordasse. Como você está se sentindo?

— Cansada. Dolorida.

— Eu não deixei te darem opiáceos — explica ela. — Desculpa, meu amor, eu queria poder...

— Não — interrompo. — Obrigada. Eu não quero nada daquilo.

Ela segura minha mão entre as dela.

— Quem me dera poder fazer você sofrer menos — diz.

— Está tudo bem — falo. — Eu estou bem. Vou ficar bem. Agora acabou.

Preciso ouvir isso em voz alta. Preciso que a ficha caia, mas isso ainda não aconteceu.

Logo, a enfermeira tira minha mãe do quarto e apaga as luzes, me mandando descansar. Estou com três costelas quebradas, a garganta machucada e pontos suficientes costurando meu estômago e meu rosto para fazer com que eu me sinta como o monstro de Frankenstein; felizmente, a maioria dos ferimentos são superficiais. Mas mesmo esses doem insanamente quando não se pode tomar nada mais forte que uma aspirina.

Ainda não durmo. Dói demais e tenho medo do que posso sonhar. Medo de que, no segundo em que fechar os olhos, eu esteja de volta àquele carro, de volta às mãos do Professor, de volta a Booker's Point.

Não consigo parar de pressionar a pele em carne viva dos pulsos, onde a fita me prendia.

Só consigo pensar em Mina e em como eu gostaria de ser igual a ela, porque aí poderia acreditar que ela está me vendo agora mesmo, feliz por termos descoberto tudo, dado um pouco de justiça a ela e a Jackie.

Mas não consigo acreditar nisso. Só consigo sentir o que sinto: uma vaga sensação de alívio, entorpecida pelo choque e pela confusão que caiu sobre mim.

Agora sou apenas eu que mantenho os monstros a distância: não tenho nenhuma missão, nenhuma cruzada, nada. A memória de Mina não vai me sustentar para sempre. Me assusta o quanto pode ser fácil cair de volta no buraco do qual tanto me esforcei para sair.

Dez meses. Uma semana.

Quero a tia Macy. Pego o celular que meus pais deixaram para mim e digito o número dela com mãos trêmulas.

— Estou a caminho agora mesmo — diz ela quando atende.

— Chego aí em algumas horas.

Deixo sair um suspiro tremido.

— Acabou — falo ao telefone.

— Sim, acabou. Me lembra de te dar uma surra depois por se colocar em perigo assim — diz Macy, o alívio em sua voz roubando todo o poder da ameaça. — Essa coisa de quase morrer está se tornando um hábito. Não é nada bom.

— Acho que puxei de você.
Macy ri, vacilando.
— Pô, espero que não.
Fico calada por muito tempo, ouvindo o zumbido do rádio da tia Macy, a buzina ocasional de um semirreboque ao passar pelo carro dela. Ela está na estrada, dirigindo até mim. Só o som me acalma de uma maneira que nada mais poderia.
— Estou com medo — digo, quebrando meu silêncio.
— Eu sei — responde ela, por cima o barulho do trânsito. — Mas você é corajosa, querida. Você é forte.
— Eu quero... — Paro. — Eu quero muito apagar agora — confesso. É algo afiado em minhas entranhas, essa necessidade de me entorpecer, enterrar qualquer preocupação com o futuro, evitar todas as escolhas difíceis que tenho que fazer.
— Eles não te deram nada, né?
— Não. Minha mãe não deixou. Eu não quero.
— Esperta.
Ficamos quietas de novo, e, em algum momento, adormeço, o celular encostado ao ouvido.

Por volta das duas da manhã, o clique da porta se fechando me desperta. Eu me sento, esperando a enfermeira, mas é Kyle.
— O que você está fazendo aqui? — pergunto.
— Seduzi a enfermeira para ela me deixar entrar. — Kyle se senta aos pés da cama, deixando cair um punhado de doces no meu colo. — Invadi a máquina de vendas.
Ele parece tão mal quanto eu me sinto. Seus olhos estão inchados e vermelhos, e ele toma cuidado de não me olhar nos olhos enquanto empurra um pacote de alcaçuz na minha direção.
Eu me sento reta, rasgo o saco e coloco um pedaço na boca.
— Não sei o que dizer.

Kyle solta um som que vem do fundo da garganta, um gemido quase infantil.

— Você está bem? — pergunta ele. — Eu não devia ter te deixado sozinha. Você só saiu por um segundo e depois não conseguimos te achar.

— Vou ficar bem. Não é culpa sua. Achei que Adam fosse do bem. Caí na dele.

— Que coisa mais bizarra, Soph — diz ele, com a voz dura. Ele passa a mão pelo cabelo úmido, fazendo-o grudar. — Ele era um dos meus melhores amigos. A gente estava no mesmo time de futebol desde os seis anos. E ele... ele *levou* ela.

Kyle engole em seco, mexendo em um saco aberto de M&M's. Ele começa a agrupá-los por cores, os olhos concentrados na tarefa e não em mim.

— Eu odeio ele — falo. É bom admitir em voz alta de novo. O fato de que agora *sei* corre debaixo da minha pele.

— Eu quero matar ele — Kyle murmura enquanto faz uma boa pilha de M&M's verdes antes de passar para os azuis.

— Eu tentei — confesso calmamente.

Kyle pausa, virando a cabeça só um tiquinho na minha direção, seus olhos castanhos determinados.

— Que bom — diz ele, e as palavras ecoam entre os apitos das máquinas. Por alguma razão, me faz respirar mais facilmente. — Estou feliz por você não ter morrido. — diz Kyle.

— Sim, eu também — respondo, e é verdade. É bom perceber que essa é a verdade.

Mudo de posição na cama, fazendo uma careta quando o movimento chacoalha minhas costelas.

Kyle olha para minha bolsa de soro como se o objeto fosse dizer a ele o que fazer.

— Quer que eu chame a enfermeira?

Faço que não.

— Eles não podem fazer nada. Nada de narcóticos, lembra? De qualquer forma, eu não quero dormir. Estou bem.

Pareço segura, mesmo para os meus próprios ouvidos. Eu sei a verdade: que meses no escritório de David me esperam. Que vou ter que trabalhar para superar tudo isso. Que vou ter pesadelos, surtos e dias em que a menor coisinha me dará um sobressalto, dias em que vou querer tanto usar que vou sentir até o gosto, e dias em que só vou querer chorar e gritar. Que David provavelmente vai estar nas minhas chamadas recentes, e vai ser uma merda e vai doer, mas espero que haja alguma luz no final do túnel, porque geralmente é o que acontece.

— Desculpa ter sido tão escroto com você — diz Kyle.

Pego um M&M's vermelho da pilha dele.

— Eu também fui uma escrota com você — admito.

Pela primeira vez desde que entrou no quarto, ele olha para cima, sua expressão séria e comedida. Isso faz minha boca ficar seca.

— O que foi? — pergunto, meio que esperando que ele desvie o olhar.

Mas ele não o faz.

— Eu sei que prometi não falar sobre isso — diz ele. — O que ela me disse sobre ela, sobre vocês duas. Mas vou quebrar a promessa, só desta vez. — Ele me olha fixamente, e há ali uma suavidade que nunca vi antes. — Ela estava apaixonada por você. E acho que ela não teve tempo de te contar, né?

Meu coração se aperta dentro do peito, agitando-se com as palavras que eu sempre quis ouvir. Balanço a cabeça. Lágrimas escorrem pelo meu rosto.

— Ela te amava. Queria ficar com você. Foi por isso que me contou. Ela disse que tinha escolhido. Era você. Acho que sempre foi você.

Desvio os olhos dele, mirando as luzes da cidade através das persianas, e ele fica quieto, uma testemunha reconfortante, me deixando chorar.

Permitindo que eu, enfim, me despeça dela.

64

UM ANO E MEIO ATRÁS (DEZESSEIS ANOS)

— Cuidado! — Mina pula na poça. Água lamacenta respinga nas minhas costas, me encharcando.
— Ah, não! — guincho, girando o corpo. — Não acredito que você fez isso.
Ela abre um sorrisão por cima do ombro, a chuva pingando na testa. Ela abandonou o guarda-chuva na calçada e está parada bem no meio de uma poça do tamanho de um quarto. Quando inclina a cabeça para o céu, abrindo a boca para a chuva entrar, sinto um frio na barriga.
— Vem brincar comigo.
— Às vezes você é muito mimada — digo, mas, quando ela faz biquinho, sorrio e chuto água na direção dela, chapinhando atrás.
Na parte mais funda da poça, a água chega aos meus tornozelos. Meus pés fazem um som molhado na lama enquanto jogamos água uma na outra, rindo sem parar. Tacamos lama como se tivéssemos sete anos de novo. Esfrego no cabelo dela, e Mina corre atrás de mim como uma foca, rápida e escorregadia.
Desta vez, ela cai primeiro, bem de bunda na lama, e, em vez de se levantar, estende a mão e me puxa delicadamente junto. Só nós duas, a lama e a chuva, lado a lado, como deve ser.

Mina suspira feliz, o braço entrelaçado no meu. Apoia a cabeça no meu ombro.

— Você é doida. Vamos pegar pneumonia.

Ela aperta meu braço e se aconchega mais perto de mim.

— Admite. Não tem outro lugar em que você preferia estar em vez de aqui comigo.

Fecho os olhos, deixo a chuva cair em meu rosto, o peso dela me pressionar, seu calor se infiltrar em minha pele.

— Você me pegou — falo.

65

AGORA (JULHO)

— Como você está hoje? — pergunta David.

Mordo o lábio.

— Estou bem.

— A gente tinha um acordo, lembra? — diz ele. — Faz seis sessões. Chegou a hora, Sophie.

— Não podemos falar da floresta, em vez disso?

— O fato de que você preferiria falar de novo de quando foi atacada do que de Mina é exatamente o motivo pelo qual precisamos começar a falar dela — explica David. — Não tem problema começar por algo pequeno.

— Eu... — paro, porque nem sei como terminar a frase. — Não consegui visitar o túmulo dela — digo em vez do que ia falar antes, porque é o que me impede de dormir à noite, em meio aos pesadelos de estar escondida na floresta de novo. — Achei que fosse conseguir. Ir até lá, quero dizer. Achei que, depois que pegássemos o assassino dela, se isso acontecesse mesmo, seria mais fácil. Tipo uma recompensa. Eu sei que é idiota. Mas foi o que eu achei.

David se recosta na cadeira, pensativo.

— Não acho que é idiota — diz. — Por que você acha que é tão difícil visitar o túmulo de Mina?

— É que eu... eu sinto saudade... — Luto para ter força, compostura, algum controle, mas estou segura aqui e preciso falar as palavras. Elas têm que existir em algum lugar, porque nunca foram ditas no lugar certo, na hora certa. — A gente estava apaixonada. Eu e Mina. Estávamos apaixonadas. Me recosto no sofá, abraçando o corpo. Olho nos olhos dele, e a aprovação que vejo ali, a confirmação, suaviza o aperto em meu peito.

— Acho que é por isso que é tão difícil — digo.

AGOSTO

Quando meu pai sai de casa, estou no deque, aconchegada em uma das cadeiras de madeira. O sol está se pondo em meus canteiros de flores e viro a cabeça para ele, tirando os óculos de sol.

Ele tirou algumas semanas de folga depois que fui atacada. E, mesmo agora, noite após noite, ouço a batida rítmica da bola de basquete no concreto quando ele joga na cesta da entrada da casa enquanto o resto do mundo dorme. Às vezes, eu me sento à janela da cozinha e fico olhando.

Agora, ele se senta na cadeira ao meu lado e pigarreia.

— Meu bem, preciso te contar uma coisa.

— O que aconteceu? — Eu me endireito, porque a boca dele virou uma linha plana e infeliz.

— Acabei de receber uma ligação. A equipe forense finalmente encontrou o corpo de Jackie na propriedade de Rob Hill.

Ele esfrega a mão no maxilar, a barba por fazer agora quase completamente grisalha. Ele não anda dormindo muito, que nem eu. E dá para ver no nosso rosto.

— Ah — respondo.

Não sei mais o que fazer. É estranho, mas achar o corpo de Jackie parece uma coisa boa, porque não consigo deixar de pensar em Amy, em não saber. Em não ter um túmulo.

— Então é isso, né? — pergunto. — Ele vai ser condenado mesmo?

— Vai ser difícil um júri ignorar esse tipo de evidência.

Coloco os pés na cadeira, abraçando os joelhos, ignorando a pontada em minha perna ruim. Às vezes, preciso fazer isso, me encolher, quando penso no Professor. Quando penso em quando me escondi atrás daquela pedra, esperando que ele me encontrasse. Me matasse.

— Meu bem... — meu pai começa, mas, aí não fala mais nada, só continua me olhando.

Espero.

— Tem... tem alguma coisa que você queira me contar? — pergunta, enfim.

Penso por um segundo. Em contar a ele. Tudo. Eu e Mina. Eu e Trev. O emaranhado em que me vi, sem nenhuma saída que não as drogas, por tanto tempo. Uma parte de mim quer fazer isso. Mas uma parte maior quer guardar, cuidar disso dentro de mim por mais um tempinho.

— Agora não — respondo.

Ele assente, entende como se minhas palavras fossem uma dispensa, e, quando vai se levantar, estendo o braço e seguro a mão dele. Forço as palavras a saírem da minha boca — preciso começar em algum lugar.

— Pai, um dia, eu vou te contar. Tudo. Prometo.

Ele aperta minha mão e, quando sorri para mim, a tristeza em seus olhos se alivia um pouco.

* * *

Algumas semanas depois, estou parada, sozinha, em frente aos portões do cemitério enquanto a procissão funerária passa. Observo dali enquanto enterram Jackie, sem conseguir entrar. A distância, posso ver o grupo de pessoas enlutadas reunidas ao redor do túmulo. Na ponta, uma garota se separa da multidão.

Amy não diz nada. Ela vai até o pé do morro e me encara, perto o bastante da cerca para eu conseguir vê-la com clareza. Leva a mão ao peito e assente. Um agradecimento silencioso.

Assinto de volta.

SETEMBRO

— Por favor, me diz que sua mãe parou de surtar com isso — diz Rachel, molhando as batatinhas no molho barbecue. Algumas gotas respingam na prova de treinamento que está corrigindo.

— Nenhum dos dois está muito feliz com isso — falo. Eu estava rasgando meu guardanapo em pedacinhos, que flutuam pela mesa quando Rachel vira a página. — Talvez eu tenha usado a cartada de "fui atacada por psicopatas" para fazer eles concordarem.

— Você merece — diz Rachel. — Duas vezes no mesmo ano.

Sorrio e me debruço na mesa, tentando ver o que ela está escrevendo.

— Como eu me saí?

Ela rabisca minha nota no topo da folha, circulando com um grande coração vermelho.

— Noventa e cinco de cem. Parabéns: se fosse a prova de verdade, você seria a feliz proprietária de um diploma do ensino médio.

— Vamos torcer para eu me sair bem assim na hora da verdade.

— Alguém está pronta para ir embora daqui, hein?

Dou de ombros.

— É que... Já estou de saco cheio da escola, sabe? Quero seguir em frente ou coisa assim. Eu gosto de Portland. Gosto de morar com Macy. Tenho sorte de ela querer que eu volte.

— Bom, eu vou sentir saudade. Mas acho que entendo. Além do mais, agora tenho desculpa para visitar Portland. Eu adoro rosas.

— Podemos ir ao Jardim Botânico — prometo. — E vou voltar para os julgamentos e tal.

Não estou ansiosa para testemunhar, mas sei que preciso. Eles têm que pagar pelo que fizeram com Mina. Com Jackie. Esfrego o joelho. Quando Matt foi me ver algumas semanas depois do que aconteceu, tentei pedir desculpas. Ele mal conseguia me olhar nos olhos, e nós dois acabamos chorando. Eu tinha dito para ele esperar e ligado para Trev, pedindo que o levasse para casa, e Matt ficou agarrando a ficha de sobriedade a minha mão, como uma boia salva-vidas até ele chegar.

Tem uma estrada longa à frente. É sem fim, porque não dá para superar a perda de alguém. Não por completo. Não quando essa pessoa era parte de você. Não quando amá-la quebrou você tanto quanto te mudou.

Tenho medo dessa longa estrada, e Matt deve ter também. Por meses, o desejo urgente de usar esteve enterrado sob minha necessidade de achar o assassino de Mina. Agora, preciso ser forte por mim.

— Mudar é bom, né? — pergunto para Rachel.

— É — ela concorda.

OUTUBRO

Minha mãe e eu ainda não conversamos muito — mas sempre foi assim, então não é nada de especial. Às vezes, nos sentamos juntas à mesa da cozinha, ela trabalhando em documentos jurídicos e eu folheando catálogos de sementes adequadas ao clima de Portland. Mas sempre é silencioso, os únicos sons são o virar das páginas e o arranhar da caneta dela.

Uma noite, ela cruza as mãos sobre a maleta e espera que eu levante os olhos para ela, e sei, com um temor que não é pequeno, que ela está finalmente pronta para conversar.

— Eu devia ter parado e te escutado quando você me disse que estava sóbria.

Parece que ela ensaiou a fala no espelho, como se tivesse escrito e riscado coisas, meticulosamente tentando acertar as palavras, como um discurso em vez de uma confissão.

Fico calada por muito tempo. É difícil até pensar no que dizer. As palavras não podem mudar o que ela fez; não podem apagar aqueles meses que passei presa em Seaside, forçada a descobrir sozinha como passar pelo luto. Mas não posso mudar isso, não importa quanto tenha sido errado. Ela só fez aquilo porque estava tentando me salvar.

Ela sempre vai tentar me salvar.

Isso, mais do que qualquer coisa, é o que me leva a pedir desculpas.

— Olha, eu entendo. Mesmo. Eu menti e escondi tudo de todo mundo e só... Eu não fui muito boa e sinto muito...

— Meu amor. — O rosto da minha mãe, sempre tão composto, se desfaz, rugas de preocupação aparecendo do nada. — Você passou por tanta coisa.

— Isso não pode ser uma desculpa — falo. — Não pode existir desculpa nenhuma. Todos os terapeutas nos quais você me mandou vão dizer isso. Eu sou viciada. Sempre vou ser viciada. Da mesma forma que sempre vou ser aleijada. E você nunca aceitou nenhuma dessas duas coisas. Eu aceitei. Demorou muito, mas aceitei. Você precisa aceitar também.

— Eu aceito quem você é, Sophie — diz ela. — Prometo. Eu amo quem você é. Amo você, independentemente de qualquer coisa.

Quero acreditar nela.

Minha mãe estende o braço e segura minha mão, girando-a de modo que os anéis — o de Mina e o meu — reluzem à luz da lâmpada. Ela não encosta neles, parece entender que não deve, e fico grata por esse pequeno gesto. Pela força de seus dedos, macios e reconfortantes, envoltos nos meus.

— Quando você estava em Oregon, Mina vinha aqui. Eu vivia encontrando ela na casa da árvore. Ou ela entrava escondida no seu quarto para fazer o dever de casa. Às vezes a gente conversava. Ela tinha medo de você não a perdoar por nos contar sobre as drogas. Falei que ela não tinha que se preocupar. Que você é o tipo de garota que não deixa nada ser um obstáculo ao amar alguém. Especialmente ela.

Levanto o olhar para ela, surpresa com o calor em seus olhos, quase um encorajamento. Minha mãe sorri e roça a bochecha na minha.

— Isso é uma coisa boa, Sophie — diz, suavemente. — Ser capaz de amar alguém tanto assim. Significa que você é corajosa.

NOVEMBRO

— Tem certeza de que quer fazer isso?
Baixo os olhos para o caderno preto nas minhas mãos. Quando Trev me trouxe o diário dela, encontrado pela polícia numa segunda busca na casa, eu nem quis tocar. Mal conseguia suportar deixar aquilo em casa. Então, uma semana depois, fomos até o lago e fizemos uma fogueira na praia, esperando a noite cair e atrasando o inevitável.

— Quer ler? — pergunto a ele.

Ele faz que não.

Meus dedos acariciam a capa preta macia, traçando as bordas salientes da encadernação, as beiradas das páginas. É como tocar uma parte dela, seu cerne, o coração, a respiração e o sangue dela em tinta roxa e papel creme.

Eu podia ler. Finalmente conhecer todas as suas camadas e segredos.

Parte de mim quer isso. Quer saber. Ter certeza.

Mas, acima de tudo, quero manter minha memória dela imaculada, não polida pela morte ou rasgada em pedacinhos pelas palavras que ela escreveu só para si mesma. Quero que ela fique comigo como sempre foi: forte e certa de tudo, exceto da única coisa que mais importava, lindamente cruel e maravilhosamente doce, inteligente e questionadora demais para seu próprio bem, e me amando como se não quisesse acreditar que isso era pecado.

Jogo o diário no fogo. As páginas se curvam e empretecem, as palavras dela desaparecendo na fumaça.

Nós dois ficamos quietos e próximos até o fogo morrer. Nossos ombros se tocam enquanto o vento carrega o resto dos segredos dela.

É Trev quem finalmente quebra o silêncio.

— Rachel me falou que você passou na prova. Quer dizer que vai voltar para Portland.

— É. Logo depois do meu aniversário.

— Já sabe o que vai fazer?

— Não — respondo, e é maravilhoso não saber o que há pela frente sem temer essa sensação. Não ter uma lista de suspeitos na cabeça. Não pensar no que vai acontecer agora exceto uma estrada aberta e uma casinha com um estúdio de ioga e uma horta no quintal. — Faculdade, acho, em algum momento. Mas acho que vou tirar um ano sabático, entender umas coisas primeiro.

Ele sorri todo torto. Seus olhos ficam iluminados.

— O que foi? — pergunto.

— Ela ia ter amado te ver assim — diz ele.

Acho que nunca vai ser fácil pensar nisso, em todas as chances que Mina e eu perdemos, o começo, o meio e o fim que nunca tivemos. Talvez tivesse dado errado de cara, o medo dela a dominando. Talvez tivéssemos terminado o ensino médio, com brigas, lágrimas e palavras que não poderiam ser retiradas. Talvez pudéssemos ter durado até a faculdade, só para terminar em um silêncio distante e sufocante. Talvez tivéssemos tido um "para sempre".

— Você podia ficar — fala ele, olhando para baixo. — Eu podia construir aquela estufa que você sempre quis.

Os cantos do meu sorriso tremem.

— Você sabe que eu te amo, né? — pergunto. — Porque eu te amo, Trev. De verdade.

— Eu sei que sim — responde ele. — Só... não do jeito que eu quero.

— Sinto muito por isso.

E sinto mesmo. Em outra vida, se eu tivesse sido uma garota diferente, se meu coração tivesse optado pelo caminho tradicional em vez de se lançar atrás do inesperado, talvez eu o tivesse amado como ele precisava. Mas meu coração não é simples nem direto. É um caos complicado de desejos e necessidades, meninos e meninas: macio, duro e tudo que há no meio, um precipício sempre móvel do qual despencar. E, enquanto ele bate, ainda é o nome dela que vibra em mim. Nunca o dele.

Quando o beijo, um encontro calmo dos lábios que começa e logo desaparece, tem gosto de adeus.

66

DEZ ANOS ATRÁS (SETE ANOS)

Na hora do almoço no primeiro dia do segundo ano, estou almoçando com Amber e Kyle quando noto a aluna nova na ponta oposta do pátio, sentada sozinha a uma mesa de piquenique, de vestido roxo. A professora Durbin a colocou do meu lado na sala, mas ela não disse uma palavra o dia todo. Ficou de cabeça baixa mesmo quando a professora a chamava.

Ela ainda parece triste, então, pego o resto do meu almoço e vou até ela.

— Estou bem — fala ela quando chego à mesa, antes de eu conseguir dizer qualquer coisa.

O rosto dela está úmido. Ela esfrega as bochechas com o punho fechado e me olha brava.

— Meu nome é Sophie. Posso sentar?

— Sei lá, pode.

Deslizo para o banco ao lado dela, apoiando meu almoço na mesa.

— Seu nome é Mina, né?

Ela faz que sim.

— Você é nova aqui.

— A gente se mudou — explica Mina. — Meu papai foi pro céu.

— Ah. — Mordo o lábio. Não sei o que dizer. — Que pena.

— Você gosta de cavalos? — pergunta Mina, apontando para minha lancheira coberta de adesivos.

— Gosto. Meu avô me leva para andar no terreno dele.

Mina parece impressionada.

— Meu irmão, Trev, fala que às vezes eles mordem se você não der açúcar para eles.

Dou uma risadinha.

— Eles têm dentes grandes. Mas eu dou cenouras. Tem que deixar a mão bem reta. — Estendo a mão, com a palma para cima, para mostrar. — Aí, eles não mordem.

Mina faz igual com a mão dela, e as pontas de nossos dedos se batem. Ela levanta os olhos e sorri para mim.

— Você tem irmãos? — pergunta ela. — Ou irmãs?

— Não, sou só eu.

Ela torce o nariz.

— Eu não ia gostar disso. Trev é o máximo.

— Sophie! — Amber acena para mim. O sinal já vai tocar.

Eu me levanto e tem algo em Mina, no jeito como ela estava chorando e como parece perdida, que me faz estender a mão para ela.

— Vem comigo?

Caminhamos pelo resto da vida juntas, sem saber que vai terminar antes de começar de verdade.

No meu aniversário de dezoito anos, dirijo até o cemitério ao anoitecer. Demoro um pouco para encontrá-la; caminho pela grama úmida, desviando de lápides e estátuas de anjos até um local sombreado e isolado. É um mármore cinza simples e polido, com letras brancas gravadas:

Mina Elizabeth Bishop
Filha e irmã amada

Queria que pudesse ser como nos filmes. Que eu fosse o tipo de pessoa capaz de estender a mão, traçar as letras do nome dela e sentir paz. Queria conseguir falar com esse pedaço de mármore como se fosse ela, me sentir confortada por seu corpo estar a sete palmos debaixo da terra, acreditar que seu espírito me vê lá de cima. Mas não sou essa pessoa. Nem antes, nem depois, nem agora.

Posso viver sabendo disso — um presente simples para mim mesma, uma aceitação tranquila de quem estou me tornando a partir dos pedaços que me restam.

Eu me ajoelho ao lado dela e puxo o cordão de pisca-piscas movido à luz solar da bolsa. Disponho sobre a lápide dela, estendendo os fios de lado a lado do túmulo.

Fico ali até a noite cair, vendo as luzes começando a piscar. Minha mão descansa no solo acima dela. Quando me levanto, meus dedos se demoram na grama.

Caminho até o carro e não olho para trás nenhuma vez.

A luz noturna de Mina perdurará. Ano após ano, Trev vai substituí-la quando enfraquecer. E sei que, um dia, quando eu estiver pronta para voltar para casa, ela iluminará meu caminho.

AGRADECIMENTOS

Este livro não seria possível sem o apoio e a fé de tanta gente que me guiou em sua criação. A escrita pode ser uma coisa solitária até o batalhão necessário para publicar um romance lhe dar as boas-vindas. E eu tive a sorte de ser recebida pelo melhor batalhão de todos.

Obrigada à minha agente, Sarah Davies, por tudo. Você mudou minha vida inteira, e não tenho certeza de que algum dia conseguirei te agradecer de forma adequada pelo que me ensinou.

Para minha editora, Lisa Yoskowitz, obrigada por sua compreensão dos personagens e da história de amor que eu queria contar. Você me levou, e ao meu trabalho, a novos patamares.

Obrigada a Amber Caraveo, cuja paciência e cujos instintos ajudaram o livro a florescer de formas tão adoráveis e mortais.

Obrigada à maravilhosa equipe da Disney • Hyperion, que colocou tanto cuidado e centelha criativa em todos os aspectos do livro. Agradecimentos especiais a Kate Hurley, minha preparadora de texto, a quem sou grata, e Whitney Manger, que criou uma capa absolutamente linda.

Aos meus pais e ao resto de minha incrível família. Mas, especialmente, à minha mãe, Laurie. Obrigada, mãe, por ler cada coisa que escrevi como se fosse importante, até mesmo minha obra-prima do segundo ano do fundamental, "Dois médicos rápidos".

Devo muita gratidão a minhas parceiras críticas dedicadas e brutalmente sinceras, Elizabeth May e Allison Estry, que fazem meus manuscritos sangrarem da melhor maneira possível. E obrigada a Kate Bassett, pela leitura beta e pela torcida.

Obrigada ao grupo Fourteenery, por segurar minha mão, ser hilário e sempre culpar o Melvin.

A Franny Gaede, que é verdadeiramente o Walter da minha Hildy.

Um alô para as garotas do Crazy Chat. Vocês sabem quem são. Obrigada do fundo do meu coração partido de adolescente.

Àqueles que ajudaram a me moldar: Georgie Cook, Ellen Southard, Arnie Erickson, Carol Calvert, Ted Carlson, Antonio Beecroft, John Dembski, Michael Uhlenkott, Peggy S., Lynn P. e toda a equipe do SSHS entre 2001 a 2004.

E à minha avó, Marguerite O'Connell, que me disse, quando eu era pequena, que deveria sempre começar minhas histórias com algo que chamasse a atenção. Espero ter seguido os conselhos dela.

Impressão e Acabamento:
LIS GRÁFICA E EDITORA LTDA.